〈名作〉の壁を超えて

『舞姫』から『人間失格』まで

高田知波
Takada Chinami

翰林書房

〈名作〉の壁を超えて——『舞姫』から『人間失格』まで——◎もくじ

バイリンガルの手記——森鷗外『舞姫』……5
少女と娼婦——一葉『たけくらべ』……27
「無鉄砲」と「玄関」——夏目漱石『坊っちゃん』……55
「名刺」の女／「標札」の男——夏目漱石『三四郎』……79
他者の言葉——夏目漱石『こゝろ』……103
「皆」から排除されるものたち——志賀直哉『和解』……131

除外のストラテジー――太宰治『お伽草紙』……157
省線電車中央線の物語――太宰治『ヴィヨンの妻』……183
変貌する語り手――太宰治『斜陽』……205
写真・手記・あとがき――太宰治『人間失格』……219
初出一覧……248
あとがき……250

バイリンガルの手記——森鷗外『舞姫』

太田豊太郎という虚構の人物と現実の鷗外のドイツ体験とを混同するような『舞姫』の読み方は、今日大勢として克服されてきているし、またベルリンでの物語だけでなく、セイゴンにおける豊太郎の手記執筆行為そのものを重視する『舞姫』論も、亀井秀雄氏の「『舞姫』読解の留意点」(『月刊国語教育』一九八一・八)を初めとして次第に増加しつつある。だが手記の書き手としての太田豊太郎の文体を作家・鷗外からいったん独立させて考えてみるという試みはほとんどなされてこなかったのではないだろうか。文章の実際の書き手が鷗外であることは間違いないのだが、しかし一人称の手記という小説の設定上の約束事に従う限り、この文体の直接の責任者は、セイゴンの港に碇泊中の船の中等室で、熾熱灯の明かりの下で手記を執筆している太田豊太郎のはずである。例えば『舞姫』の半年ほど前に刊行された広津柳浪の小説『残菊』は、猪野謙二氏によって『舞姫』の裏返しとして読める可能性を指摘された作品であるが、これは女性の一人称語りという体裁をとっており、その文体はヒロインに固有の言説として柳浪によって創出されたものである。もちろんそれと同様というわけではないが、しかし『舞姫』においても、太田豊太郎の文体をいったん実体化させる試みという角度からアプローチが必要なのではないかと私は思う。

1

最初に、太田豊太郎が〈バイリンガル〉として設定されているという点を確認しておきたいと思う。彼はベルリン到着早々の時点で「普魯西の官員」たちが皆、「いづくにていつの間にかくは学び得つると問はぬことはなか」ったほど語学力を備えていたという。この時のネイティヴたちの賛辞にはリップサーヴィスが含まれていたとしても、その後数年間のベルリン生活の中でネイティヴと同棲するようになった豊太郎は、バイリンガルと呼ぶにふさわしい語学力と言語習慣を身につけたと考えてよいだろう。幼くして留学し、長いアメリカ滞在の中で日本語で考える習慣をほとんど失った津田梅子について、大江健三郎が「同時代の英語の『ラング』の世界に根ざす『パロール』の持主になった」と書いているが（『人生の習慣』岩波書店、一九九二）、こうした例はバイリンガルではない。豊太郎のように二つの「ラング」、二つの「パロール」を同時に生きた者をバイリンガルと規定しておきたいのであるが、『舞姫』論の前提として、エリスとの私的な言語生活において豊太郎が〈翻訳〉というプロセスを一切必要としなかった——エリスのドイツ語をいったん心の中で日本語に翻訳してインプットしたり、あるいは自分が言いたいことをまず日本語で考えてからそれをドイツ語に翻訳してアウトプットするといった内面過程を経ることがなかった——という当たり前のことに注目しておきたいと思う。

日本の読者向けに書かれた鷗外の小説『舞姫』が日本語以外の「ラング」選択の余地がなかったことは言うまでもないが、しかしセイゴンの港に碇泊中の汽船の無人の中等室でひそかに手記を書き記す豊太郎のレヴェルでは、このきわめて私的なエクリチュールを例えば〝和独混淆文体〟で書くという選択肢もあり得たことを読者は見落とすべきではない。手記の「ラング」としての日本語は豊太郎がみずから選びとったものであるが、この言語選択によって、かつてエリスが発した数々のドイツ語の意味を日本語に置き換えて嚙み締めるという体験を、豊太郎は手記執筆過程で初めて味わうことになったわけである。ベルリン時代にはエリスのドイツ語を日本語に変換する必要のなかった豊太郎にとって、エリスの言葉を手記の中で日本語として表現する作業は、かつて日本語への翻訳を媒介として受信した言葉の単純な再現ではなかった。豊太郎は手記を執筆しながら〝いま初めて〟エリスの言葉に対応する日本語を創り出しているのであり、その言語生成の現場に小説の読者が立ち会っているというのが、この小説の基本的な言語設定である。同様に、ペエテルブルク滞在中にエリスから送られてきた、例の「否といふ字」で始まる有名な手紙の文面も、もちろん原文はドイツ語であり、豊太郎は当時それを日本語を通さずに原語のままで直接受信していたはずであるから、このエリスの痛切な手紙の文面を日本語に変換して一語一語認識していくという作業も、彼にとっては、手記執筆中の〝いま初めて〟の、新しい言語体験だったはずである。

以上のことを確認することによって、「明治廿一年の冬」から翌年一月にかけてのドラマを、二つの言語空間の分離と接触という角度から読むことが可能になってくる。エリスの悲劇の発端が彼女の妊娠にあったことは確かだとしても、直接のきっかけは、この冬の「日曜」[1]日に、相沢謙吉からの「郵便の書状」[2]が届いたことである。日本人から日本人に向けて日本語で書かれたこの手紙の到来は、エリスには理解不能のラングが突如ワイゲルト家に侵入してきたことを意味している。（手紙が届く直前、エリスと豊太郎は「言葉寡し」という状態にあった。二人の「ドイツ語」の会話が途絶えかけていたタイミングで「日本語」が入り込んできたのである。）豊太郎の語学力が並はずれていなかったならばワイゲルト家の言語生活はドイツ語と日本語が混在していた可能性もあっただろうが、現実のワイゲルト家の生活言語はドイツ語のみで統一されており、エリスは豊太郎との同棲生活の中で日本語に接する機会はほぼ皆無であったといってよい。[3]したがって日本語で書かれた手紙を読みふける豊太郎に向かってエリスが発したという「悪しき便にてはよも」という言説には、「彼は新聞社の報酬に関する書状と思ひしならん」という豊太郎の推測をはるかに越えて、彼女の言語的疎外感にもとづく不吉の予感を読み取ることができる。つまり、それまでドイツ語だけが占有していた空間に、「日本語」の侵入によって言語的な裂け目が発生したところから悲劇の幕が開くという、きわめて象徴的な設定になっているわけである。また、この書状の呼び出しに応じて、相沢や天方のいるホテル・カイゼルホオフに向かう豊太郎を見送るエリスが「かく衣を更め玉ふを見れば、何となくわが豊太郎の君とは見えず」という感想を洩らすシーンも、単にカジュアルからフォーマルへ「衣」が改まったためだけなく、ドイツ語だけの言語空間から、自分の届かない日本語の空間へ出ていこうとする豊太郎に、エリスが〈他者〉の匂いを直感していたのだと読むこともできるだろう。小説の設定に従う限り、日本人の友人に会うために出かけていく豊太郎を見送るという行為自体が、同棲生活開始後のエリスにとって、初めての経験だったはずである。

免官後の豊太郎が再就職した日本の新聞社には、ベルリン支局というものが存在しなかった。オフィスを持たない豊太郎は、クロステルに隣接するキョオニヒ街の「休息所」を仕事場にしていたが、「明きたる新聞の細長き板ぎれに挿みたるを、幾種となく、掛け聯ねたるかたへの壁に、いく度となく往来する日本人を、知らぬ人は何とか見けん」という手記の叙述は、「休息所」で仕事する日本人が豊太郎一人だったことを示している。したがって、カイゼルホオフで相沢と再会した時点で、豊太郎は免官以来初めて、日本語による会話の世界に復帰したことになるという比喩的な言い方が許されるだろうと思う(4)。ベルリンという都市空間を均質な近代都市と見るのではなく、モニュメンタルで制度的なウンテル・デン・リンデンと、薄暗い迷路としてのクロスル巷という二つの象徴的な空間の対立があることを指摘し、両者を外的空間／内的空間、支配の空間／被抑圧の空間として分節化した前田愛氏の有名な図式があるが（「ベルリン一八八八年——都市小説としての『舞姫』をめぐって」(『文学』一九八〇・九)、冬の日曜日以降にくっきりと姿を現してくる、クロステルのワイゲルト家/カイゼルホオフという二つの空間の対立[5]は、ドイツ語/日本語という二つの言語空間の対立項で読むこともできるはずである。

2

この冬の日曜日、「一等『ドロシユケ』」は、豊太郎を乗せてドイツ語空間と日本語空間との間を往復したわけであるが、以来一か月間、二つの言語空間はまったく触れ合うことがなかった。バイリンガルである豊太郎一人だけが二つの空間を往復していたからである。(この期間、豊太郎がカイゼルホオフに通う用事が、「独逸語にて記せる文書」の「翻訳」であったというのも象徴的である。豊太郎は毎回「ドイツ語」をワイゲルト家に持ち帰り、「日本語」をカイゼルホオフに届けていたのである。)相沢と再会したその日のうちに早くもエリスとの離別を約束しておきながら、エリスとはそれまで通りの暮らしを続けるという、二人を同時に欺くきわどい二重生活を豊太郎が維持できたのは、ドイツ語の世界と日本語の世界とが接触することがなかったことによるところが大きいと思う。バイリンガル豊太郎には、自己をドイツ語世界の自分と日本語世界の自分とに分離させることが可能であり、エリスとの空間では〝ドイツ語人間〟として、天方たちとの空間では〝日本語人間〟として、それぞれチャンネルを切り換えることができたのである。またこの二つの世界がいったん接触してしまえばただちに破綻する宿命を持っていたことは言うまでもない。豊太郎はそれを回避するために腐心してきたのだが、天方のロシア行きに随行することが急に決まった時、大きな危機を迎えることになった。手記ではロシアへの出発の日、「流石に心細きことのみ多きこの程なれば、出で行く跡に残らんも物憂かるべく、又停車場にて涙こぼしたらんには影護かるべければとて」、朝早く「エリスをば母につけて知る人がり出しや」ったという叙述のあとに、「余は旅装整へて戸を鎖し、鍵をば入口に住む靴屋の主人に預けて出でぬ」という一行が挿入されている。この「鍵」の出来事は、その後の物語展開に何のかかわりも持っていない。第一「靴屋の主人」はこの箇所以外には、手記の中に全く登場してこないのである。にもかかわらず、ほとんど無意味だとしか思われないこの些細な行為が、なぜ手記の中に書き込まれているのか。というより、なぜ、かかるトリビアが豊太郎の記憶の中には長く刻みこまれていたのか。私は、前日に天方から勧められたロシアへの随行を承諾してからこの朝まで、豊太郎の関心が、医学的に妊娠が確定したエリスの体調への気遣いでも、胎児への心配でもなく、ほとんどエリスの停車場での〝見送り〟をいかにして阻止するかという一点だけに集中されていたという事情を、このセンテンスの向こうに透視することができるのではないかと考えている。エリスと暮らし始めてからこのロシア行きの日まで豊太郎が一度も旅に出なかったらしいことは、後の「袂を分つはただ一瞬の苦患なりと思ひしは迷ひなりけり」というエリスの手紙の文面から推察できるが、〈夫〉の初めての旅であればなおさらのこと、エリスが停車場で豊太郎の出発を見送りたいと思うのは当然の話である。だがエリスと相沢の両方を欺く二重生活を続けていた豊太郎としては、見送りにきたエリスの姿を相沢たちに見られることは絶対に阻止しなければならなず、かといって強引すぎる禁止によってエリスに不審の念を抱かせることも避けなければならなかった。このアポリアの処理に神経を磨り減らしていた豊太郎は、極寒の早朝に妊婦と老婦に荷物を持たせて知人のもとに「出しや」ることの苛酷さに思いいたることがなかったばかりか——「出しやりつ」という表現は、停車場での見送りを望むエリスを説得するのに、小さくないエネルギーが必要だったことを推測させる——、「出しや」ってもなお、エリスの翻意を心配して緊張の糸が解けず、エリスが戻ってこないことを確かめて家に施錠した時点で初めて見送りの危機が去ったことを実感してほっとすることができた……という豊太郎の内面劇が、「鍵をば靴屋の主人に預けて出でぬ」という叙述に露呈されているのではないか、と私は思うのである。

さてエリスの〝見送り〟が最初の危機だったとすれば、第二の危機は当然、〝出迎え〟である。「今は只管君がベルリンにかへり玉はん日を待つのみ」と書き送ってくるエリスは、豊太郎の帰国を停車場に出迎えたいと思いを日々募らせているに違いない。そしてこの〈妻〉として当然の要求を、遠いペエテルブルクから手紙の言葉によって阻止し切ることできないと読んでいた豊太郎は、出迎え完全阻止のためにどういう方法をとったのか。明治二十二年の元日、ベルリンに到着した豊太郎は、停車場で天方たちと別れて一人クロステルに向かう。ロシアからベルリンまでの列車内で、天方使節団たちが占める空間のラングはもちろん日本語であったに違いないし、そでの話題には、今回の訪露における「舌人」豊太郎の功績に対する賞賛あるいは慰労の言説が多く含まれていたに違いない。したがって停車場で、カイゼルホオフに向かう天方一行を見送った時、豊太郎は日本語の世界に別れを告げて、一人だけドイツ語の世界に戻っていく自分を痛切に自覚したものと思われるが、ワイゲルト家に到着した時、エリスは四階から「梯を駈け下」りてくる。自分が妊娠していることを一瞬忘れてしまうほど嬉しかったのであろうが、そのあと彼女は豊太郎の首に抱きついて、「善くぞ帰り来玉ひし」と「喜びの涙」を「はら〳〵」と流したとある。事態は明白である。豊太郎はあれほど自分の帰りを待ち望んでいるエリスに、あえて帰国の日程を一切教えないという方法によって、出迎えの可能性を完全に封殺していたのである。あの冬の日曜日以来、豊太郎にとって、二つの世界を接触させないことがつねに最優先課題であり、それを懸命に守り抜くことによって際どい二重生活を維持しようと努めていたことがわかる。「善くぞ帰り来玉ひし。帰り来玉はずば我命は絶えなんを」というエリスの叫びは、いつまでたっても豊太郎から帰国予定の知らせがこないという状況の中で、豊太郎がこのまま帰ってこないのではないかという不安を彼女が募らせていたことを物語っている。妊娠中のエリスを精神的な不安性の中に置き続けることのリスクよりも、出迎えの危険性の封殺の方を優先させた豊太郎の価値判断は、冷徹なまでに明晰である。

その後、天方からカイゼルホオフに呼ばれ、帰国の話を持ちかけられた時、翻訳の依頼がなされていないという点にも注目しておきたい。それまで豊太郎がホテルに呼ばれた時はドイツ語文書翻訳の発注があり、「翻訳の代」も渡されていた。したがって前述の通り、豊太郎はドイツ語をワイゲルト家に持ち帰って日本語をホテルに届けるという言語生活を維持することができていたのたが、この日、豊太郎はドイツ語をワイゲルト家に持ち帰ることができず、逆に「承り侍り」という日本語をドイツ語に翻訳してエリスに伝えなければならなくなったのである。二重言語生活破綻のあらたな危機の到来である。ドイツに「係累」のないことを聞いて「落居たり」という天方の念押しの意味を承知の上で帰国に同意した豊太郎は、この夜エリスのもとに直行できず、真冬の深夜に道路のベンチで数時間を過ごす。手記の書き手としての豊太郎は、この夜の自分の心境を「黒がねの額はありとも、帰りてエリスに何とかいはん」と記しているが、「黒がねの額」よりも「何とかいはん」の方に重点を置いて読めば、もはや〝ドイツ語人間〟と〝日本語人間〟との分離が通用しなくなったピンチへの対処方法を発見できない困惑を、ここに見出すこともできるはずである。しかし家にたどり着いた豊太郎は、エリスの質問に対して「答へんとすれど声出でず」、つまりドイツ語を一言も発さないうちに昏倒して意識を失ってしまい、二つの言語をめぐる絶体絶命の危機は他力的に回避された。周知の通り、数週間も人事不省に陥っていた豊太郎がようやく意識を回復した時、エリスはすでに狂人＝言葉を喪った存在となって言葉を失ってしまっており、豊太郎には日本語の世界しか残されていなかった。二つの言語の接触の危機は相沢謙吉が取り除いておいてくれていたわけである。言うまでもないことだが、「我豊太郎ぬし、かくまでに我をば欺き玉ひしか」というエリスの悲痛な叫びも、ドイツ語によるその発語の現場にを豊太郎は立ち会っていない。現場で原語を聞いたのは相沢謙吉であり、豊太郎は相沢の言葉を介した〈情報〉として「後に聞」いたのである。

3

このように豊太郎は、ベルリンの地においては二つの言語の接触を回避しぬくことができたのであるが、セイゴンの船の中で「概略を文に綴りて見む」と決意した時点で、彼は、ベルリンでは接触することのなかった二つの言語世界を、エクリチュールの空間において同一のラングで再編成するという課題に直面していたことになる。手記が全文日本語で書かれる以上、エリスの言葉と相沢の言葉をドイツ語と日本語に分離することも、エリスと会話している時の豊太郎と天方たちと会話している時の豊太郎とをラングの差異によって分離することも不可能だからである。バイリンガルという保護服を脱がなければならない初めての現場が、セイゴン碇泊中の汽船の「中等室の卓のほとり」であったと言ってもいいかも知れない。

ベルリンではコンタクトを回避し続けることのできた二つの言語世界を、手記という言説の中で触れ合わせるにあたって、豊太郎が採用した戦略の第一は「弱き心」、「鈍き心」の持ち主としての自己像の強調である。「弱き心」の強調が自分はまだ決断したわけではないという自己弁明のためのものであることについては多くの指摘があるが、ベルリン時代の豊太郎はまだ、ことさら「弱き心」の持ち主として自己を規定する必要はなかったはずである。二つの世界が言語的にはっきり分離されていたからである。セイゴンの船の中で、初めて二つの言語世界を同一平面上に並べる言説の構築という作業に入った時、豊太郎は日本語空間における自分の言動を、エリスのドイツ語の問いかけという厳しいヤスリにかけるという言語活動を通じて、あらためてその理由を説明する言葉が必要になり、そこで発見されたのが「弱き心」というキイワードだったのではないだろうか。この言葉の出所として、ホテルで再会した時に相沢から発された「この一段のことは素と生まれながらなる弱き心より出でしなれば」という言説を重視する小森陽一氏の論があるが（「『舞姫』試論」『成城国文学論集』一九八四・六）、後述のように、この相沢の発話は直接話法ではなく、「是れその言のおほむねなりき」とある通り豊太郎による要約であり、相沢に属する言説だと断定することはできない。また『舞姫』の初出系本文ではこの箇所が「生まれながらなる心」とだけなっていて、「弱き」という形容詞が付加されたのは『美奈和集』版以降であることも周知の通りである。

手記の書き手としての豊太郎の第二の戦略は、すべての言語を文語文体で統一するだけでなく、会話文を、地の文以上に雅語性を強くするという方法である。ドイツ語で話されていたエリスの言葉が、例えば「我を救ひ玉へ、君」というスタイルで翻訳され、豊太郎がエリスに語りかけるドイツ語の方も「何故に泣き玉ふか」という文体で翻訳される。ドイツ語だけではない。「余は明旦、魯西亜に向ひて出発すべし。随ひて来べきか」、「いかで命に従はざらむ」といった天方と豊太郎との会話も、実際の会話とはだいぶ異なった一種の〈翻訳〉が施されてことによって手記の発話の言説が編まれている。一見すると、この文体によって、クロステル／カイゼルホオフというベルリンにおける異質な言語世界の等質化が手記のエクリチュールの中で積極的に図られているようにも見えるのだが、しかしこの明治二十年代においても古風で時代離れした雅文体による会話の翻訳が、エリスのドイツ語に付着していた〈声としての身体性〉を削ぎ落としてしまうという効果を持っていたことを看過してはならないだろうと私は思う。

ちょうど「明治廿一年の冬」の前後に出た二葉亭四迷訳『あひゞき』『めぐりあひ』が、原文の「意味」に忠実なだけでなく、原文の「音調」までも日本語に再現しようとする翻訳方針において画期的であったことはよく知られている。森鷗外とは違って太田豊太郎は、日本の文学事情にどれほど通じていたかは不明である。[6] したがって彼は二葉亭の存在すら知らなかった可能性もあるのだが、そうだったとしても、バイリンガルとしての豊太郎の卓越した力量を考えれば、エリスの言葉の口調や微妙な個性といったものを翻訳し得る条件は十分あったと見てよいだろう。だが豊太郎は、手記執筆にあたって二葉亭とはちょうど反対の翻訳方針を選択していたのである。

井上靖に『舞姫』の現代語訳があることはよく知られている（井上靖訳・編『明治の古典8 舞姫 雁』学研、一九八二）。例えば相沢に会いに行く豊太郎に向かってエリスが言う「縦令富貴になり玉ふ日はありとも、われをば見棄て玉はじ。我病は母の宣ふ如くならずとも」という箇所が、井上訳では「たとえ富貴の身におなりになる日はあっても、わたしをお見棄てにならぬように。わたしの病が母の言うような妊娠ではないにしても」となっている。現代日本語として現前性あるいは迫力に欠ける訳だという感を否めないが、しかしこれは井上訳の問題というより、豊太郎における翻訳そのものが、「少し訛りたる」というエリスの言葉が持っていたはずの〈声としての身体性〉への想像力を完全に封殺する働きをしていことに起因していると考えるべきであろう。言葉としての現前性を持った現代語訳を、原文自体が拒んでいるのである。もちろん前述の通り、天方の言葉の方も〝原語〟とは異なる雅文体に翻訳されていてエリスの文体との間にあまり落差はないのだが、天方の言葉の身体性とエリスの言葉の身体性と、どちらを手記の書き手が恐れていたかは明らかである。

小説表現史のレベルでいえば、日本人と外国人との外国語による会話や、日本人の前に現れた外国人の外国語の表現をどのように言語処理するかという問題は、開国後まもない明治初期の作家たちが直面した課題の一つであった。その試みは多様であるが、例えば『舞姫』より二年ほど前に書かれた須藤南翠『新粧之佳人』（明19）は、谷川恵一氏も指摘する通り（「異国の女」『日本文学』一九九八・一二）、同じ章の中で主人公が日本人と会話する場面の言説は俗語調、アイルランド人との会話場面の言説は雅文調という明確な使い分けがなされており、雅文体が「英語」による会話であることを示すサインになっている。[7] 豊太郎はもちろん小説を書いているわけではないが、エリスの（およびエリスと豊太郎との）ドイツ語と、天方の（および天方と豊太郎との）日本語との間に文体的な差異をあえて設けない手記の特色に、エリスの言葉から身体性を脱色しようとする豊太郎の言語戦略を見ることができると私は思う。

4

豊太郎の手記の中で、引用符（カギ括弧）によって括り出された台詞は、寺門の扉の前で豊太郎がエリスに声をかけ、エリスが答える場面が最初である。くりかえし述べてきたように、バイリンガルの豊太郎が、エリスの言葉を日本語として再確認していく初めての経験という性格を、セイゴンにおける手記執筆行為は持っていた。その豊太郎にとって、このエリスとの出会いの場面におけるドイツ語の会話をどのような文体で翻訳するかということはきわめて重要な選択だったはずであり、最初の台詞として「なにゆえに泣き玉ふか」、「君はよき人なりと見ゆ」という文体を選んだ段階で、手記の戦略は決定したということもできるし、あるいはそこに手記執筆者としての豊太郎の政治性を認めることができると言ってもいいかも知れない。エリスの言葉と天方たちの言葉とを初めて同一平面上で向かい合わせ、翻訳というかたちであらためてエリスの言葉と向かい合わなければならなかったセイゴンの豊太郎は、そのプレッシャーを、みやび性の強い日本語への翻訳によってエリスの言葉の身体性を削り取るという方法でどうにかそれを切り抜けることができたとも言えるのであるが、しかし手記の最終段階でその戦略が大きな破綻の危機に遭遇するというサスペンスが『舞姫』には用意されている。

豊太郎の手記の特徴の一つは、相沢謙吉の言葉には引用符がまったく付されていないという点である。ホテルで相沢と会ったその日にエリスと別れるように説諭される場面も、前述の通り豊太郎自身による要約であって、直接話法による相沢の言葉の再現ではない。またエリスとの会話や天方との会話には豊太郎自身の言葉も引用符で括り出されている箇所があるのに、相沢との会話場面では豊太郎の言葉の方にも引用符が出てこない。つまり相沢と豊太郎との会話部分だけは直接話法が全く採用されていないのであり、ここに相沢の言葉を豊太郎の言葉から分離させずに、未分化の状態においておきたい、という一種の言語的な共同関係への意志を、あるいは相沢を言語的同伴者にしなければ手記執筆が遂行できなかったという豊太郎の依存性を見ることができるのではないと私は考えている。作品末尾の相沢を「憎む心」という表現の解釈についても、相沢と豊太郎の言葉を故意に未分化の状態に保つことで手記が執筆されてきたこととの関係性を見ておく必要があるだろうが、いま注目したいのは、この末尾表現を含む最終段落のすぐ前に置かれているパラグラフ——意識を取り戻したあとで自分の目で見た時のエリスの姿を語る部分である。

　これより騒ぐことはなけれど、精神の作用は殆ど全く廃して、その痴なること赤児の如くなり。医に見せしに、過劇なる心労にて急に起こりしパラノイアといふ病なれば、治癒せむ見込みなしといふ。ダルドフの癲病院に入れむとせしに、泣き叫びて聴かず、後にはかの襁褓一つを身につけて、幾度か出しては見、見ては欷歔す。余が病牀をば離れねど、これさへ心ありてにはあらずと見ゆ。たゞをり〳〵思ひ出したるやうに「薬を。薬を」といふのみ。

（傍点引用者）

傍点を付した通り、この段落の表現上の最大の特色はテンスがすべて現在形になっている点である。『舞姫』に、「つ」「ぬ」「き」「けり」「たり」「り」といった過去あるいは完了を表す「時の助動詞」が頻出する[8]ことは周知の通りであり、石尾真理子氏の調査によると、『舞姫』における全自立語数に対する「時の助動詞」の比率は、『紫式部日記』や『更級日記』よりもはるかに高く『竹取物語』に匹敵するということである（「『舞姫』の文体の一考察――時の助動詞を中心に――」『香川大学国文研究』一九九〇・九）。そこに、〈もう終わってしまった出来事〉としての事件を語ろうとする豊太郎の意志を見て取ることは容易であるが、結末近くになって発狂したエリスの姿を叙述する段になって過去形が使われていないのは、過去形を使うことを許さない力がここで強く働いたからに他ならない。この場面でエリスはすでに意味の体系としての言葉を失っているのであるから、もうエリスの言葉を翻訳する必要はすでになくなっており、二つの言語世界との関係における緊張の〝山場〟はもう過ぎ去ったはずなのだが、まさにその緊張弛緩の間隙を襲うようにして、言葉を失ったエリスの姿の、それゆえに言葉を超えたストレートな身体が、〈もう終わってしまった出来事〉としての規定を根本的にゆさぶるように衝迫力をともなってよみがえり、過去形で語ることを禁圧してしまった。エリスの言葉の〈声としての身体性〉を脱色するという戦略が成功を収めたかに見えた矢先に、今度は言葉をなくしたエリスのむきだしの身体性そのものが強烈に浮かび上がってくることによって、手記は思いがけない大きなピンチを迎えてしまったのである。

手記の書き手の豊太郎は、その次の段落を「余が病は全く癒えぬ」という「余が病」を主語に立てたセンテンスで始めることによって「ぬ」の時制を回復し、発狂したエリスを「生ける屍」と名付けることによってかろうじて危機を脱出することができた。だが豊太郎の動揺と混乱は、その後のあわただしく逃げるような書き方にはっきりあらわれているし、そのオブセッションが「彼を憎む心」という言葉を生成したのだとすれば、その非完結的な不安定にこそ、小説としての『舞姫』の奥行きを再発見していく道が開けてくるのではないかと私は思う。

注

（1）「今日は日曜なれど心は楽しからず」というセンテンスのすぐあとに、相沢からの「郵便の書状」のデリバリーが叙述されているが、『舞姫』の中で「日曜」は小さくない意味を持っている。父の葬儀代を助けてもらった返礼にエリスが初めて豊太郎の「僑居」を訪ねてきた場面が、「シヨオペンハウエルを右にし、シルレルを左にして、終日兀座する我が読書の窓下に、一輪の名花を咲かせてけり」となっている点について、当時豊太郎はすでに「役所に赴いての事務取調べにも、すでに余り熱心ではなくなり〈歴史文学に心を寄せ、漸く蔗を嚼む境に〉入った今、仮寓にとじこもって壓世的な哲学や古典の詩文に読み耽って過す日が多かった」という解釈が小堀桂一郎氏にあり（『若き日の森鷗外』東京大学出版会、一九六九）、嘉部嘉隆氏は「『終日兀座する』はやはり鷗外の言い過ぎではないだろうか」として『舞姫』の矛盾点の一つにカウントしている（「『舞姫』についての諸問題（一）」『森鷗外研究』創刊号、一九八七・五）。だが豊太郎は日本政府からベルリン大学への「留学」を命じられていたわけではなく、「一課の事務」の「取調べ」（具体的には法制に関する現地調査）のために政府からドイツに派遣された国家官僚である。「大学」での聴講は豊太郎本人が〈希望〉し、あくまでも「官事の暇」という条件付きで「公の許し」を得た余暇の利用方法であって、官費洋行の任務には含まれていない。したがってかりに豊太郎が大学での「法科」の勉強に熱中したとしても、それだけではやはり「官命」に背く職務怠慢になっていたはずである。日本人留学生の一人が豊太郎とエリスとの交際を日本の「官長の許に報じ」るや、かねてから豊太郎を「憎み思ひし」官長が待ち構えていたかのように、ただちに免官処分にしたという経緯は、裏から見ればエリス問題以外には豊太郎を馘首できる口実が見つからなかったということでもあり、官長に忠実な部下ではなくなっていたとはいえ、豊太郎には法制調査という「官命」そのものを放棄したとみなされるような行為はなかったと考えなければならない。したがって豊太郎がエリス初訪問の日に「終日」自宅で読書に耽っていたという設定は、豊太郎の職務怠慢を表しているのではなく、この日が日曜日だったことを暗示していると読むべきであろう。またエリスの方も自分の窮地を救ってくれた恩人について、この時点ではまだ「太田」という名前と「モンビシュウ街三番地」という住所しか知り得ていなかったのであるから、礼訪の日として葬儀終了から最も近い日曜日——「太田」在宅の可能性の高い日——を選んだとしても不思議はない。豊太郎にとって国家や仕事から解放された最も楽しい日が日曜日であり、そこにエリスという「一輪の名花」が加わったところから二人の交際が始まったわけである。明治二十一年冬の「今日は日曜なれば家に在れど心は楽しからず」の「ど」という逆接表現は、このことを踏まえて読まれなければならないだろう。エリスの妊娠徴候によって日曜日が豊太郎にとってもはや「楽しから」ぬ日に変わっていたちょうどその日に、日本国家を背負った相沢からの書状が届くのであり、『舞姫』は〝「日曜」をめぐる変容の物語〟という一面を持っているはずである。

(2) 物語世界の中で豊太郎が受信したことを確認できる書簡の差出人は、母親、親戚、相沢、エリスの四人である。このうちエリスを除く書簡が「書状」となっているのに対して、エリスからの書簡だけは「書状」ではなく、すべて「書」(周知の通り鷗外が直接かかわった『舞姫』諸テキストにはいずれもルビがほとんど打たれておらず、訓みを確定するのは難しいが、エリスにあてられた和語性の強さから考えて、この「書」の訓みが「ふみ」であることは間違いないだろうと思う)、あるいは「ふみ」という表記があてられており、またエリスの発話部分における語彙は「文」(初出「ふみ」)または「便」であって「書状」という表現は一度も出てこない。この使い分けはおそらく偶然ではないだろう。「書状」よりも「ふみ」の方が和語的であるが、エリスのドイツ語の書簡だけが「書状」の字をあてられずに「ふみ」になっているのは、豊太郎がエリスのドイツ語の翻訳に雅文体を採用したのと同じ意識によるものと思われるからである。

(3) 豊太郎とエリスとの「師弟の交り」時代に、彼がエリスにドイツ語の正書法を指導したことは手記に明記されているが、日本語を教えたという叙述は皆無である。豊太郎の卓越した語学力は、エリスに日本語を覚えてもらう必要性を感じなかったのだろうが、この言語における非対称性によってエリスは終始、日本語圏から排除されることになった。出会いから別れまで、エリスがけっして立ち入ることのできぬ世界として、豊太郎が日本語圏を保持し続けたことが、『舞姫』のプロットを支えているのである。

(4) 免官以前の時期に「日比伯林の留学生の中にて、或る勢力ある一群と余との間に、面白からぬ関係ありて」と書かれている。この表現は日本人留学生たちの中には、豊太郎と「面白からぬ」関係になっていなかったグループとの交友があったことを暗示しているとも読めなくはない。また免官後の「同郷の留学生などの大かたは、夢にも知らぬ境地に到りぬ」という叙述もあり、免官後豊太郎が日本人留学生とまったく交渉を絶っていたと断定することはできない。したがって相沢との再会が「初めて」の日本語会話だというのはあくまでも比喩であるが、しかしベルリンの豊太郎の生活に、日本人との会話がきわめて少なかったことだけは確かである。豊太郎がベルリンに日本人の友人を持っていなかったからこそ、彼は相沢との再会から一か月以上も二重生活を維持することが可能だったのである。豊太郎に関する情報を相沢に、あるいは相沢に関する情報をエリスに伝え得る日本人が存在したならば、豊太郎の隠蔽努力は意味をなさなかったはずだからであり、豊太郎が免官後、エリスに関する情報を独占的に管理していたということが、物語成立のための絶対的な条件だったのである。

(5) 前田愛氏は「ウンテル・デン・リンデンのモニュメンタルな空間に連続す」る「晴れがましい場所」としての「カイゼルオホフ」と「エリスの部屋」の、「大いなる陶炉」／「小き鉄炉」という「するどい対照」に注目しているが、両空間の最も端的な対照は「欠け損じたる石の梯」と「大理石の階」(初出は「大理石の梯」)の方にあると思う。この日豊太郎は「欠け損じたる石の梯」を降りて、馬車でウンテル、デン、リンデンを疾走してカイゼルホオフに到着したのだが、ホテルの「久しく踏みなれぬ大理石の階」の身体感覚を通じて、エリスと暮らす「欠け損じたる石の梯」の世界との隔たりの大きさを痛感していたはずであり、続いて「正面には鏡を立てたる前房」に入った時、その鏡(おそらく装飾の多い豪華な大鏡であろう)に映った自分の姿を見て、さらなる零落感を味わったに違いない。その直前の段落に「少し汚れたる外套を背に被ひて」という表現があるが、この日外套が「少し汚れ」ていたというような些細な事柄が、セイゴンで手記を執筆している豊太郎の記憶にくっきり刻まれていたのは、カイゼルホオフでみすぼらしい男としての自分の鏡像の見た時の衝撃の強さを物語っているはずである。ちなみにこのカイゼルホオフの「鏡」は、ワイゲルト家で「これにて見苦しとは誰れも得言はじ。我鏡に向きて見玉へ」とエリスに言われて見た「我鏡」とコントラストをなしている。エリスの「鏡」では「見苦しとは誰れも得言は」ないはずだった外出用の装いが、「大理石の階」の世界の「鏡」では「見苦し」く映った落差からくる劣等感が、鏡を見た直後の相沢の部屋の前における豊太郎の「踟躕」に、そして再会時における「平滑（相沢）／轗軻数奇（余）」の対比につながっていることは言うまでもない。

（6）豊太郎はドイツに派遣されるまでは文学などには無関心であった。ベルリンで初めて文学のおもしろさに目覚めたのちも、彼が親しんだのは「シルレル」「ハイネ」といったドイツ文学であった。ただ日本の新聞社の通信員となってからは、ドイツの「文学美術に係わる新現象の批評」などを日本に送信しているのであるから、その記者活動の中で、日本の文学事情に対する知識を得ていた可能性はある。

（7）ほかにも例えば坪内逍遥『内地雑居・未来之夢』（明19）は、英文にカタカナのルビを施した上で日本語訳を括弧で注記するという方法をとっており、曙女史『婦女の鑑』（明22）では、登場人物たちの語学力の有無にかかわらず、どの外国人と日本人との間にも言葉の壁を越えた自由な会話が成り立っているという大胆な設定のもとで、すべての台詞が雅文体で統一されている。だがこれらは三人称小説であり、その言語処理は作者が一義的責任を負っている。『舞姫』は一人称の語り手の内的必然性にもとづいて文体選択が行われているという点において、画期的な小説だったのではないかと思う。

（8）厳密には「余は幼き比より厳しき庭の訓を受けし甲斐に」以前の冒頭部分には現在形が目立つが、しかし冒頭部では語り手はまだ本格的な回想に入っておらず、回想にとりかかる直前の〈今〉に関する叙述が中心なのであるから、これは当然である。

少女と娼婦——一葉『たけくらべ』

1

十九世紀後半、欧米諸国に台頭したいわゆる第一次フェミニズム運動が積極的に取り組んだ問題の一つに売買春問題がある。だが彼女たちの発想が、娼婦を恥ずべき存在、汚れた罪深い存在と見なす差別的な「醜業婦」観を克服することができず、強制売春制度の廃止を求める「廃娼」運動が、娼婦それ自体の追放を目指す「反娼」運動に転化していく中で、性に対して抑圧的な古い道徳主義とフェミニズムが結託することになっていったという問題点が、今日、多くの女性史研究者たちによって指摘されている。この点に関して、日本の歴史家で最も尖鋭な論陣を張っている一人が藤目ゆき氏であろう。藤目氏は「近代日本の公娼制度と廃娼運動」（脇田晴子・S・B・

ハンレー編『ジェンダーの日本史』東京大学出版会、一九九四)の中で、「婚姻外の性関係を罪悪視し、『純潔』でない女性に汚名をきせ排斥するというのは西欧的価値観であり、近代日本の廃娼運動家は欧米の社会浄化運動からこの価値観を受容し、日本に普及するように要請した」と断じて日本の廃娼運動に対する評価の抜本的な見直しを提唱し、廃娼運動の輝かしい先駆として評価されてきた群馬県の公娼制度廃止についてもラディカルな批判を加えている。歴史学の門外にいる私は藤目氏の立論の全体を論評できる立場にないが、『たけくらべ』との関係で強い示唆を受けたのは、イギリスのCD法(contagious disease act)廃止過程に大きな力があったとされている「白人少女奴隷」キャンペーンについて、藤目氏が「何も知らない『無垢な処女』が売買され売春を強制されているとのセンセーショナルな暴露が公衆の関心を集めた。八六年に伝染病法が廃棄されるのには、このようなセンセーショナリズムが大きな役割を果たした。『無垢な処女』の売買と強制売春に反対することは、ヴィクトリア朝的価値観をみじんも脅かすことにはならず、逆に、大いにその価値観に訴えたからである」と指摘し、それと裏腹の関係で「幼くもなく、無垢でもなく、経済強制によって身を売る女性たちは、非難されるべき特殊な女性として固定されていった」ことへの注目を喚起している点である。

言うまでもなく「contagious disease」とは性病の婉曲表現であり(藤目氏は「伝染病法」と訳しているが、「接触感染症法」という訳語もある)、CD法はイギリス軍兵士への梅毒感染を防止するために、指定された地域における娼婦を警察が管理下に置くことができ、警察が娼婦と認めた女性は二週間に一度、性病検査つまりヴァジャイナの検査を受けなければならないことを定めた法律で、一八六四年に制定された。ちなみに、このイギリスの強い要請を受けて、日本の明治新政府が横浜の外国人居留地の遊廓内に官費で検黴病院を新築し、在日イギリス人の名誉院長のもとに週一度の娼婦のヴァジャイナ強制検査を開始したのが一八六八（明治元）年であるから、日本における検黴制度の歴史が、来日英国人男性の性欲処理の〝安全〟保障を目的として始まったという事実とともに、これがイギリス本国におけるCD法の成立とほぼ同時期だったというコンテンポラリネスも知っておく必要があるだろうと思う。そしてこのCD法廃止運動に寄与したとされる「『無垢な処女』が売買され売春を強制されているとのセンセーショナルな暴露」とは、一八八五年七月にロンドンの『ペル・メル・ガゼット』紙に連載されたウィリアム・ステッドの「The Maiden Tribute to Modern Babylon」を指している。ローティーンの少女たちの性が貴族の老人たちに買われ、またヨーロッパ大陸の売春業者に売られていることを暴露したこの記事がイギリスの世論に与えた衝撃は大きく、ロンドンで二十五万人規模の大集会が持たれるなど「パリの革命を想起させる」ほどの状況が現出した。(2) それ以前から全国的にひろがりつつあったCD法廃止要求運動はこれで大きく昂揚し、同年まずイギリス議会で決議された刑法改正法によって女性の承諾年齢《エイジ・オブ・コンセント・フォー・ガールズ》（女性に対する性行為を、本人の同意の有無にかかわらず一切レイプと見なす年齢の上限規定。少女の性の自由に対する全面的な抑圧でもある）がそれまでの十三歳から十六歳に引き上げられ、そして翌年にイギリス本国内でのCD法の廃止が実現する。(3) CD法の廃止自体は確かに廃娼運動の成果であったには違いないが、「売春」と「少女」とが結びついた時に世論の高まりが生まれたという背景に、ヴィクトリア時代の性規範の一つを形成する「無垢なる存在」としての「少女」神話とその強制があったことを看過するわけにはいかないだろう。少女は無垢でなければならず、少女時代はなるべく長く維持されるべきであり、そしていったん犯されてしまえば少女ではなくなってしまう……という〈少女〉のイメージ――イギリスではさらに「white」という条件も加わっていた。植民地における少女売買は国内世論の昂揚を生成しなかったからである――に支えられたセンセーションだったわけであるが、〈少女〉と〈娼婦〉を無条件で二項対立させていく図式そのものの差別性を、藤目氏は問題にしているのだと思う。

事実この「The Maiden Tribute」報道をきっかけにして「社会純潔運動（The social-puritymovement）」が勢いを強め、NVA（全国自警協会）が結成されていくが、その矛先は売買春問題においては娼婦それ自体の追放に向けられるようになってくる。そして有名な〝切り裂きジャック（Jack the Ripper）〟事件が発生したのは、このような時代状況の中においてであった。CD法廃止の翌々年にあたる一八八八年の八月から十一月にかけて、ロンドンの一角で少なくとも五人（犠牲者の人数には諸説がある）の娼婦――うち四人は四十歳代の「若くない」女性であった――が相次いで惨殺され、ナイフで「リップ」された姿で発見されるという猟奇的な連続殺人事件であり、警視総監の辞任劇にまで発展しながら結局迷宮入りになったことは周知の通りである。事件の真相は百年経った現在でも不明であり、犯人探しの論議は、階級、人種、職業、ジェンダー等にかかわる差別をあらわにしながら実にさまざまな物語が生成され続けてきているが、私が注目したいのは、この事件が、当時「娼婦狩り」を引き起こしていた「社会純潔運動」の、その「熱狂のコンテクストで読むことができるだろう。犯人は生体解剖めあての外科医だと一部で信じられたこの事件は、娼婦を街から消そうとした社会純潔運動をさらに一歩過激にしただけである」(『ヴィクトリア朝の性と結婚』、中公新書、一九九六)という度会好一氏の指摘である。そして氏の指摘を勝手に援用させてもらいながら、厳格な親(特に母親)の監督のもとで「無垢」の中に幽閉された「少女」の唯一の正統な将来は「ただ一人の男のものである純潔な妻」以外にあってはならず、その対極に「あらゆる男のものである乱交的な『転落した女』」を措定し、〈少女〉は不可侵的存在として保護されねばならないが、いまわしき存在である〈娼婦〉は社会から抹殺されても当然だとする発想を、比喩的に「〝切り裂きジャック〟事件の文脈」と名付けておきたいのだが(事件の犯人の実際の動機はもちろん不明である)、これは百年前のイギリスの問題というだけにとどまらず、ほぼ同じ頃に日本で書かれた一葉の『たけくらべ』を読むわれわれのまなざしにもかかわってくるのではないかという気がする。『たけくらべ』はまさしく〈少女〉と〈娼婦〉を物語の中心線に抱え込んだ小説だからである。

2

まず、『たけくらべ』評価の枠組み形成に力の大きかった「三人冗語」の『たけくらべ』評を再検討してみたい。『たけくらべ』評の載る前月から『めさまし草』で始まったこの匿名合評は、最初に「頭取」が梗概を説明し、「ひいき」が長所を褒めたあとに、「悪口」等が批判や冷やかしを述べるという形式によって褒貶のバランスを取るというのが基本パータンであった。だが『たけくらべ』評はそれから大きく逸脱している。「ひいき」の長い賛辞のあとに「第二のひいき」のこれもまた長い褒め言葉が続いて評が閉じられるという、「悪口」系のコメントを欠いた(4)『たけくらべ』評は、「三人冗語」の最大の特色であるはずの批評の複眼性、あるいは合評の「演劇的構造(5)」が破られているのである。この異例とも言うべき賛辞の羅列という現象を、『たけくらべ』の傑出性に帰着させるのはもちろん早計である。「三人冗語」は「評者は各自評を書いて持ちより、それをもとに口頭で合評し合ったものを、のちに林太郎が整理して清書したものと思われる」(苦木虎雄「鷗外研究年表(15)」『鷗外』一九八九・一)と言われており、最終的な編集権は鷗外が掌握していたようであるが、「悪口」系の発言がくるべきところに「第二のひいき」を名乗ってオマージュの加算を行ったのが鷗外自身であったことを考えた時、そこには『たけくらべ』に対する感動の直截な発露などてはなく、むしろポリティックスと呼ぶべき鷗外の明確な意図が浮かび上がってくる。

「三人冗語」の中で「第二のひいき」（鷗外）が「われは縦令世の人に一葉崇拝の嘲を受けんまでも、此人にまことの詩人といふ称をおくることを惜しまざるなりけり」という最大級の賛辞を贈ったことはよく知られているが、われわれはまずこの評価が、

大音寺前とはそも〳〵いかなる処なるぞ。いふまでもなく売色を業とするもの、余を亨くるを辱とせざる人の群の住める俗の俗なる境なり。されば縦令よび声ばかりにもせよ、自然派横行すと聞ゆる今の文壇の作家の一人として、作者がその物語の世界をこゝに択みたるも別段不思議なることなからむ。唯だ不思議なるは、この境に出没する人物のゾラ、イプセン等の写し慣れ、所謂自然派の極力摸倣する、人の形したる畜類ならで、吾人と共に笑ひ共に哭すべきまことの人間なることなり。われは作者が捕へ来りたる原材とその現じ出したる詩趣とを較べ見て、此人の筆の下には、灰を撒きて花を開かする手段あるを知り得たり。

という前提のもとに下されていることを無視してはならない。鷗外は、現実の「大音寺前」は「まことの人間」などいるはずのない「俗の俗なる境」であるのに、ここに「原材」を採った『たけくらべ』には豊かな「詩趣」が現出されているという、モデルと作品世界との落差を作品評価のベースにしているわけであるが、このことがことさら強調されている理由を考察する上で見逃すことができないのが、この数年前に鷗外が「医と衛生家」の立場で廃娼問題について演説した「公娼廃後の策奈何」である。

この演説が行われたのは一八八九（明22）年十二月二十一日は、前述の「The Maiden Tribute」キャンペーンから三年半後、〃切り裂きジャック〃事件からほぼ一年後。鷗外自身に即せば、医学会論争の余波で『東京医事新誌』主筆の座を追われたため、新たな医学的言論活動の拠点として『医事新論』を創刊し、また小説『舞姫』の原稿の完成を目前にしていた時期である。(6)鷗外自身の強い希望で予定演題を急遽変更して行われたというこの演説でまず注目されるのは、初めのところに「余が西に航せし初めなりしが『パル、メル、ガゼット』の新紙は龍動の黒闇界に怖ろしき光線を射落としてき余は諸君に向てこれを反復するを好まず或は又た諸君の自らこれを記臆したるに任さむ唯だ余は諸君に向てこの事の未だ必ずしも『パル、メル、ガゼット』の摘発を待たざるを言はんのみ」という言説があり、「The Maiden Tribute」を鷗外がドイツ留学中にリアルタイムで知っていたことが確認できるという点である（鷗外は『ペル・メル・ガゼット』報道の前年の秋にベルリンに到着している）。つまり「パリの革命」を想起させたと言われたこの時の空気に、最も早く注目した一人が、陸軍省派遣留学生・森林太郎だったわけである。

鷗外はこの演説の中で「医と衛生家とは何れの国にても殆ど必ず存娼論者」であるが、自分は「廃公娼論」の側に「左袒する」という立場を明確にしている。しかし演題からも分かるように、この演説は公娼制度廃止そのものではなく、公娼制度廃止が実現した場合におけるその後の衛生管理の問題に主眼が置かれている。公娼を廃止しても「無娼国」にならないことは歴史が示すところであり、したがって廃公娼後も娼婦に対する「監守」が大事であると主張する鷗外は、「監守」実施の衛生上の効果を示すデータの一つとして、イキリスの「コンタヂヨス、ヂスイースト、アクト」すなわちCD法によって英国兵士の梅毒が「大に減ぜし」という「当時の医の報告」をあげている。もう一度確認しておきたいのは、この鷗外演説が行われたのが、イギリス国内の大きな反対運動によって、CD法が廃止されてから二年以上も経っていたという点である。この演説の中で鷗外は「英吉利の廃娼論者」の議論に何度も言及しているが、イギリスの「廃娼運動」がCD法廃止運動として大きな流れを形成していったことは繰り返すまでもない。にもかかわらず、演説の冒頭近くで「The Maiden Tribute」も視野に入っていることを明言していた鷗外が、イギリスのCD法反対運動にもCD法廃止の事実にも一言も触れることなく、もっぱら同法の軍事衛生上の効果を強調した上で、「英人は例の不干渉的処分に狃れてこれを推して全国の大都府に及ぼさん勇なきのみ」と述べているのは、情報の不足というより、意図的な情報隠蔽がなされていた可能性がきわめて高いと思う。ちなみにこうした「barrier of statistics」がイギリス国内におけるCD法存続（拡張）論者の最大の武器になっていたらしいが、CD法廃止後の統計結果によると、新兵志願者中梅毒のために失格になった者の比率はCD法最後の年にあたる一八八六年に〇・八一八％だったのが、廃止から十四年経った一九〇〇年には〇・二二二％にまで低下しており、つまりCD法はその唯一の名目が兵士の身体を梅毒の感染から守ることにあったにもかかわらず、廃止後の方が感染率の低下が著しい、という結果が出ているということである。(7)

公娼制度に反対し、その廃止後に私娼に対する積極的な「監守」のシステムの確立を主張する鷗外は、その中核をなす「撿梅」実施の便利という観点から「聚娼監守」を推した上で、娼婦に対する撿梅に対する三種類の反対論を紹介してそれぞれに反駁を加えている。反撿梅論の第一は撿梅が娼婦の衛生的安全性を保証することによって「この悪業を勧進する」という議論であり、「英吉利の廃娼論者が唱へはじめ」たこの主張を、鷗外は「誨淫説」と名付け、この説の誤りは実態によって明らかだとした上で、「世人は兎角、撿梅を忌まわしきものに思へど梅毒の更にこれよりも忌まわしきをば忘れたる如きは何故ぞや」と力説している。反撿梅論の第二は、「これも英吉利廃娼論者の首唱したりし所にて同じく梅毒あるべきに男を撿せずして女をのみ撿することやはある」と不公平性を難じる「偏頗説」であり、これに対する鷗外の反論は、男女における性道徳順守は男性よりも女性に対して厳しく求められるのが常であり、「況や売笑者にありてはかの猥褻の事を以て一種の職業となすゆゑこれに取締の法を当て行はるゝも奈何ともすべからさるをや」というものであり、さらに「撿陰」をされるのは女子だけではなく、日本の徴兵検査に際しては「撿陰」が一律に義務づけられているし、「また一たび兵となりては下士官以下は大抵何れの国にても幾週に幾度と定めて撿せらるゝことあり」（傍点引用者）という論理を付け加えている。第三の反撿梅論は、ヴァジャイナを検査される娼婦が被る羞恥の面から撿梅を批判する「羞慙説」であるが、これに対して鷗外は、「羞慙の婦女の身に於ける価値多き」という一般論を肯定しつつ、次のように反論している。

このわれから婦徳を棄てゝ——殊に習慣娼となりし——人に向ひてこれをいふは柔に過ぎた

るべきか且つ近世の医学の中にて婦人科といふ部分の事を思へ何かなる王侯貴人の婦人淑女なりともこの科に属する病に侵されたる時は一診を辞することはえなさゞらむ、さるを況や習慣娼となりたる身をや

売買春自体を禁止できない以上、現役兵士と、将来兵士となる男性の身体を梅毒から守るために娼婦の身体を強制的に検査せよ、という論理は当時珍しいものではなかった。鷗外演説では反撿梅論に対する具体的な論理的反駁がなされている点が注目されるのだが、その分だけ鷗外のイデオロギーが鮮明に浮かび上がってくる。この検黴制度＝娼婦に対するヴァジャイナ検査強制システムは『たけくらべ』研究において、〝美登利変貌論争〟の過程であらためてクローズアップされてきた問題であるが、この制度が国境を越えた近代公娼制度の支柱の一つであり、イギリスのCD法反対運動はこの強制検査の廃止を要求項目の中心に掲げていたことは周知の通りである。イギリスの娼婦たちはこの強制検査で体内に挿入される膣鏡を「お上のペニス」と呼んで嫌悪を示し、フェミニストたちは「医療機器によるレイプ（instrumental rape）」と規定していたということであるが、『たけくらべ』がテクストの中に内包している素見歌「厄介節」の歌詞の中の「月に三度の御規則で、検査なされる其時は、八千八声のほととぎす、血を吐くよりもまだ辛い」というフレーズは、まさに「検査」が「レイプ」であったことを照らし出している。(8) そしてこのことを踏まえて「医及び衛生家」としての鷗外の演説を読み直してみると、売買春問題の中心を男の梅毒感染の防止という一点に絞る「管理」の発想の徹底ぶりとともに、公娼制度廃止派を名

乗る鷗外の「醜業婦」観が際立ってくるのは皮肉である。「婦人科」的疾患を持つ女性がその治療のために（あるいは妊娠のために）自発的に医師の検査を受けることと、娼婦が症状の有無にかかわらず男客の衛生のために自分のヴァジャイナを強制的に検査されることとは全く異質のものであるにもかかわらず、故意に両者を同一視して、恥ずかしい検査を受ける女性は娼婦だけではないと言い張る鷗外の詭弁性は歴然としてるが、その詭弁を支えているのは、公娼制度廃止後に存在が予定される「習慣娼」には、女性として一人前に「羞慙」を言い立てる資格など認めるべきではなく、娼婦はもっぱらオブジェクトとしての身体的存在であると断定してはばからない思想である。度会氏の前掲書の中に、CD法下のイギリスで、「客に裸をさらすのと、医者のまえで脱ぐのとどう違う」と問われた一人の娼婦が、憤激して次のように反撃したというエピソードが紹介されているが、

片方は自然に外れていないじゃない、だけどもう片方は自然じゃないわよ。何とか命をつないでいかなくちゃならないんだもの、生きるために女がやむを得ずやっていることと、あすこに行くのとは大違いでしょうに。感情もない牛みたいに人を引きずり回してさ、器具を人の身体に突っ込んでさ、それも病気を治してくれようってんじゃないのよ（病気じゃないんだから）、男どもに通わせて人を敷居になるまでにこき使おうというんだから。

鷗外の論理はまさしく、娼婦の身体を「牛みたいに」扱うことを、「医と衛生家」の立場から正当化しているものと言わねばならないだろう（この演説が、フリイドリヒ・ザンデルの論を下敷

きにしたものであることは、後に鷗外自身が明らかにしているところであるが、ザンデルが論駁している「反撿梅論」は鷗外演説が整理した三説のうちの前二者だけであり、「羞慙説」の扱いは鷗外のオリジナルだったと思われる。）

なお、公娼制度廃止論者を自任する鷗外はこの演説の最後に、廃娼運動に献身する女性活動家の価値は認めるものの、「女子の全体」をこの運動にかかわらせることには賛成しないという論を付け加えている。「夫れ売笑の事は素と不正なる情欲に基してこの間の一事一物、一つとして猥褻醜穢の極ならぬはな」く、これにコミットするのは女子の「本分として跋蹤すべからぬ境地に関係し玉ふ」ことであり、一般の「情操ある家婦、子女」は、かかる「最醜最穢の事」の分野には情報のレヴェルにおいてさえ接触しない方が望ましいからだ、というのが鷗外の論理である。同じ箇所で鷗外は、女医の存在について「女子の中に学問を好み特殊なる精神の傾向ある人々は医とならむも面白かるべしされればとて医学、医術を以て女子全体の常業とせんことは望ましからず」とするフォードルの説を援用しており、社会活動に献身する女性を「特殊なる」存在として「女子全体」から切り離す発想が露わであるが、いま問題にしたいのは、「最醜最穢」の職業に従事する娼婦と、貞淑な一般の「家婦、子女」とを二項的に対立させ、後者が前者と接触すれば堕落するというテーゼが、前述した「〝切り裂きジャック〟事件の文脈」とつながっているという点である。くりかえすが、この鷗外演説が行われたのは、ロンドンの猟奇的連続殺人事件から一年後のことである。

3

この鷗外演説を参照することによって、「三人冗語」の『たけくらべ』評に出てきた「俗の俗なる境」、「人の形したる畜類」という表現の持つ意味が、あらためて垣間見えてくるのではないかと私は思う。「最醜最穢」の空間である吉原の「余を亨くるを辱とせざる人の群り住」む現実の大音寺はまさに唾棄すべき場所にほかならず、したがってそれを写実的に描けば、当然醜悪な物語世界ができあがるところなのに、反対に見事な「詩趣」を実現していることを絶賛する鷗外の評のイデオロギー性は、自己の娼婦観にもとづいて、「猥褻醜穢」な「娼婦」と可憐な「少女」美登利とを両極に布置させる図式を『たけくらべ』評価の絶対的な前提にしようとしているという点において、詩学よりも政治学としての色彩が濃厚である。だがこの鷗外の同時代評の呪縛力は強く、今日までの一世紀の間に出た『たけくらべ』論や『たけくらべ』評の数はおびただしいが、「娼婦」／「少女」という二項対立の図式が、ほとんどの『たけくらべ』論の前提にされてきたのではないか。近年の〝美登利変貌論争〟も、この前提を揺り動かすというより、かえってそれを強化してしまう面があったのではないか。対極に「娼婦」を置きつつ、「少女」という過剰なバイアスを通して美登利一人が特権的＝差別的にまなざされる、そういう枠組みで『たけくらべ』は読まれて過ぎてきたのではないか。いまわれわれは、この枠組みそのものを根本的に問い直し、鷗外の賛辞を「文だんの神」からの下賜ではなくきわめてポリティカルなものとして洗い直してみることが必要なのではないか。……一葉研究にいささか携わってきた者の一人として、私は自己批判とともに今このことを痛感しているところである。

「無垢なる少女」と「淫乱な娼婦」との対立の構図で『たけくらべ』の物語の悲劇性を読み取っていこうとする姿勢は、一方で藤目氏の言う「幼くもなく、無垢でもな」い娼婦に対する偏見を増幅させると同時に、他方では美登利を観念的な少女イメージの中に封じ込めることにもなる。イギリスで少女が売買されているという報道の衝撃に興奮した世論の昂揚が法的な「承諾年齢」の引き上げを実現していった過程には「denial of girlhood sexuality」が認められるとウォルコッツ氏が書いているが[9]、こうした少女イメージは、さらに無垢でない少女を「少女」の範疇からから切り捨てて行くという力学をも派生させることにもなり、『たけくらべ』に戻れば、これは美登利以外の少女たちと美登利との関係の読みに、密接にかかわってくるはずである。

『たけくらべ』の第一章で「大音寺前」の一帯の風俗が「よそと変」っていることを説明する語り手は、この町の住人の多くが「廓者」であり、「娘は大籬の下新造とやら、七軒の何屋が客廻しとやら、提灯さげてちよこちよこ走りの修業、卒業して何にかなる」と語っている。この「娘」が単数ではなく、不特定の複数であることは言うまでもない。この娘たちは現在の「修業」が終わったら、何になるのだろうか……という語り手の暗示の方向線がプロの娼婦に向かっていることは明らかであり、少女たちの〝未来〟に関する語り手の言説は、当然〝過去〟における多数の事例を踏まえているはすであろう。つまりこの町に多く住む「廓者」の娘たちにとっては、吉原の下働きから娼妓へというコースが一般的なのだということが、『たけくらべ』の冒頭で示されているわけである。第八章にも語り手が、「ご出世といふは女に限りて」というこの土地の特色を語る有名なナレーションが出てくる。「このあたりの裏屋より赫亦姫の生るゝ事その例多し」とした上で、その具体例として語られている二例がいずれも吉原以外の場所における芸妓としての出世であるために、他地で芸妓になった少女が「赫亦姫」と見なされているかのような錯覚を読者は抱きがちであるが、第一章と対応させながらテクストを読めば、他地の芸妓になった二人はこの地域における例外的なケースであり、多くの「赫亦姫」が吉原の娼妓になった娘たちを指していることは明らかである。大音寺前の世界においては、吉原が「廓者」の娘たちというプールから新しい娼妓を不断に供給され続けているということが『たけくらべ』の世界の前提になっているにもかかわらず、美登利一人だけを、近い将来、遊女になることを宿命づけられた特別な少女として突出させていく読みは、他の少女たちに対する差別のまなざし——露骨な言い方をすれば、「廓者」の家に生まれ育って、早くから妓楼で下新造をしているような娘は、すでに「無垢なる少女」のイメージから程遠い存在であり、そんな少女が娼妓になって身体を売買されたとしても問題にはならない、ただ美登利だけが「少女」から「娼婦」への痛ましい橋を渡った、あるいは渡ろうとしているのだ……、という視線である——を内包してしまっていると言わねばならないだろう。実際、「三人冗語」の鷗外のラインを延長させていけば、「下新造」や「客廻し」をしているような少女が「卒業」して娼妓になっていく物語だったら「灰」のままになるにもかかわらず、美登利という可憐な少女がヒロインとして設定・造形されているために、美しい「花」を咲かすことができたのだという評価の構図になるはずである。

だが「小格子の書記」をしている美登利の父親はまぎれもなく「廓者」であり、美登利は「廓者の娘たち」の一人である。近い将来吉原の娼妓になることを予定された多くの無名の「廓者の娘」たちを『たけくらべ』の世界が内包しており、その少女たちとの〝連鎖〟の中に美登利がいるのだという当然のことを読者は確認しておく必要があるが、それと同時に、第十一章の秋雨の筆やで女房が正太郎を揶揄する場面で、「嫁さん」候補として「花屋のお六さん」と「水菓子やの喜いさん」という「堅気」に属する家の娘と美登利とが同列に扱われていることも見落としてはならないだろう。つまりこの町においては「大黒屋」と「水菓子や」とは強い対立項を形成してはいないのであり、第八章で町の「若い衆」たちが吉原の「新妓」と「糸屋が娘」の容貌を同次元で比較していることなども併せて、「少女」と「娼婦」とを対極的存在として捉らえる図式が該当しないところにこそ、『たけくらべ』の世界の特色があると言えるからである。あるいはまた、育英舎の春季大運動会で美登利が信如にハンケチを手渡したのを見つけた友達の「やきもちやき」が、「大方美登利さんは藤本の女房《かみさん》になるのであらう」と冷やかしているのも、もちろん「冷やかし」とはいえ、美登利が信如の妻になるという絵柄が思い描かれていたことを示しているわけであるから、〈僧侶〉と〈遊女〉、決して結ばれることのない宿命に縛られた少年と少女の恋……という枠組みも、伝統的な物語の「型」に回収させ過ぎた読み方ではないだろうか。

もちろん第五章に、長吉が美登利に泥草履を投げ付けて「何を女郎め頬桁たたく姉の跡つぎの乞食め」と罵る有名な場面があることは周知の通りである。だが読者は、少女をメンバーに一人も含まない「横町組」のリーダーである長吉が、遊廓の「素見」の常連になることで得意がるような「若い衆」たちとは異なる位相を持っていることと同時に、この少年が前年秋の「仁和賀」という吉原の大イヴェントで、行列の先頭に立つ「金棒引きに親父の代理をつとめ」てから「気位が高く」なっているという設定を併せ読んでおく必要があると思う。やはり堅気対娼婦という単純な図式ではないのである。

あるいはまた「紀州生まれの美登利は、『たけくらべ』の子どもたちの中では、たったひとりのよそ者であ」るとする前田愛氏の有名な見解がある（「こどもたちの時間――『たけくらべ』試論――」『樋口一葉の世界』、平凡社、一九七八）。この前提に立って氏は、「美登利の体内にひそむ流民の血」を想定していくのであるが、この指摘が差別の問題を新しい角度から照射していることは確かだとしても、しかしここにはあらたな差別が内蔵されてしまっているのではないかという気が私はする。誤解のないように断っておくが、美登利に「流民の血」を想像することが差別だと言いたいのではない。私が問題にしたいのは、美登利一人だけが「よそ者」であるということが無条件で前提にされている、そのバイアスの問題である。前田氏が論文の中で、明治十年代の吉原周辺地図と明治四十年代の地図とを対照させて、この地域における農村地帯から市街地への変貌の激しさを提示しつつ、「私たちは、『たけくらべ』が典型的な明治の下町の物語であるかのような固定観念にとらわれているが、じっさいには、明治二十年代の大音寺前は、東京の市街地が郊外の農村部と交錯する縁辺地帯であっ」たことを立証して、従来の『たけくらべ』論が前提にしていた「下町の物語」というバイアスを揺り動かしたことはあらためて説明するまでもないが、「明治二十六年」の大音寺前が「急激な都市の膨張過程のほぼ中間点にあた」る「不安定な時期であった」という氏の発見の線上に、したがって『たけくらべ』当時、この地域は人口の流動が激しく、つまり「よそ者」であふれていた、という想像が容易に成り立つはずである。また実際、『たけくらべ』の舞台を丹念に研究されてきた荒木慶胤氏の調査によれば、この土地の居住者の数は、「明治五年には二百軒に満たなかった家並が、明治二十六年には四千戸を上まわ」るまでに急増していたということであるから（『樋口一葉と龍泉寺界隈』八木書店、一九八五）、『たけくらべ』の時代、現実の下谷龍泉寺町は住民の変動が激しく、新しく移住してきた「よそ者」の方が代々の定住者よりもはるかに多かったはずであるし、一葉の一家もそうした「よそ者」に属していたことは断るまでもない。そして『たけくらべ』の物語世界に限っても、鳶の頭である長吉の父親を除くと、この町の定住民であることを確認できる父親がいないという点を読者は見落としてはならないだろう。妻が死んだあと「田舎の実家」に帰ったという田中やの正太郎の父親はもちろん上京（あるいは出府）者であるし、また地縁の論理を代表すると言われることの多い龍華寺も、信如がこの寺に生まれ育ったことは確かだとしても、父親和尚の方は彼がもともと「よそ者」だった可能性をテクストは否定していない。龍華寺の宗派についてはやはり浄土真宗だと考えるのが妥当だと思うが(10)、真宗が親鸞以来、僧侶の妻帯を許す「お宗旨」であることは言うまでもないとしても、しかし真宗の僧侶が必ず妻帯しなければならないわけではないし、必ず息子がいるとは限らないわけであるから、信如の父親を先代住職の息子だと簡単に断定ことはできない。この和尚が結婚した時、年齢は四十歳を越えていたはずであるが、この結婚が再婚であったことを示す表現はまったく見られないし、それ以前に子供がいたという形跡もない。真宗寺の住職が四十過ぎまで独身だったすれば、世襲による寺の後継者づくりに熱心ではなかったことになるが、これは彼自身が直系男子世襲以外の経路で住職に就任していたからだと考えることもできる。したがって大和尚も、出自の不明確な父親の方にカウントしておくべきだろうし、その他の固有名を与えられていない子どもたちの父親の職業を見ても、定住性を確認できるものはきわめて少ないのである。

以上のように考えれば、美登利とその家族だけに「紀州」という出身地が明示されているからと言って、他の子どもたちがみな定住民、あるいは定住民の子であるという前提を立てることはできないはずであり、美登利と他の子どもたちとの間に「よそ者」／地縁、漂泊白者／定住民という図式をかぶせていく読み方には私は賛同しがたい。この面においても美登利は子どもたちの〝連鎖〟の中に生きているのである。また前田愛氏は「げんみつにいえば、美登利には、千束神社の氏子としての資格が許されてない」とも書いているが、寡聞にして私は何を根拠にして氏がそう断定しているかを知らない。むしろ明治政府の神仏分離政策を視野に入れて考えれば、神社の「氏子としての資格」を持たない子どもは「寺」の息子の信如だったはずである。仏教の住職とその家族が神社の氏子になることができないのは、少なくとも廃仏毀釈後の近代の常識だからである。

4

『文学界』版『たけくらべ』の連載途中、七・八章掲載と九・十章掲載との間のブランクの時期に、一葉が『にごりえ』を発表していることは周知の通りである。銘酒屋菊の井の一枚看板のお力が、年齢も若く、際立った容姿に恵まれている上に、「天下を望む大伴の黒主とは私が事」という台詞を吐いたり、「一節さむろう様子のみゆる」という結城朝之助のまなざしが捉えた風情の表現が挿入されていることもあって、泥水に染まりきった一般の酌婦たちとは異なった存在、特別な女性であるという点にヒロインとしての資格を見る流れが強い。源七の妻お初が、「一葉やのお角」の話——男を翻弄して犯罪者にまで追い込みながら女の方は「おもしろく可笑しく世を渡」っている、とお初は言う——を引き合いに出して、お力を非難する場面があるが、酌婦に夢中なる夫を持ったお初の切実さや真剣さを認めつつも、しかしお力は、お角のような女と同列に扱われてはならない存在である……という一種の〝聖別〟の発想である。だがプロットとは一見無関係の、そしていかなる聖性も付与されていない二人の私娼の嘆きの声の紹介で始まり、その口説きのあとに「菊の井のお力とても悪魔の生れ替りにはあるまじ」というナレーションを経てお力の内面が初めて読者に明かされ始めるという『にごりえ』の第五章の構成は、〝醜業婦たちの群れ〟からお力を聖別しようとするヴェクトルとは明らかに異なった〝連鎖〟のダイナミズムをこの作品が指向していることを顕著に示すものといえよう。『にごりえ』の最も早い同時代評の一つに内田魯庵の「一葉女史の『にごり江』」(『国民之友』明28・10)があることはよく知られているが、魯庵は、右の「悪魔の生れ替りにはあるまじ」以下の言説を、主語を原文の「お力とても」からわざわざ「売淫婦とても」に変換して引用した上で、次のようにコメントしている。

さるに人の欠点若くは世の罪悪を穿鑿し且つ叱責するを以て職業とする道徳家諸先生は此売淫婦を論ずるに禽獣を見ると同心を以てす。売淫婦が色を飾りて貞操を売るは其職業なるが為にして他の錦繡羅綺を纏ふて軽車肥馬大道を睥睨して行くものより遥かに勝る、ものなしとせんや。世には唯売淫婦の賤むべき事だけを知りて之を叱咤し嘲弄するを以て已れが潔癖を衒ふの良好方便となす者多く最も同情の涙に富める詩人小説家すら一種の高等売淫婦の外は悉く蛇蝎視して窮悪悪魔と同じく之を斥罵す。売淫婦は社会の犠牲となれる最も憫むべきもの、一なり。『にごり江』の作者は此売淫婦に対して無量の同情を運ぶを惜しまざりし一事にて既に〳〵少なからぬ感嘆を受くるに足るべし。女性の身としては最も醜陋猥褻なる外皮に包まる、売淫婦なれば厭悪するこそ当然なるに、却て多涙なる同情を灑ぎしは縦令ひ全篇が多くの欠点を有つも猶ほ十分なる讃賞を払ふの価値あるべしと信ず。

もちろん魯庵はのちに「今日は無垢な処女が直ちに吉原に身を沈めて遊女になるといふような事は殆ど無く、茶屋女、芸妓、密売淫、妾奉公と有らゆる堕落の階級を経て吉原に堕ちるものばかりで」というかたちで、「無垢な処女」から「吉原」にいたる「堕落」のグレード論を展開し、また逆説性はあるにせよ「密娼に対しては別に厳重なる取締を設けて、渠等の検黴を強行するのは勿論、密娼自身が、嫖客の健康診断を行ふくらゐに衛生思想を発達せしめ、此思想の発達する見込みの無い常習的下等売淫婦は公娼として遊廓に収容してしまふ」ことを提案しているのであるから(「廃娼論の不必要」『廓清』明45・8)、彼の娼婦観は両面性において見ておく必要がある。しかし本稿で問題にしている「〝切り裂きジャック〟事件の文脈」との関連で言えば、彼の『にごりえ』評は、「嗚呼彼の売春の女なるもの、唯一の女徳たる貞操を売るもの、醜陋の極、卑猥の極、士君子たるものの口にするだに猶之を恥ずべし。而かも売春の女、彼も女児なり。その嘗て処女たりしの時、彼れまた豈に処女の羞恥と純潔とあらざりしならむや。而して色を売り貞操を売るの人間の最大恥辱たるを知らざりしならむや」(「一葉女史の『にごりえ』」『明治評論』明28・12)という角度から『にごりえ』に好意を示した田岡嶺雲の評価と比べても、「ジャック文脈」と拮抗し得る『にごりえ』の起爆力に触れ得ているという点において卓越していたと言うことができるだろう。

だがこのような『にごりえ』評の芽を摘み取るのに大きな役割を果たしたのが、またしても森鷗外であった。「三人冗語」の後続企画「雲中語」は、一葉没後の一八九七(明30)年、最初の『一葉全集』が刊行された機会に『にごりえ』を合評対象に取り上げているが、そこにおける「梗論家」(鷗外)の評価は次のようなものである。

今様の大都会となりし東京に、巴里の Demimonde より地位卑く、伯林の Putuzmacherin より行状あらはなる此一種の堕落女子ありて、この作に材料を与えたるは事実なるべし。されどその堕落女子の間に、果して真にお力の如きもののあるべきか、一葉の第五章より第六章に至る間に、力を極めて写し出したるお力の如きもののあるべきか、そは予が知らざるところなれども、いづれかと問はれなば、予は恐らくは斯人なからんと曰はんとす。濁江の境界は、東京市中到処に見出さるべき実際的に真なる境界なり。又お力の人物は、若し幕府の頃絶板せらるべき書を著したる人の孫なる血あり涙ある好箇の一処女ありて、此境界に堕在せば、想ふに応に此の如くなるべしと、この作者の仮構せらるところにして、よしや実際的に真ならざるも、必ず能く理想的に真なる人物なるべし。

作品の舞台は「堕落女子」の群れ集う「実際的」の世界だが、お力一人は現実に立脚しない、特別な「好箇の一処女」に出自を持つ「理想」の女性である……とする構図は、「三人冗語」の『たけくらべ』評価の構図とみごとなまでに一致している。そしてこの鷗外の言説がその後の『にごりえ』評の基本コースに大きな影響を与えてきたことを考えた時、「〝切り裂きジャック〟

事件の文脈」の制約から一葉作品を解放していくという課題は――それは同時に読者自身がこの制約から解放されていくことでもある――、一世紀以上を経過した現在でも依然として過去のものにはなっていない。いや「醜業婦観」そのものを問い直すところから、『たけくらべ』研究への新たな視野を模索していくことが、いま強く求められているのではないかと私は思う。

注

(1) 藤目氏の著書『性の歴史学　公娼制度・堕胎罪制度から売春防止法・優生保護法体制へ』(不二出版、一九九七)の第二章の初出にあたる。

(2) この光景に感激したジョセフィン・バトラー(反CD法運動の先頭に立った女性フェミニスト)の「The crowds and the days remind me revolution days in Paris」という言葉が、ジュディス・ウォルコッツ氏の『Prostitution and Victorian Society : Women, Class and the state』(Cambridge University Press, 1980)に引用されている。

(3) G・デュロイ、M・ペロー監修『女の歴史Ⅳ　十九世紀2』(邦訳藤原書店、一九九六)所収「危険な性行動」(栖原弥生訳)の中でウォルコッツ氏は、この記事はバトラーたちの側がステッド記者を「説得して、少女売春についてセンセーショナルな記事を発表させた」と書いている。同氏の『Prostitution and Victorian Society』(前注)では、前年の議会で承諾年齢引き上げが実現しなかったため、局面打開のために、バトラーたちがステッドに「assistance」を求めたとなっている。また本文中に引用した度会氏『ヴィクトリア朝の性と結婚』によれば、少女輸出事件はバトラーとステッドがCD法廃止のために連携して作り上げたもので、真相はステッド自身が金を母親に払った上で「白い少女奴隷売買に脚色した」のだということである。またバーン&ボニー・ブーロー『売春の歴史』（邦訳筑摩書房、一九九一）は、バトラーたちとの連携には触れていないが、ステッドが救世軍の女性と協力して証拠事例を計画していった経緯を紹介している。なお同書によると、ステッドはタイタニック号事件の犠牲者の一人である。

（4）途中に「むだ口」名義のごく短い言説が挿入されているが、その内容は「悪口」的なものではない。

（5）小倉斉「『三人冗語』『雲中語』の鷗外――《合評》形式の意味をめぐって」（平川祐弘・平岡敏夫・竹盛天雄編『講座　森鷗外2』新曜社、一九九七）

（6）『舞姫』の載った『国民之友』六九号の刊行デートが一八九〇年一月三日。「公娼廃後の策奈何」を分載した『衛生新誌』一二号と一三号が同月二日と十六日の刊行であるから、この演説と『舞姫』は活字として公表された時期もほとんど一致している。

（7）度会氏前掲書で紹介されているエブラハム・フレクスナー『ヨーロッパの売春』による。

（8）拙著『樋口一葉論への射程』（双文社出版、一九九七）でも触れておいたが、この厄介節の歌詞は資料によって異同がある。流布しているのは藤沢衛彦『明治流行歌史』版であるが、大久保葩雪『花街風俗志』版では「月に三度の御規則で、（中略）検査をされる其の時は、八千八こゑのほとゝぎす、血を吐くよりも未だ難堪い」となっており、この「中略」部分に活字では公表できないような文句が謳われていた可能性もあり得ると私は考えている。

（9）注（2）に同じ。

（10）龍華寺の宗旨については関良一氏の浄土宗説もあるが、この説では「お宗旨によりて構ひなきけれども」のところの解釈がどうにも苦しい。関説だと「お宗旨によりては」でなければ落ち着かないはずだからである。（『たけくらべ』未定稿には「門徒寺の心安きは僧形なれども奥様を持つに子細なく」という、浄土真宗の寺であることを明示したバージョンが含まれている。）したがって私は浄土宗説には賛同しないが、かりに浄土宗だとすれば、信如の父親は龍華寺の先代住職の子ではなかったわけであり、「よそ者」だった可能性が一層高くなるわけである。

〈補記〉　一葉を「樋口一葉」と呼ぶことの妥当性について、近年、私は再検討の必要性を感じており、本書収録に際してサブタイトルも姓表示のない「一葉」で通すことにした。その理由として、山梨県立文学館編集発行『樋口一葉展I　われは女なりけるものを――作品の軌跡――』（二〇〇四）所収の拙文「『樋口夏子』と『一葉』」を左に引用しておく。

一葉の発表作品の中に、本人が「樋口一葉」と署名したと確認できる作品は一つもない。「一葉」名義で『文学界』に連載された「たけくらべ」は「樋口一葉女」の名で『文芸倶楽部』に再掲されたが、周知の通り、この再掲本文の署名は一葉自身による「一葉」の上下に別人の手で「樋口」と「女」が加筆されたものである。したがって同じ『文芸倶楽部』の翌月号に載った「われから」の作者名「樋口一葉女」についても、「たけくらべ」と同様の処理が施されていたと考えるのが自然であろう。そしてこの二作品のほかには「一葉」の上に「樋口」姓を冠して発表された小説や随筆は存在せず、『樋口一葉全集』に収められた膨大な未定稿や未発表作品資料を通覧しても、「樋口一葉」の四文字を含む署名はわずか一例しかない。また正系の日記稿本には「樋口」姓を冠した署名のものが十冊あるが、それらの名はいずれも本名系（「夏子」、「夏」、「なつ」）であり、一方「一葉」と署名された二冊には姓の表示がなく、傍系日記にも「樋口一葉」は皆無である。和歌には「樋口」姓の署名が珍しくないが、その代わり姓の有無にかかわらず「一葉」名の歌は一首もなく、すべて本名系になっている。これは萩の舎の慣行通りであり、一葉は作歌の領域においては中島歌子門下「ひなっちゃん」の世界を生きていたようである。

このように一葉の署名方法は、姓を拒まない本名系と、無姓を志向する雅号系の二系列に截然と分かたれており、したがって両者の混合形である「樋口一葉」という署名は原理的に存在し得なかったという見方もできる。「一葉」の無姓志向について私は、若き女戸主として早くから樋口家を背負っていた一葉が、一個の作家として創作と向き合う時空間においてだけは、家からも、萩の舎の共同体からも解放された世界を強く希求していたのではないかという想像に駆られている。もちろん確たる証拠があるわけではない。しかし、例えば母親が妾であったために生涯を通じて「木村」という父の姓と「岡本」という母の姓との二つの相克を生きた曙は自らの小説にけっして姓を付さなかったし、田澤家の総領娘という位置に納まることに抵抗した稲舟の場合は、遺された自筆原稿のすべてが「いなぶね」という平仮名四文字だけの署名になっている。また結婚、離婚、再婚によってめまぐるしい姓の変遷を経験した紫琴は、評論には本名をフルネームで署名しても、雅号を使用した創作では「清水」の姓も「古在」の姓も記していない。このように明治前半期の複数の女性作家たちに署名と雅号に関する共通した傾向が認められるのであり、一葉の署名方法も、当然この同時代の文脈の中で考察される必要があるだろう。いずれにしても、「樋口夏子」と「一葉」という二系列の署名の存在が、今後の一葉像構築に向けて、けっして小さくない意味を持っていることだけは確かだと思う。

「無鉄砲」と「玄関」――夏目漱石『坊っちゃん』――

『坊っちゃん』の語り手は一体誰に向かって語っているのだろうか。「『なぜそんな無闇をした』と問いつめる潜在的な聞き手」としての「〈常識ある他者〉」に向かって語りがおこなわれているとする小森陽一氏に、次のような指摘と推論がある。

『坊つちやん』を読むうえで忘れてならないことの一つに、一カ月余の「おれ」の教師体験が語られるべき当初の相手は、語り手が言葉を向けている聞き手（読者）ではなく、下女の清であったという事実がある。「おれ」は二章で、着任一日目の印象を清に手紙で知らせ、そこで「今に色々な事を書いてやる」と約束する。しかし、この約束は果たさないまま、「おれ」は帰京してしまうのである。（略）いわばこの果たされざる約束を、清の死後、清ならぬ聞き手に向かって果たすというところに、この語りの屈折が生じているともいえよう。「おれ」の全き了解者（分身）として存在していた清に「話をする」事柄を、〈常識ある他者〉としての聞き手に語るがゆえに、一種強迫観念にも似た、自己の行為や思考への理由づけに対する固執が生まれてきているのである。(1)

小森論文が『坊っちゃん』の語りの構造の分析に正面から挑んだ画期的な仕事として多くの示唆に富んでいることはあらためて断るまでもないが、この「聞き手」想定については氏のベクトルとは逆の方向での想像、つまり清に向かって「語られるべき」内容が「清ならぬ聞き手」に向かって語られているのではなく、今は死者となっている清を第一の聞き手として語りが成立している、生前「果たされざる約束」を「清の死後」清本人に向かって果たしつつある語りとして考えてみることはまったく不可能だろうか。この点へのこだわりが本稿の出発点になっている。

1

語り手としての坊っちゃんが(2)「おれ」という自称詞で通しているために、主人公としての坊っちゃんも同じようにところかまわず「おれ」をふりまわしていたような印象を読者は抱きがちだが、実際には会話文（準直接話法的部分を含む）に出てくる坊っちゃんの自称表現のうち「おれ」が占める比率は約半分に過ぎない。出来事の場における坊っちゃんの自称の使われ方を整理してみると次のようになる。(3)

①中学の職員会議での発言場面の二例（六章）はいずれも「私」(4)が使われている。

「私は徹頭徹尾反対です」、「私は正に宿直中に温泉に行きました」（傍線引用者、以下同じ。）

②校長相手の会話はすべて「私」である。

「それぢや私が一人で行つて主筆に談判する」、「其都合が間違つてまさあ。私が出さなくつて済むなら堀田だつて」等、八例（いずれも十一章）。

③赤シャツを単独の相手にした会話ではすべて「僕」が使われている。

「僕の前任者が、誰れに乗ぜられたんです」（五章。以下「章」を省略）、「よろしい、僕も困るんだが、そんなにあなたが迷惑ならよしませう」（六）、「僕は増給がいやになつたんですから、まあ断はります」（八）等、六例。

④山嵐が相手の場合は仲直り以前は「おれ」で通しており、仲直り後は「おれ」と「僕」が混用されている。

「校長が、おれの散歩をほめたよ」（四）、「おれは君に氷水を奢られる因縁がないから、出すんだ」（六）等、仲直り以前の部分に「おれ」五例。

「おれは江戸つ子だ」（九）、「おれは明日辞表を出して東京へ帰つちまはあ」（十一）等、仲直り後「おれ」九例。「僕あ、おやぢの死ぬとき一週間ばかり徹夜して」（十）、「今夜来なければ僕はもう厭だぜ」（十一）等、仲直り後「僕」四例。

⑤野だいこを単独の相手にした自称表現は一例しかないが（十一）、「おれ」で怒鳴りつけてい

る。

「痛からうが痛くなからうがおれの面だ。貴様の世話になるもんか」

⑥「天誅」場面（十二）における自称表現は、赤シャツと野だいこの両者を相手にした「おれ」一例だけである。

「おれも逃げも隠れもしないぞ」

⑦生徒たちとの会話で自称表現が出てくるのはバッタ事件での談判の場面（四）だけだが、すべて「おれ」である。

「なんでバッタなんか、おれの床の中へ入れた」、「何でおれの床の中へ入れたんだ、おれがいつ、バッタを入れて呉れと頼んだ」

⑧宿の婆さんとの会話では普段は「僕」が使われているが、興奮度の高い場面になると「おれ」になる。

「本当の本当のつて、僕あ、嫁が貰ひ度つて仕方がないんだ」（七）等、「僕」四例。「それでおれの月給を上げるなんて、不都合な事があるものか」、「年寄の癖に余計な世話を焼かなくつてもいゝ。おれの月給は上がらうと下がらうとおれの月給だ」（八）、以上「おれ」三例。

⑨清を相手にした会話の自称表現は三例しか出てこないが（一）、すべて「おれ」である。

「なぜ、おれ一人に呉れて、兄さんには遣らないのか」「おれは単簡に当分うちは持たない」「おれの行く田舎には笹飴はなさ、うだ」

この結果からまず確認できることは、主人公としての坊っちゃんが自称詞を聞き手に応じてかなり意識的に使い分けていたという事実であり、したがって語りの場における「おれ」の採用は普段の言語習慣から自動的に生まれてきたのではなく、聞き手との関係で意識的に選び取られたものであったと考えるべきであろう。したがって語り手としての坊っちゃんは「おれ」が最もふさわしいと判断した相手に向かって語っていることになるはずだが、出来事の場における坊っちゃんは他人意識の強い相手に対しては「おれ」を使っておらず、興奮や憤怒の状態で口をついて出てくる場合と、相手に強い親近感あるいは安心感を抱いている場合に「おれ」が使用されるという法則性があったことを右のデータは示している。そして語り手としての坊っちゃんが興奮や憤怒の状態の中にいるとは考えがたいから、語りの場において想定されている聞き手は強い親近感の対象だということになるだろう。坊っちゃんと交際のあった人物の中でこれに該当するのは⑤の仲直り以後の山嵐と⑨の清であるが、山嵐に対しては最後まで「僕」が併用されており、「おれ」だけで通している相手は清一人である。そして帰京後の清と坊っちゃんとの借家同居生活における坊っちゃんの自称詞は直接的には表現されていないが、「おれ」以外の語が使われていたとは考えがたい。また清が坊っちゃんに向かって自分のことを「清」と呼んでいたことが最終部で明らかにされており、「清」――「坊つちやん」、「おれ」――「清」という一人称と二人称の組み合わせを軸にした親密な言語関係が、初めて二人きりの生活を実現した両者の間に成立していたという構図を読者は想像することができる。したがって『坊っちゃん』の語りを貫いている「おれ」という自称詞の向こう側には、常に「清」の顔が浮かべられていたのではないか、あるいは二人称としての清を想定することによって、坊っちゃんは相手に応じてさまざまに使い分けていた自称詞群の中から「おれ」を選びとって語りの言語を紡いでいるのではないかと私は考えており、それが〝聞き手としての清〟の可能性にこだわってみたい理由の一つなのである。

2

〝聞き手としての清〟の可能性に私が拘泥する第二の理由は、例の結末部の解釈とかかわってくる。「死ぬ前日おれを呼んで坊つちやん後生だから清が死んだら、坊つちやんの御寺へ埋めて下さい。御墓のなかで坊つちやんの来るのを楽しみに待つて居りますと云つた。だから清の墓は小日向の養源寺にある」という末尾の表現について平岡敏夫氏から「小日向の養源寺は坊っちゃんの家の菩提寺であるわけだが、その菩提寺の同じ墓のなかで坊っちゃんの来るのを待っている下女の婆や。いったん下女がこうした墓に眠り、主人を待つということができるのだろうか(5)」という問題提起がなされたことが『坊っちゃん』研究史上のエポックとなったことは周知の通りであり、また三好行雄氏から「清は〈坊つちやんの御寺へ埋めて下さい〉と頼み、〈だから清の墓は小日向の養源寺にある〉のであって、前後のコンテクストからいえば、坊っちゃんのやがて入るべき墓穴で、清が眠っているのではあるまい。封建時代の主従関係では、主君の菩提寺に葬られるのは、殉死者への栄誉でもある」[6]とする新しい解釈が出されていることもよく知られている。だが末尾のセンテンスは清が実際に永眠している場所の在りかを示しているのだろうか、というこだわりが私にはある。

「今年の二月」という清の死亡時期の明示は、帰京後坊っちゃんが清と一緒に暮らすことのできた時間の短さを物語っていると同時に、清の死から語りの現在までの時間的距離の近さの示唆にもなっているはずで、語りの現在を小説『坊っちゃん』の脱稿・発表時期に一致させて明治三十九年（一九〇六）の三月下旬ないし四月初頭だとすれば、その距離は最短一か月、最長でも二か月にしかならない。そんな短期間のうちに次男である坊っちゃんが血のつながりのない下女を菩提寺に葬ることを九州にいる兄の承諾をとりつけ（父の死後「新橋の停車場で分れたぎり兄には其後一遍も逢はない」となっているから、兄は清の葬儀の時にも上京していないはずである）、また「元は身分のある」家柄だという清の「親身」である「甥」の方の了解も得た上で清の墓所の決定と埋葬を完了してしまっていると想定するには不自然なところがあるし、養源寺の中に新しい墓を建立したのだとすればいっそう時間的なリアリティに苦しさが出てくることになる。つまり本当に「清の墓」が「小日向の養源寺にある」のだとすれば、清の遺言からその実現までの過程の具体的イメージがあまりにも希薄すぎるのである。だが末尾の一行が清の墓の存在場所を指示しているのではなく、語りの全体をこの言葉で結ばずにはいられなかった語り手の心情だけを表しているのだとすれば、そのイメージの希薄性は当然だということになるし、清の遺骨が坊っちゃんの家の先祖代々の墓の中に葬られているのか、同じ寺の中に造られた別の墓の中に納められているのかという「寺」と「墓」の関係がひどく曖昧な表現になっている理由も解けてくる。しかも清の死から一か月以上二か月以内という時間設定は、比喩的な意味で清の四十九日に坊っちゃんが語っていることを暗示しているのではないか。実際の清の墓の在りかとは別に、語り手としての坊っちゃんがどうしても「だから清の墓は小日向の養源寺にある」という唐突な一句で結ばずにはいられなかったのは、この語りがほかならぬ清に向かっておこなわれているからではないかと私は考えているのだが、聞き手としての清を想定した上で、この末尾の一行と「親譲りの無鉄砲で小供の時から損ばかりして居る」という有名な冒頭の一行とを対応させることによって、『坊っちゃん』論のアポリアのひとつである「無鉄砲」問題に対しても新しい視角が開けてくるのではないかという気が私はする。

3

『坊っちゃん』研究史の中に、〝坊っちゃん「無鉄砲」神話〟を洗い直す方向での流れがあることは周知の通りである。運賃値上げをめぐる騒ぎの中で「無事街鉄の技手にとどまり、月給二十五円、家賃六円で清とうちを持って暮らしている坊っちゃんというのはすでに坊っちゃんではない[7]」という平岡氏の名高い提起をきっかけにして、帰京後の坊っちゃんがそれまでの「熱烈な正義漢」とはかけはなれた人間になっていることが注目され、また父親の遺産分与として兄から渡された六百円を、誰の管理も受けない独身下宿暮らしの中で学資として計画的にきちんと支出している物理学校生徒時代においてすでに「宵越しの金はもたぬという江戸ッ子の美徳からすれば、この計算どおり無事にやり抜いた坊っちゃんは、すでに坊っちゃんという内実とは異質なものに『変化』している」として、帰京後の「平々凡々たる都市中間層の末端生活」はすでにこの学生時代のうちに用意されていたとする竹盛天雄氏の見解[8]以来、物理学校時代の平凡でおとなしい生徒としての坊っちゃん像にも焦点があてられてきた。[9]そして竹盛氏が「飼い殺しになっていた『親譲りの無鉄砲』を資本にしてたっぷり見させてもらった夢のようなものではなかったか」と位置付けた四国教師時代についても、じつは「単純で率直な、直情径行型の行動人」としては貫かれておらず「坊っちゃんの言動はきわめて内弁慶的[10]」なものであることが相原和邦氏らによって論証されているし、教師像としての坊っちゃんが「熱血教師」のイメージとは違ったきわめて特異なものであることについても諸家の指摘がある。[11]

この〝「無鉄砲」神話〟を洗い直す『坊っちゃん』論の系譜に対する反論の流れももちろんあるが、私自身は熱血漢・正義漢・激情的行動家等との類義語としての「無鉄砲」さは、四国時代を含めて坊っちゃんの中に認めることはほとんどできないという立場に立つ。例えばこれもすでに言及されている箇所であるが、うらなりの送別会（九）の経緯をあげてみたい。この日坊っちゃんが山嵐と正義派コンビを組んで赤シャツ派に一撃を加えるべく奮闘したかのような印象を持ちやすいが、実際には坊っちゃんは計画段階において自分が発案者でありながら「ぢや演説をして古賀君を大いにほめてやれ、おれがすると江戸つ子のぺら〳〵になって重みがなくていけない。さうして、きまつた所へ出ると、急に溜飲が起つて咽喉の所へ、大きな丸が上つて来て言葉が出ないから、君に譲るから」という理由でまず実行者の役目を山嵐に「譲」っており、送別会の席で山嵐が演説のために立ち上がった時に拍手を送ったものの、「狸を始め一同が悉くおれの方を見た」ので「少々困つ」てしまい、山嵐が計画どおりの演説を終えて着席した時には、「今度も手を叩かうと思つたが、又みんながおれの面を見るといやだから、やめにして置いた」（傍点引用者、以下同じ）という。つまり彼は実行者の役をあらかじめ山嵐に譲っているだけでなく、「みんな」の視線を気にして拍手による支持表明さえ控えてしまっているのであるから、山嵐とコンビを組んだどころか事実上見殺しにしていたと言っても過言ではない。送別会の最後で野だいこの頭を殴打する場面に坊っちゃんの痛快さを認めようとする論もあるようだが、しかしその時はすでに酒席が乱れ切って乱暴が目立たない状況にあっただけでなく、校長と教頭の退席を見届けたあとでの行動だったことを見落とすわけにはいかないだろう。

　また四国時代の坊っちゃんの「無鉄砲」の「健在」を主張する高木文雄氏は、その根拠を「赤シャツ・野だいこ殴打事件」（十一）で「先に暴力に訴えた――卵を野だいこの顔に叩きつけた――のが山嵐ではなかった事」に求めているが[12]、もともと赤シャツ制裁のための温泉宿での張り込みが山嵐の「天誅」への執念に坊っちゃんが協力するというかたちのものであった上に、「殴打事件」自体においてもふたりの行動はけっして対等にはなっていない。すなわち「敵」の首謀者である赤シャツ相手の談判はすべて山嵐が引き受けており、坊っちゃんの方は子分格の野だいこしか相手にしていないし、「先に」卵を野だいこに叩きつけたことは確かだとしても、「殴打」そのものは山嵐が赤シャツを殴ったのを確認してから坊っちゃんも野だいこの方を殴り始めているのであり、殴打終了後も、

「おれは逃げも隠れもせん。今夜五時迄は浜の港屋に居る。用があるなら巡査なりなんなり、よこせ」と山嵐が云ふから、おれも「おれも逃げも隠れもしないぞ。堀田と同じ所に待つてるから警察へ訴へたければ、勝手に訴へろ」と云つて、二人してすた〳〵あるき出した。

とあるように、行動の主導権は一貫して山嵐の方にあったことは明らかである。まさに「赤シャツをやっつける、ここでの立役者は山嵐に他ならない(13)」のであり、もしも「警察へ訴へ」られていたとすれば二人の罪状にははっきり軽重の差がつけられることが予想されるような行動の構図である。しかもこの日坊っちゃんが袂に生卵を入れて持っていたそもそもの原因は、例の天麩羅、団子事件のあとで校長から「教師が可成飲食店抔に出入しない事にしたい」(四)という注意を受けたあと、生徒からのクレームに対しては「おれの銭でおれが食ふのに文句があるもんか」(三)と対応していた彼が、これ以降「天麩羅蕎麦を食つちやならない、団子を食つちやならない、夫で下宿に居て芋許りを食つて黄色くなつて居ろなんて、教育者はつらいもんだ」(七)と

不満を抱きつつも、おとなしくこの注意を守りつづけたために、[14]栄養補給手段として毎日鶏卵を購入していたことにあったのであるから、こっそり飲食店に入るという真似をしないのは「正直」とは言えるかも知れないが、しかし腑に落ちない禁止令に対して反論を掲げて抵抗するのではなく、忠実にそれを遵守している坊っちゃんに「正義漢」の面影を見いだすことはむつかしい。

坊っちゃんが赴任した四国の中学で進行していた「大事件」は、うらなりからマドンナを奪って山嵐を追放することを目論む赤シャツの陰謀劇であり、坊っちゃんはこの事件の過程でほんの脇役でしかなかったことはすでに広く認められているが、[15]「事件」の中における比重の問題を離れたレヴェルにおいても坊っちゃんはおよそ「熱烈な正義漢」とは程遠い言動に終始していたと言わねばならない。だが問題は、にもかかわらず語り手としての坊っちゃんが、なぜ「親譲りの無鉄砲で小供の時から損ばかりして居る」というセンテンスで語りを開始し、これから語られる内容が「無鉄砲」ゆえに「損」ばかりしてきた男の問題だという予見を聞き手に強く植え付けようとしているのか、という点にある。

4

『坊っちゃん』における「無鉄砲」という言葉の内容規定については、「一人前に働く理性の判断を、底から覆すほどに湧き上って来る激情による、超理性的な行為[16]」、「前後の理非を度外視して事を行っていく性格(17)」、「他者の言葉に裏表はないと信じ、その言葉を即自分の行為や思考として引き受けていくという、他律的な行動様式(18)」等さまざまな説明がなされてきている。だが石原千秋氏が指摘するように語りの中で坊っちゃんは「『無鉄砲』を乱発しているような印象があるのだが、実は四回しか使っていない(19)」という事実を最初に確認しておく必要があるだろう。一回目は言うまでもなく冒頭の一行であり、二回目は物理学校の生徒募集広告を見てただちに入学手続きしてしまったことについての「今考へると是も親譲りの無鉄砲から起こつた失策だ」(一)という回想時点における自己評価、三回目は物理学校卒業後四国の中学校教師の就職斡旋を即座に引き受けたことに対する「是も親譲りの無鉄砲が祟つたのである」(一)というコメント、最後が赴任第一日目に校長から教師としての心得を聞かされた場面に出てくる「おれ見た様な無鉄砲なものをつらまへて、生徒の模範になれの、一校の師表と仰がれなくては行かんの(略)と、無暗に法外な注文をする」(二)という内言部分であり、これ以降は最後まで「無鉄砲」という言葉は一度も出てこない。第四例は具体例を欠いているから、具体例とともに「無鉄砲」の語が語られているのは第一章だけだということになり、このうち少年期の腕白体験を除けば、語り手が過去の自分に対して「無鉄砲」という評価を直接下している行動は第二例と第三例であり、つまり他人との関係におけるトラブルの分野ではなく、物理学校入学と中学校就職といういずれも自身の進路選択に関する軽率さへの反省に限られているのである。清の〈山の手志向〉を重視して、坊っちゃん自身が「清の期待に応え、『立身出世』する気になっていたふしがある」と読む石原氏は、「『立身出世』のイメージの中心」だった「役人」へのコースを対置させて、「清の言葉にその気になっていた彼が、『親譲りの無鉄砲』を嘆くのも無理はない」としているが、この解釈にはまず時間的な無理がある。なぜなら引用文で明らかなように、坊っちゃんが自分の進路選択の「無鉄砲」さを「嘆」いているのは語りの時間の「今」だからである。物語の筋に即せば清が死んだあとになって、坊っちゃんは中学卒業後の二つの進路選択が「無鉄砲」ゆえの「失策」だったことを痛切に認識しているのであり、その思いがこの語り全体の基本的なモチーフになっているはずなのである。

では二つの「無鉄砲」な進路選択がもたらした「損」とは何か。それは何よりも清を失ったことに他ならないと私は思う。物理学校に入学し四国の中学に赴任したことに対する後悔の念は四国滞在中に芽生えているが、それは次のような文脈においてである。

考へると物理学校抔へ這入つて、数学なんて役にも立たない芸を覚えるよりも、六百円を資本にして牛乳屋でも始めればよかつた。さうすれば清もおれの傍を離れずに済むし、おれも遠くから婆さんの事を心配しずに暮される。一所に居るうちは、さうでもなかつたが、かうして田舎へ来て見ると清は矢つ張り善人だ。あんな気立のいゝ女は日本中さがして歩行いたつて滅多にはない。婆さん、おれの立つときに、少々風邪を引いて居たが今頃はどうしてるか知らん。先達ての手紙を見たら嘸喜んだらう。それにしても、もう返事がきさうなものだが——おれはこんな事許り考へて二三日暮して居た。（七）

二つの進路選択に対する坊っちゃんの後悔が清との別離を軸にして発想されていることは明らかである。そして「どうしても早く東京へ帰つて清と一所になるに限る」（十）という思いを募らせていった坊っちゃんの心情は、「東京へ着いて下宿へも行かず、革鞄を提げた儘、清や帰つたよと飛び込んだ」（十一）という帰京直後の簡潔な表現にもあらわれているが、にもかかわらずわずか四か月ほど同居生活を送っただけで清が死んでしまったという事実が、坊っちゃんの後悔を決定的なものにしている。清の死因は「肺炎」であるが、それと右の引用文に出てくる「風邪」とをむすびつける読みはすでにある。坊っちゃんの離京時における清の風邪に着目した平岡氏から「『風邪』から『肺炎』へ、そして死へという運びには、坊っちゃんが四国にいた期間だけ、清を延命させたようにも受けとられ、清はすでに、漱石内部においては死んだ哀切な存在としてあったのではないか[20]」という見解が提出されていることは周知の通りであるが、いきなり「漱石」と結びつける前に作品自体の文脈に即して考えてみると、むしろ坊っちゃんの四国行きが清の命を縮めていたという線が浮かび上がってくる。右の引用で坊っちゃんが待ち望んでいる清からの返事が遅れたのは「すぐ返事をかかうと思つたが、生憎風邪を引いて一週間許り寐て居た」ことが理由だったことがあとで明らかにされるが、坊っちゃんからの手紙が届いた時、一週間も返事に着手できなかったというのはその風邪が相当重症だったことを示しており、象徴的に言えば清は坊っちゃんが東京を離れていた一か月余の間、風邪を悪化させ続けていたと言ってもよく、その風邪が肺炎誘発の基盤になっていたと少くとも坊っちゃん自身はそう考えている。そしてこの「風邪」の悪化が、坊っちゃんが清を病床に残したまま遠い四国に行ってしまったことによってもたらされたものであり、そのために清を死なせてしまったという悔やんでも悔やみきれぬ想いが、その淵源としての二つの進路選択の軽率さにさかのぼっての「無鉄砲」という自己批評にこめられているのではないだろうか。

5

物理学校入学と教職斡旋受諾について高木文雄氏は「自己にたいする無関心、判断放棄[21]」だとしているが、坊っちゃんの進路選択は「自己にたいする無関心」だけによってもたらされたのだろうか。ここで注目したいのが、この作品の隠れたキイ・ワードとも言うべき「玄関」である。清の病死という事実そのものについての語りは「清は玄関付きの家でなくつても至極満足の様子でもあったが気の毒な事に今年の二月肺炎に罹つて死んで仕舞つた」という簡潔極まりない表現になっているが、それだけにこのワン・センテンスの中に「玄関付きの家でなくつても」清が「至極満足」だったことが語られていることの持つ意味は小さくないはずである。[22] 清の〈山の手志向〉を強調する石原氏は、この箇所を、

〈坊つちやん〉と〈山の手〉に家を持つことを夢見ていた清は、「田舎」での彼の話を聞いて、〈坊つちやん〉の運命こそが、「真つ直」で「正直」な者の運命だと悟ったに違いない。

だから、もう期待はせず、「玄関付きの家でなくつても至極満足の様子」を見せ、死の前日には、〈坊つちやん〉の寺へ埋めてくれと頼むのである。この、期待と現実との落差を知った彼女の態度に、読者は彼女の、そう言ってよければ、喜びと諦めとを見るはずである。清にも「北向きの三畳」での時間はあったのである。(23)

と解釈している。「玄関付きの家でなくつても」という表現が、物理学校入学以前の時期を語る語りの中に出てくる「立派な玄関のある家をこしらへるに相違ない」という清の言葉と対応していることは明らかであり、その言葉が「麹町」、「麻布」、「ぶらんこ」、「西洋間」といった世俗的な「立身出世」のイメージに立脚した語群とともに語られていたことも氏の指摘の通りである。だが、そこに清自身の〈山の手志向〉から諦めへの変化のドラマを透視しようとする石原氏の読みでは、「玄関付きの家でなくつても至極満足の様子」だったことを示した同じセンテンスの中で逆接辞を挟んでいきなり清の死が語られていることの意味がとらえきれないのではないかと私は思う。

四国の教師時代に初めて赤シャツの家を訪ねた時まず目についたのが「立派な玄関」であり、それを見て「田舎へ来て九円五拾銭払へばこんな家へ這入れるなら、おれもひとつ奮発して、東京から清を呼び寄せて喜ばしてやろうと思つた位な玄関だ」(八)という思いが浮かんでいることは、主人公としての坊っちゃんに対する「立派な玄関のある家」という清の言葉の影響力の強さを示すと同時に、「玄関付きの家」でなければ「満足」しない女という清のイメージが彼の中にあったことも物語っている。言い換えれば坊っちゃんは、清と「一所」に暮らすための条件あるいは資格として「玄関付きの家」にこだわっていたのであり、「六百円」の使途として「学資」を選んだ発想も、卒業後遠隔の地への赴任を承諾したのも、将来「玄関付きの家」を構えるという目標に規定されての選択としての側面を持っていたと考えられる。「坊っちゃんにその気があれば、物理学校卒業後すぐに、街鉄の技手にならずとも『月給は二十五円で、家賃は六円』（十二）程度の生活は可能だったはずであり、清を『至極満足』（十二）させることもできたはずである。それを敢えてしなかったのは坊っちゃんには、結局この時、清と『一所になる』気がなかったと考えるのが自然だろう」という前提に立って、四国への赴任は「生きるための方便であったと同時に、清の、言わば〈求愛〉からの〈逃避行〉であった」とする片岡豊氏の論もある[24]が、清にとっては坊っちゃんと「一所」に暮らすということだけが希望の中心であり、「玄関」は彼女の夢の装飾部分ではあっても彼女の満足度を左右するような本質部分にかかわるものでは決してなかったということに、在京時代の坊っちゃんは気がつくことができず、「玄関」がなければ喜ばない女という認識にひきずられるかたちで清から遠ざかる進路を選択し続けた彼が、四国の教師生活の中で清の「美しい心」、「人間として」の「頗る尊」さを発見し、帰京後「玄関付きの家でなくつても至極満足」な清の姿を目の当たりにして自分の誤認を知った時は遅過ぎた……というのが私の解釈ラインである。

　愈約束が極まつて、もう立つと云ふ三日前に清を尋ねたら、北向きの三畳に風邪を引いて寐て居た。おれの来たのを見て起き直るが早いか、坊つちやん何時家を御持ちなさいますと聞いた。卒業さへすれば金が自然とポケツトに湧いて来ると思つて居る。そんなにえらい人をつらまへて、まだ坊つちやんと呼ぶのは愈馬鹿気て居る。おれは単簡に当分うちは持たない。田舎へ行くんだと云つたら、非常に失望した容子で、胡麻塩の鬢の乱れを頻りに撫でた（二）。

この離京直前の場面において坊っちゃんが「単簡に当分うちは持たない」と言った時の「うち」は、「金」との結びつきからも明らかなように「玄関付きの家」の謂であり、その言葉を聞いた清の「失望」も「玄関付きの家」が「単簡」に実現しないことに対するものだと当時の坊っちゃんは受け取っていた。だが実際は清が病床で「坊つちやん何時家をお持ちなさいます」と尋ねた「家」が玄関の有無にかかわらない坊っちゃんとの水入らずの生活空間を意味していたということが、帰京後坊っちゃんが「もう田舎へは行かない、東京で清とうちを持つんだ」と叫んで借りた「家賃六円」の「うち」と等質のものを清がこの時切実に求めていたのだということが、清を失ったあとになって坊っちゃんには、痛いほど分かっている。（坊っちゃんと「一所」に暮らす「家」についての清自身の意識の変化があったとすれば、父親の死と兄の九州行きの時点では「あなたが御うちを持つて、奥さまを御貰ひになる迄は、仕方がないから、甥の厄介になりませう」として坊っちゃんの結婚までは別れて暮らすことを覚悟していた清が、坊っちゃんが物理学校を卒業したとたんに「坊つちやん何時家をお持ちなさいます」と尋ねている点にそれを認めるべきだろう。坊っちゃんが物理学校で学んでいた三年間で、「奥さまをお貰ひになる迄」など到底待ち切れないという思いを清は募らせていたのであり、それが「あなた」から「坊っちゃん」への二人称表現の変化にもあらわれていると思われる[25]。）そしてこの痛切な思いが語り手としての坊っちゃんの出発点になっているのであり、だからこそ彼は「親譲りの無鉄砲で小供の時から損ばかりしている」という一行で始まる物語を死んだ清に向かって語り始め、「御墓のなかで坊つちやんの来るのを楽しみに待つて居ります」という清の遺言のところまで語ったあと、どうしても「だから清の墓は小日向の養源寺にある」という断定で結ばずにはいられなかったのではないだろうか。

　清と別れて暮らす進路を選択した「無鉄砲」の結果としての「損」の大きさは、清を失った代償として坊っちゃんが得たものが何一つない――清の美しさ、尊さの発見を除いては――ことによって完璧なものになるはずであり、中学卒業後の坊っちゃんの体験が徹底的に空無なものとして語られなければならなかった最大の理由もここにあったのだと私は思う。物理学校生徒としての生活はまったく味気無いものでなければならず、赴任した場所は徹底的に「不浄な地」でなければならず、そこにおける坊っちゃんは武勇伝などを残してはならず、熱血教師として生徒との間に熱い交流などを結んではならず、親友を得たかに見えた山嵐とさえ新橋で「すぐ分れたぎり今日迄逢ふ機会がない」ままでなければならなかったのである。語りの現在における坊っちゃんが「只懲役に行かないで生きて居る許りである」という空虚な生き方をしている男として語られているのも同じ理由だろう。だが同時に清が第一の聞き手として想定されたこの語りには、かけがえのない清を失ってしまったおのれの「無鉄砲」を悔いる思いとともに、清ならばこの「無鉄砲」ゆえの「失策」をも許してくれるに違いないという「甘え」の感情が流れていることもまた確かであり、その甘えに対する〈作者〉の批評も、この〈小説〉に冠された「坊っちゃん」という多義的な題名の中に含められていると見ることができるかも知れない。

注

（1）「裏表のある言葉――『坊つちやん』における〈語り〉の構造」『日本文学』一九八三・三、四（「『坊つちやん』の〈語り〉の構造」と改題して『構造としての語り』新曜社、一九八八に収録）。

（2）『坊つちやん』を論じるとき、この小説の主人公を兼ねた語り手をどう呼ぶかがまず問題になるが、本稿では「坊っちゃん」で通すことにした。「おれ」と呼ばない理由は論旨から読み取ってもらえると思う。

（3）斉藤英雄氏「『坊つちやん』の世界――『譚』の内実」（『文芸と批評』一九七九・七）の中で坊っちゃんの呼称表現を分類した数値が示されているが、斉藤氏のデータには若干の遺漏があるようであり、また主人公のレヴェルと語り手のレヴェルが区別されていないため「ほとんど『おれ』」という認識によって「おれ」が統計から除外されている。

（4）旧岩波版全集の総ルビ本文はこの職員会議場面の「私」には「わたくし」というルビを振って、校長との談判の方の「わたし」と区別しているが、原稿・初出・初刊本文の「私」にはルビが施されておらず、坊っちゃんが両場面で発音を違えていたかどうかについてはなお検討の余地があるのではないかと思う。

（5）『「坊つちやん」試論――小日向の養源寺――」『文学』一九七一・一（『漱石序説』塙書房、一九七六所収）。
（6）『鑑賞日本現代文学⑤夏目漱石』（角川書店、一九八四）。
（7）注5に同じ。
（8）「坊っちゃんの受難」『文学』一九七一・一二。
（9）「坊っちゃんとおっさん――『坊つちやん』第一章――」（『漱石の命根』桜楓社、一九七七）における高木文雄氏の指摘以来、実在の「東京物理学校」が入学が容易なかわりに進級と卒業が難しいことで有名だったという事実との関係において、「学問は生来どれもこれも好きではない」坊っちゃんが「物理学校」を規程の「三年で卒業してしまった」ことも注目されてきているが、四国の中学から申し込みのあった教員求人に対する校長の斡旋候補者リストの中に、上位ランクではなかったとはいえ、坊っちゃんの名前が入っていたことも無視できないだろう。素行や性格面においても坊っちゃんは、物理学校の信用のために校長が教職推薦を躊躇しなければならないような問題生徒ではなかったことを示しているはずだからである。
（10）相原和邦氏「『坊つちやん』論」『日本文学』一九七三・二。なお氏の『坊つちやん』論は『漱石文学の研究――表現を軸として』（明治書院、一九八八）でさらに深められている。
（11）この問題を主軸に据えた『坊つちやん』論として川嶋至氏「学校小説としての『坊つちやん』」（『講座　夏目漱石』第二巻・有斐閣、一九八一）がある。
（12）「『親譲りの無鉄砲』について――『坊つちやん』一側面――」『金城学院大学論集』一九七七・一二。
（13）戸松泉氏「『坊つちやん』論――〈大尾〉への疑問」『東京女子大学日本文学』一九八八・九。
（14）団子屋の前に来て「食ひたいなと思つたが我慢して通り過ぎ」る場面が七章に出てくる。

(15)　注3の斉藤論文や、有光隆司氏「『坊っちゃん』の構造――悲劇の方法について――」（『国語と国文学』一九八二・八）によってこの問題に本格的な照明があてられたことは周知の通りである。

(16)　注12に同じ。

(17)　片岡豊氏「〈没主体〉の悲劇――『坊つちやん』論」『立教大学　日本文学』一九七七・一二。

(18)　注1に同じ。

(19)　『坊つちやん』の山の手」『文学』一九八六・八。

(20)　注5に同じ。

(21)　注9に同じ。

(22)　「様子であつたが」のあとに読点が打たれていないのは、このセンテンスを坊っちゃんがひと呼吸で一気に語っていたことを示していると解することができる。

(23)　注19に同じ。

(24)　注17に同じ。

(25)　青柳達雄氏「親和と切断――『坊っちゃん』の題をめぐって――」（『日本文学　言語と文芸』一九八一・一一）の中に、清が坊っちゃんのことをこの場面で初めて「突然〈坊っちゃん〉と呼」んでいるという指摘がある。

補注　この論文の初出発表（一九八九・二）とほぼ時を同じくして出た佐久間保明氏「おれは〈坊っちやん〉の原理――公憤と私憤の間――」（『語学・文学』一九八九・三）の中で、登場人物と語り手を区別した上での自称詞使用の分析が行われている。また三年後に出た亀井秀雄氏「『坊っちゃん』――「おれ」の位置・「おれ」への欲望」（『国文学』一九九二・五）でも「きわめて意図的に選ばれた、語りの機能」としての「『おれ』という人称」が焦点化され、死んだ清に対する「供養・鎮魂のモチーフ」を読みとる見解が提出されている。

〈付記〉　この論文の初出では作品の題名表記を『坊つちやん』としていた。本書を編むにあたって、初出当時の「今」を尊重するという方針を立てているが、『坊っちやん』が正しい題名表記だとするのがその後定説化してきており、私自身もそれが妥当だと考えているので、本書収録に際して題名表記の部分は先行論文引用を除いて『坊っちやん』に改めた。ただし本文引用の方は「坊つちやん」のまま統一してある。

「名刺」の女／「標札」の男——夏目漱石『三四郎』

1

『三四郎』が絵画小説としての側面を持っていることは言うまでもない。物語時間を通じて、画家の原口が美禰子をモデルにした肖像画の制作が進行し、その絵が正面に飾られた展覧会の会場の場面で小説が終わる。「森の女」と題されたその絵の構図が美禰子自身の発案によるものらしく、その姿が、大学の池で新入生の三四郎と無言で出会った時の美禰子のそれと共通しているところから、この構図を選んだ彼女の真意をめぐってさまざまな議論がなされてきた。また美禰子が三四郎に送ってきた絵葉書についても多様な解釈が提出されてきたことも周知の通りである。だがこの作品には、もう一つ、これまであまり注目されてこなかった絵画の場面が存在する。小説の第八章、丹青会の展覧会場の場面に出てくる「兄妹の画」がそれである。近年、この絵がヴェニスの風景画であることに着目し、メレディスの『ビーチャムの生涯』と『三四郎』とのつながりを示すキーを見出す論が飛ヶ谷美穂子氏から提出されたが（『漱石の源泉——創造への階梯』、慶應義塾大学出版会、二〇〇二）、氏の論でも「兄妹の画」という設定については漱石の実体験レヴェルに解消されてしまっている。私は美禰子が見つめた絵が「兄妹の画」であったことの意味を、作品自体のコンテクストの中で考察してみたいと思う。

まず場面を確認しておきたい。この日、佐々木与次郎の競馬の失敗に端を発した借金のために里見家を初訪問した三四郎を、美禰子は展覧会に誘い出す。そしてこのヴェニスを描いた一枚の前で美禰子は足をとめ、三四郎に話しかける。

「兄さんの方が余程旨い様ですね」と美禰子が云つた。三四郎には此意味が通じなかつた。

「兄さんとは……」

「此画は兄さんの方でせう」

「誰の？」

美禰子は不思議そうな顔をして、三四郎を見た。

「だつて、彼方の方が妹さんので、此方の方が兄さんのぢやありませんか」

（略）

「違ふんですか」

「一人と思つて入らしつたの」

「えゝ」

このあと美禰子は「随分ね」という言葉を残して「一間ばかり、ずんずん先へ行つて仕舞」う。そしてあわててヴェニスの絵を見直す三四郎の横顔を、美禰子は「熟視していた」と語り手は表現する。その直前には「三四郎は自分の方を見てゐない」という叙述があり、美禰子の「熟視」の視線に三四郎が気づいていなかったことは明らかである。周知の通り『三四郎』は三四郎を視点人物として語りが進行する小説であるから、原則的には三四郎の眼に映らないものは語られない。もちろん例外表現があることはすでに指摘されているが、語り手による直接的なメッセージではなく、美禰子の視点から三四郎が眺められるシーンはここ一箇所だけであり、それだけ「随分ね」という言説と「熟視」という行為は『三四郎』の中で軽くない意味を持っているはずである。

展覧会における三四郎とのやりとりの場面から、読者はとりあえず次の二点を確認することができる。
①美禰子は、同じヴェニスを描いた兄と妹の技量を比較していた。
②美禰子は、妹より兄の方が「余程旨い」という自分の評価に三四郎の同意を求めた。
この中で私が気になっているのは②である。兄の妹という立場にある美禰子は、むしろ「妹」の絵の方に肩入れする方が自然ではないかと思われるからである。「兄さんの方が余程旨い様で

すね」という言葉に、もしも三四郎が的確に応答していたとしたら、美禰子はいったいどんな会話を続けるつもりだったのだろうか。

2

美禰子は両親を早く亡くし、長兄も死んだため、次兄の恭助との二人暮らしをしているが、三四郎は恭助には一度も会っていない。彼が眼にしたのは、里見家の門柱に掲げられた「里見恭助といふ標札」だけである。つまり里見家は標札に家長一人のフルネームを掲げていたわけであり、これは一人暮らしの画家・原口の標札が、芸術家らしく、「字だか絵だか分らない位凝つてゐるものの、表示は「原口」という姓だけになっていることと小さな対照をなしている。標札に姓だけを掲げるのも、家長一人だけのフルネームを明記するのも、家父長制のシンボルであることに変わりはない。だが同居する妹の美禰子の眼には、「里見恭助」という標札が、自分が兄の附属物として扱われていることの徴として映っていた可能性がある。もちろん当時、標札に家族の名前を列挙する習慣も発想もなかったことは私も十分承知しており、美禰子が自分の名前が標札に併記されることを望んでいたなどという、時代性を無視した乱暴な想像をするつもりは毛頭ない。「里見恭助」という標札に美禰子が不満を抱いていた可能性に私が拘泥するのは、彼女が漱石作品の中ではきわめて珍しい、「名刺」の女として設定されているからである。

天長節の日、広田の転居の手伝いで顔を合わせたとき、名を訊ねた三四郎の問に対して、美禰子は黙ったまま、「一枚の名刺」を「帯の間から」取り出して渡している。

名刺には里見美禰子とあつた。本郷真砂町だから谷を越すとすぐ向である。

名刺を見た三四郎は、このとき美禰子の名前を知り、住所が自分の下宿に近いことに関心を抱いただけであるが、里見家の標札の場面と併せ読んだ読者は、「里見恭助」という四文字の標札と、「里見美禰子」という五文字の名刺とが対比構造を形成していることに気づくはずである。小説の中で名刺を出す女性の先例としては例えば尾崎紅葉『金色夜叉』の赤樫満枝があるが、高利貸し業者である満枝とは異なって美禰子には職業がないし、また女学生でもない。したがって美禰子の名刺には実用的価値は皆無だったはずであるが、だからこそ、転居の手伝いのような場にまで名刺を携帯してきた美禰子の行為がいっそう際立つのである。この名刺を『「父の名」を刻む鏡面』ととらえる芳川泰久氏の論があるが（「婚姻・鏡・父の名」『漱石研究』二号、一九九四）、私は美禰子のこの行為は「里見」という「父の名＝姓」よりもむしろ「美禰子」という「名」の方に重点を置いて読まれるべきではないかと考えている。同じ住所に居住しながら標札に名を記されない――兄の名によって自分の存在が代表されてしまう――彼女の、〝私は「里見恭助の妹」ではなく、「里見美禰子」なのだ〟というひそかな自己主張を読みとるべきではないかということである。あるいは「恭助の妹」としてではなく、独立した「里見美禰子」個人としての知己を求める気持ちが名刺の携帯に込められていたのだと言ってもよいかも知れない。三四郎が美禰子

から受け取った最初のアイテムが「一枚の名刺」だったことの意味は、けっして小さくないはずなのである。(1)

この小説の登場人物の中で固有名を与えられた東京の男たちは、広田萇も、野々宮宗八も、佐々木与次郎も、原口も、すべて里見恭助の友人または知己である。つまり彼らにとって美禰子は、「里見美禰子」である以前に「里見恭助の妹」として認識されていた。恭助は物語の最後まで一度も登場してこないが、物語の人物関係図を作成してみるとじつはその結び目のところに恭助が位置していることが分かる。恭助を中心にした人間関係を本稿では〈恭助ネットワーク〉と呼んでおくことにするが、このネットワークは単一集団ではなかったようである。例の「金縁の眼鏡」の男は、よし子が「美禰子さんの御兄さんの御友達よ」と説明しているように、恭助の友人であることは確かなようだが、この男からの縁談申し込みを兄の宗八から聞かされたとき、よし子は「知りもしない人」と呼んでいる。宗八は恭助の友人である。にもかかわらず宗八の妹のよし子が「金縁の眼鏡」の男と面識がないということは、恭助を中心とするネットワークの中でも別のグループにこの男が所属していたことを物語っている。つまり恭助ネットワークには少なくとも二つの群が存在していたのである。上京した三四郎が知り合ったのはもっぱらそのうちの実利に縁の薄い人々のグループ——第四章に出てくる有名な「三つの世界」のうちの「第二の世界」、すなわち「不精な髭を生やし」た男たちの世界——であり、「法学士」である恭助は彼らのグループとは別に、実利的な世界に住む人間たちとも交際関係を展開していたものと考えられる。

『三四郎』は、「金縁の眼鏡」の男が物語の終わり近くになって突然登場してきてあっという間に美禰子と結婚してしまうために読者が当惑する小説であるが、この男の出現が唐突に見えるのは、視点人物の三四郎が恭助ネットワークのうちの実利的な方のグループと没交渉だったからにほかならない。「金縁の眼鏡」の男は、いわば三四郎の知らない〝第四の世界〟の存在を強烈に浮かび上がらせているわけであるが──彼の男は、「第二の世界」の男たちとは対照的に「髭を綺麗に剃つてゐる」──、恭助の妹である美禰子は当然、こちらのグループとも早くからコンタクトがあったはずである。そしてこちらの男たちが美禰子に注ぐ「恭助の妹」という視線はいっそう強かったものと思われる。よし子に縁談を断られると、ただちによし子の友人でもある美禰子に縁談を申し込むという行為を与次郎は「不思議だ」と語り、よし子は「可笑しい」と表現しているが、「金縁の眼鏡」の男自身は、よし子との面識がなかった上に、恭助から妹をもらい受けるというかたちの結婚を当然視していたのであろう。三四郎がこの男と直接会ったのは一度だけであるが、彼から聞いた最後の台詞が「兄さんも待つてゐる」という美禰子への呼びかけだったという設定は、その意味できわめて高い象徴性を持っていたということができる。

美禰子の結婚は、兄の結婚より前に挙式する、というタイムリミット設定のもとで急がれていた。両親のいない恭助にとって、独身の妹は「嫂には邪魔な小姑となり、兄夫婦の新しい一家から排除される女」であったという中山和子氏の指摘は正確だと思うが（「『三四郎』──「商売結婚」と新しい女たち」『漱石研究』第二号）、「あの女も、もう嫁に行く時期だね。どうだろう、何処か好い口はないだろうか。里見にも頼まれているんだが」、「君貰つちやどうだ」という原口と広田の会話が第七章にあり、第九章で「だつて仕方がないぢや、ありませんか。知りもしない人の所へ、行くか行かないかつて、聞いたつて、好きでも嫌いでもないんだから、何も云ひ様はありやしないわ」としてよし子が縁談を兄に断る場面を三四郎が目撃し、第十章で原口の「女が偉くなると、かう云ふ独身ものが沢山出来て来る」という演説を聞いていた美禰子が「でも兄は近々結婚致しますよ」と口をはさみ、「おや左うですか。すると貴方は何うなります」と問い返されて「存じません」と答えたその同じ日に、「金縁の眼鏡」の男が美禰子を「余り遅いから迎へに来た」という台詞とともに登場してくるのであるから、美禰子の結婚にいたる経緯はもう少し具体的にアウトラインを描くことができそうである。すなわち恭助は自分の結婚よりも前に美禰子を結婚させたいという意思を持っており、おそらく両方のグループの友人たちに「何処か好い口はないだらうか」と相談していた。その一方で恭助は「金縁の眼鏡」の友人からも配偶者探しの相談を受けており、友人の宗八を通じてよし子の意向を打診したが拒否の回答を受けたため、手っ取り早い解決策として二本の線を一本に結んでしまうという案として「金縁の眼鏡」の男と美禰子を結婚させる話が急速に進行した……という構図である。そして注目すべきは、本稿冒頭で取り上げた展覧会場における「兄妹の画」をめぐる会話が第八章に出てくるという点である。兄が美禰子の結婚相手探しを開始しているという状況のもとで、彼女は「兄さんの方が余程旨い」という自分の評価に対する三四郎の同意を求めてきたのである。

美禰子はこのとき、ヴェニスの絵に自分たちとは違う、もう一つの「兄妹」の生き方を見ていたのではないかと私は考えている。

3

長い間外国を旅行して歩いた兄妹の画が沢山ある。双方共同じ姓で、しかも一つ所に並べて掛けてある。美禰子は其一枚の前に留まつた。

この兄妹画家のモデルについてはすでに調査がある。モデルとされる吉田博とふじおは義理の兄妹の間柄であり、ヨーロッパから帰国後、『三四郎』の前年に結婚しているということであるが、しかしモデルがそうだったとしても、『三四郎』のテクストにおいて、美禰子が眺めていた「兄妹の画」の「兄妹」を結婚可能な男女と解するのは無理がある。テクストの表現に即する限り、この妹の方の画家が結婚とは無縁の世界で生きてきた女性であり、そして妹のそうした生き方を兄の画家が長期にわたって支えてきていたのだと読むのが自然である。美禰子が「妹」ではなく「兄」の方の絵を賞めたのは、もしも妹の絵が兄を上回る抜群の技量を見せていたとしたら、妹は〈天才画家〉という特殊な存在になってしまい、美禰子は妹の画家に自分のもうひとつの生の可能性を投影することはできなくなるからであろう。美禰子は、この「妹」が特殊な才能の持ち主ではないことを確認したかったのである。天才とは呼べない程度の技量の妹に、結婚という制約から離れた画家としての生き方を保証している兄の画家……。それは、自身の結婚前に妹を早く結婚させてしまおうと考えている恭助の対極の像として美禰子の眼に映ったのではないだろうか。美禰子が見つめていた「双方共同じ姓」——「名」は別々である——のネームプレートの絵を「一つ所に並べ」た展覧会場の構図は、「里見恭助」の四文字だけを記した里見家の標札と鮮やかなコントラストをなしている。美禰子は、「里見美禰子」という五文字を記した自分の名刺を兄の標札と「並べ」ることはできないのである。

ここで読者は、美禰子自身の絵の技量について、彼女の手描きの絵葉書を見た三四郎が「よし子の描いた柿の木の比ではない」と感じたことなども想起する必要があるだろうが、さらに注目すべきは広田の転居手伝いの場の雑談の席で、アフラ・ベーンというイギリスの女性作家が話題になって与次郎から小説執筆を勧められたとき、美禰子が「書いても可ござんすけれども、私には実見譚がないんですもの」と答えていたことである。この言葉には、「実見」さえあれば自分にも小説を書けるが、自分には「実見」が許されていないというひそかな抗議のメッセージを読むことも可能である。この会話の直前には、ベーンについて「職業として小説に従事した始めての女性だ」という広田の解説があり、美禰子もそれを聞いていた。「職業として小説に従事した始めての女性」という言葉に、美禰子が結婚の枠にとらわれない女性の生き方を思い描いていた可能性は十分あるが、(2) だとすれば、「兄妹の画」を眺める美禰子と、「書いても可ござんすけれども」と答えた美禰子の姿とは相互に「索引」の関係になっていると考えることができるわけである。

三四郎が「空中飛行器」をめぐる宗八と美禰子の議論に立ち会ったのは、広田転居からほどない菊人形見物の日である。死を覚悟してでも高く飛ぶべきだという美禰子の「詩人」的主張と、装置が整わない限り高く飛ぶような無謀な行為は避けるべきだという宗八の「理学者」的主張とが衝突するこの場面は、三四郎が途中から聞いたという設定になっているため、読者はその全容を知ることができない。美禰子が命がけの恋愛を望んだのに対して、宗八がそれに消極的な態度を示したという解釈も有力であるが、これは〈美禰子が愛したのは誰か〉という恋愛小説のバイアスに縛られ過ぎているように私には見える。美禰子がたとえばベーンのように結婚に縛られない女性の生き方について語り（広田転居の日に宗八が姿を現したのは、ベーンをめぐる話題が終了し、例の「Pity's akin to love」の翻訳の話に移行した直後である）、宗八がその無謀さをたしなめ、女の「安全」な生き方を説いた場面だと解することもできるからである。この場合には、「高く飛ぶ」とは激しい恋愛の比喩ではなく、才能の検証や環境が万全でなくても結婚に縛られまいとする女性の生き方の比喩となり(3)、宗八は恭助の側に与して美禰子を説得しようとしていたことになる。そしてこれはもちろん宗八だけにはとどまらない。自らは「結婚」についての懐疑を語りながら、美禰子の結婚についての「何処か好い口はないだらうか」という原口の話題に対しては簡単に「君貰つちや何うだ」と応じる広田も、この点に関しては同断である(4)。

4

前述の通り、三四郎は小説の最後まで、恭助と一度も顔を合わせていない。彼は里見家を二度訪ねているが一度目は恭助は不在であり、二度目は玄関でよし子に会っただけですぐに出てしまっている。そして美禰子と「金縁の眼鏡」の男との結婚披露宴は、恭助ネットワークの総結集の場としての性格を持っていたはずであるが、三四郎はこの宴に出席することができなかった。したがって三四郎にとっては（同時に小説の読者にとっても）、「里見恭助」は顔も姿も浮かばない「標札」の男でしかなく、彼は最後まで美禰子を「里見恭助の妹」と見る視線を持ち得ない。つまり美禰子と接触のある男性のうち、三四郎だけが恭助ネットワークの圏外に位置し続けたことになるが、「里見恭助の妹」として見ないというまさにその点が、彼女にとっての三四郎の最大の価値だったのではないだろうか。(5) 誤解ないように断っておくが、これは三四郎に対する「愛」の有無の問題とは別次元の話である。

三四郎が里見恭助の標札を眺める場面は第八章に出てくる。

（三四郎は――引用者）美禰子の家へ行つた。前を通つた事は何遍でもある。けれども這入るのは始めてである。瓦葺の門の柱に里見恭助といふ標札が出てゐる。三四郎は此処を通る度に、里見恭助といふ人はどんな男だらうと思ふ。まだ逢つた事がない。

この表現の中には「美禰子の家」と「里見恭助といふ標札」との対比が埋め込まれている。「里見恭助といふ標札」が出ているにもかかわらず、三四郎にとっては「美禰子の家」なのである。もちろん美禰子の半命令によって美禰子を訪ねてきたという事情はあるが、三四郎が恭助に「逢つた事がない」という条件も大きくかかわっている。恭助と面識のない三四郎にとっては里見家は「美禰子の家」なのであり、この点が、恭助ネットワークの圏内にいる宗八や広田と三四郎との大きな差異である。このあと美禰子は「とう〳〵入らしつた」という言葉で三四郎を迎え、競馬の話を聞いて「馬券で中《あて》るのは、人の心の中を中るより六づかしいぢやありませんか。あなたは索引の附いてゐる人の心さへ中て見様となさらない呑気な方だのに」という有名な言葉を発する。『三四郎』論の中でさまざまな謎解きが試みられてきた箇所であるが、恭助と接触を持つよりも前に、また自分が結婚させられる前に、三四郎が「美禰子の家」を訪ねてくることを美禰子が望んでいた可能性を見落としてはなるまい。そしてこの日に美禰子は三四郎を展覧会に誘い、その会場で「兄妹の画」を見ることになるのであるが、「兄妹の画」に戻る前に、小説の第六章、菊人形見物の翌日に美禰子から届いた絵葉書について考えておきたい。

小川の向こう側に悪魔に似せた「大きな男」がステッキを振り回す姿を配し、こちら側の岸に二匹の羊が眠る姿を描いたこの絵葉書は、差し出し人が「迷へる子」となっていた。

端書の裏に、迷へる子を二匹書いて、其一匹を暗に自分に見立てて呉れたのを甚だ嬉しく思つた。迷へる子のなかには、美禰子のみではない、自分ももとより這入つてゐたのである。

それが美禰子の思はくであつたと見える。

美禰子の使つた stray sheep の意味が是で漸く判然した。

という三四郎の「判然」はあくまでも彼の主観に過ぎない。念のために確認しておくと、美禰子が描いた絵のうち「大きな男」の方には「デギル」という「仮名」が振ってあったが、二匹の羊の方には「迷羊」とも、「ストレイシープ」とも、「stray sheep」とも、何一つ文字は書き添えられていない。この葉書が「迷へる子」から「小川三四郎」に宛てて出されたものである以上、「迷へる子」は美禰子一人を指していたと解する方がむしろ自然であろう。葉書の裏に描かれた「デギル」の解読については諸説があるが、私はこれが恭助の暗喩であった可能性を考えたいと思う。恭助は一度も物語世界に登場してこないために、読者はややもするとその存在を忘れてしまいがちであるが、美禰子に対して最も大きな拘束力を持っていたのは里見家の戸主である恭助以外にはありえない。恭助は自分が妻を迎えるのと引き替えに妹を嫁に出すのを当然と考えており、おそらく他家に嫁ぐ以外の女の生き方など眼中になかったのであろう。対話することさえ不可能なほどのこの頑固な束縛力を美禰子が「甚だ獰猛な」男の姿として描いていたとすれば、羊と男との間を隔てる「小川」とは、美禰子を「恭助の妹」という視線でしか見ない恭助ネットワークの境界にほかならず、小川のこちら側にいる二匹の羊の一方はたしかに三四郎であるが(6)、絵が表すものは、恭助ネットワークの圏外にいるという彼の位置の貴重さへの喚起だったのではないかと私は考えている(7)。

5

美禰子の絵葉書の素材になったのは、前日、菊人形を抜け出した美禰子と三四郎が小川のほとりを散策した体験であるが、この時二人が川縁に腰をおろして、「迷子」の英訳の話をした場所は、次のような経緯で決定されている。

向ふに藁屋根がある。屋根の下が一面に赤い。近寄つて見ると、唐辛子を干したのであつた。女は此赤いものが、唐辛子であると見分けのつく処まで来て留まつた。

「美しい事」と云ひながら、草の上に腰を卸した。草は小川の縁に僅かな幅を生えて居るのみである。夫すら夏の半の様に青くはない。美禰子は派手な着物の汚れるのを丸で苦にしてゐない。

つまり腰をおろす場所は美禰子が選んだのであり、それはここから見える風景が「美しい」と感じたからだったらしいことが分かる。『三四郎』の「藁屋根」の風景については浅井忠の画との関係からアプローチした中島国彦氏の論もあるが（「藁屋根・郊外・水彩画」――『三四郎』の一面から――」『迷羊のゆくえ――漱石と近代』翰林書房、一九九六）、私は物語世界内部におけるヴェニスの絵との関係に注目したい。丹青会展覧会場で美禰子が立ち止まったヴェニスの絵は「蒼い水と、水の左右の高い家と、倒さに映つてゐる家の影と、影の中にちら〳〵する赤い片」が描かれている。

日本家屋と西洋建築という大きな差異はあるものの、小川散策の途中で藁屋根と川の景色を「美しい事」と洩らしていた美禰子が、そのときに水面に映る逆さの家の影を見ていたとしたら、家屋と水と赤い色……、三四郎と二人で実際に眺めた風景と、いま眼の前にある絵画の風景との間に共通点を認めていた可能性は十分あると思う。丹青会に展示された「兄妹の画」は「沢山」あった。その中から、あの小川散策の日に見た景色を思わせるような一枚の前で美禰子が足を留めて三四郎に話しかけてきたのはけっして偶然ではないだろう。おそらく美禰子はこの絵の前で、「迷子」をめぐる会話と、絵葉書の意味を三四郎に喚起させようとしていたのである。

三四郎がこの丹青会の日まで、悪魔と羊の絵葉書に対する返事を出していなかった。第六章の後半、大学の運動会の日、三四郎と二人きりになった美禰子の「あなたは未だ此間の絵端書の返事を下さらないのね」という台詞はよく知られている。このすぐあとで美禰子が宗八を「大いに賞め出した」ため、三四郎は自信喪失の状態で下宿に帰らなければならなかったわけであるが、美禰子の返事督促は、「野々宮さん」が「先刻あなたの所へ来て何か話してゐましたね」という三四郎の話題を遮断するかたちで唐突に発話されたものである。この前日に宗八は自分が単身下宿生活に戻るためによし子を里見家に預けていた。したがって「先刻」の美禰子との会話内容は、兄妹の同居についてのものだった可能性が高いが、問題はこのよし子コンバート話の決定のされ方である。返事督促のあと、美禰子が三四郎に語った説明は、おおむね次のようなものであった。

三四郎は其時始めて美禰子から野々宮の御母さんが国へ帰つたと云ふ話を聞いた。御母さんが帰ると同時に、大久保を引払つて、野々宮は下宿をする、よし子は当分美禰子の宅から学校へ通ふ事に、相談が極つたんださうである。

広田の転居の日に宗八と美禰子が「どうです里見さん、あなたの所へでも食客に置いて呉れませんか」、「何時でも置いて上げますわ」という会話を交わしているが、これはもちろん「冗談」である。「相談」の主導権を握っていたのはよし子でも美禰子でもなく、宗八と恭助という二人の「兄」――恭助は戸主、宗八は戸主代理――同士であったことは明らかである。そして「当分」とは、小説末尾近くの「私近い内に又兄と一所に家を持ちますの。美禰子さんが行つて仕舞ふと、もう御厄介になつてゐる訳には行かないから」というよし子の台詞から推すと、「近々」美禰子が結婚するまでの間という約束になっていたとも考えられる。もちろんそのやりとりの中で宗八は美禰子の結婚相手の候補には入っていなかった。続く第七章で美禰子の結婚相手探しを恭助から頼まれているという話題が原口の口から伝えられているからである。二人の兄が自分たちの都合にあわせて妹の処置を「相談」して「極」めてしまうことを当然視するというスタイルこそ、恭助ネットワークの全体に共通したホモソーシャル＝男性優位社会の論理に他ならない。したがって運動会の日に野々宮と会話したときの美禰子の表情が「嬉しさうな笑に充ちた顔」に見えたのは、三四郎のまったくの勘違いだった可能性が高いと私は考えている。ホモソーシャルの論理の中で男たちはそれぞれの才能の世界で自由に延びていく。「学問をする人が煩瓚い俗用を避けて、成るべく単純な生活に我慢するのは、みんな研究の為で已を得ないんだから仕方がない」云々という美禰子の宗八賛美には、宗八を愛しているかいないかというような次元をはるかに超えた痛切な思いが込められていたはずである。

したがって恭助ネットワークの外側に立っている唯一の男という存在価値の自覚の喚起を意図した絵葉書の返事を、美禰子が三四郎に促したのが、よし子コンバートの「相談が極」った翌日であったのはけっして偶然ではないと私は考えているのであるが、三四郎はこのことに気づかず、返事は出さず仕舞いであった。このように考えると、丹青会の展覧会における「兄妹の画」をめぐる「兄さんの方が余程旨い様ですね」という美禰子の唐突な問いかけは、かたちを変えた絵葉書の返事催促であったことがわかる。あるいは最後のテストだったという見方も成り立つかも知れない。

6

「兄妹の画」をめぐる会話で、もしも三四郎が少なくとも兄妹の画家の絵だという認識に立って美禰子の質問に答えることができていたとしたら、美禰子は兄と妹の生き方について話をし、ことによったら彼女の結婚の話にまで及んでいたかもしれない。だが美禰子を「兄の妹」として見ない唯一の存在である三四郎は、兄の絵と妹の絵が対等に並べられていることにさえ無関心な男でもあった。そのことがあからさまに判明したとき、美禰子はもはや対話不能な相手に向かって、兄妹の生き方の話を続ける意欲を失ってしまったのだろう。[9]美禰子の「随分ね」という言説と「熟視」という行為の意味を、私はこのように読みとりたいと考えている。

この「熟視」の直後に宗八が出現し、美禰子が三四郎の耳元で「何か私語」してみせるパフォーマンスを行う場面は多くの論者の注目を集めてきた。だが〈美禰子が愛していた男は誰か〉というバイアスに呪縛されてきた従来の議論は、もっぱら宗八への愛と三四郎への愛の多寡を測定することにのみ躍起になってきた感をいなめない。バイアスを解き放ってみれば、宗八が示した不快感は三四郎に嫉妬したものではなく、恭助が妹の結婚相手を探している状況の下で、兄に無断で大学生と二人連れで展覧会場にやってくるという美禰子の行動に対する非難だったと解することもできるのである。[8]そしてその非難をあえて挑発してみせた美禰子は、この直前の「兄妹の画」をめぐる経緯によって三四郎への幻滅も味わっていた以上、三四郎がこだわった「愚弄」というタームを援用すれば、この時の美禰子は「野々宮さんを愚弄した」のでもなく、「あなた(三四郎——引用者)を愚弄し」たのでもなく、三四郎を含めたホモソーシャルの論理全体を「愚弄」しようとしていたのである。第八章の最後で三四郎は美禰子の「瞳の中に言葉より深き訴を認め」るが、「必竟あなたの為にした事ぢやありませんか」という三四郎の解読は、依然として見当はずれのままであったと言わねばならない。[10]

三四郎が美禰子から受け取った最初のアイテムは「一枚の名刺」であったが、最後に受け取ったアイテムは「結婚披露の招待状」であった。兄の決める生き方に従った以上、結婚による姓の移動に際して美禰子が新しい名刺を作ったとは考えがたい。[11] したがって結婚式当日は美禰子が「名刺」を捨てた記念日としての側面も持っていたのであり、「名刺」と「結婚披露の招待状」とは強い緊張の磁場を生成している。そして三四郎がこの披露宴に出席する可能性は美禰子自身によって閉ざされていた。三四郎が冬休みで九州に帰省している間に東京の下宿宛に招待状が送られてきたため、彼は「帰京の当日」までそれを知らず、見たときには「時期は既に過ぎてゐた」からである。結婚披露宴は恭助が友人に妹を贈与したことを示すセレモニーだったはずであり、私が「恭助ネットワークの総結集としての場」と呼んだゆえんもそこにあるが、ネットワークに属していない三四郎を招待者リストに加えることが恭助自身の発案だったとは考えがたい。三四郎への招待状発送は明らかに美禰子の希望によって実現したものと思われるが、三四郎の帰省先住所は調べようと思えばよし子や宗八を通して簡単に調べられたにもかかわらず（宗八は三四郎の母と手紙のやりとりをしている）、美禰子はあえて本人の不在が明らかな東京の下宿宛に招待状を郵送したのである。変則的に見えるこの行為こそが、おそらく美禰子から三四郎に送られた最後のメッセージであった。美禰子は恭助ネットワークに入っていないただ一人の存在としての価値を三四郎に喚起し続けたものの、それがまったく理解されていないことは「兄妹の画」の場面で決定的になった。しかし美禰子は三四郎に、自分を「恭助の妹」という眼差しで見ない男としての存続を望んだのであろう。披露宴に三四郎が出席すれば、彼はもはや恭助ネットワークの一員となる。三四郎には恭助をあくまでも「標札」の男にとどめておいてほしいという思いと、自分が結婚によってもはや「名刺」の女ではなくなったことを三四郎には伝えておきたいという思いが、留守宅宛の招待状発送という美禰子の奇妙な行動となって現れていたのではないかと私は考えている。『三四郎』をヒロインを中心に読めば、「名刺」の女として登場した美禰子が、新しい「標札」の陰に自我を封印していくまでの物語としての一面を有しているのである。

小説の最後は美禰子をモデルにした原口の絵の感想を聞かれた三四郎が、「「森の女」と云ふ題が悪い」と答えたあと、「口の内で迷羊《ストレイシープ》、迷羊《ストレイシープ》と繰返」す場面で終わっている。この末尾もきわめて多義的であるが、「名刺」に始まり、絵葉書、展覧会招待状を経て「結婚披露の招待状」で終わる一連のアイテム連鎖の意味を、三四郎が最後になってようやく理解し始めたことを示唆しているという読みは甘すぎるかも知れない。しかし少なくとも「兄妹の画」の時点ではまったく想起しなかった「迷子」の問いかけを、「森の女」の絵を前にした三四郎が真剣に思い出していることだけは認めてよいのではないかと私は思う。

注

（1） 周知の通り、東京帝国大学の池の端における最初の出会いの場面で、美禰子は「白い花」を三四郎の眼の前に落として立ち去る。さまざまに議論されてきた箇所であるが、この無香の花は美禰子が「落として行つた」のを三四郎が「拾つた」のであり、手渡されたものではない。したがって三四郎が美禰子から受け取った最初のアイテムは「一枚の名刺」である。

（2） 中山和子氏に「『オルノーコ』を書いた女流作家に学んで、職業作家を志すような夢を、露ほども抱かなかったであろうかという想像をすることはできる」という指摘がある。（「『三四郎』 片付けられた結末」『別冊国文学 夏目漱石必携II』一九八二）。

（3） のちの運動会の日に、よし子が大学構内の崖を「絶壁」に見立てて「サッフオーでも飛び込みさうな所ぢやありませんか」という冗談を言い、美禰子が「あなたも飛び込んで見なさい」と応じる場面がある。周知の通りサッフォーは「レスビアニズム」の語源とされ、また美青年ファオーンへの悲恋を嘆いてレカウスの巌から投身自殺したと伝えられているが、「私？ 飛び込みませうか」と言ったのはよし子であり、美禰子は自分が飛び込むという言説を一切発していない。悲恋のために命を捨てた古代ギリシャの女性詩人は美禰子の目指す女性の生き方のモデルではなかったのだろう。「空中飛行器」をめぐる議論を読み解くためのインデックスとしても注目される場面である。

（4） 千種キムラ・スティーブン氏に、原口について「『結婚は考へものだよ』といった原口自身、美禰子のこととなると、『あの女も、もう嫁に行く時期だね。どうだらう、何処か好い口はないだらうか』という」という指摘があるが、氏は広田については原口との差異の方に重点を置いている。（『『三四郎』の世界（漱石を読む）』翰林書房、一九九五）。

（5） 恭助ネットワークの中の女性である野々宮よし子も、男性に向かった時は、美禰子を「恭助の妹」として扱っている。広田の引っ越しの手伝いが終ってしばらく後に野々宮宅を訪ねた三四郎が、よし子と次のような会話を交すシーンがある。

「野々宮さんは元から里見さんと御懇意なんですか」

「ええ。御友達なの」

男と女の友達といふ意味かしらと思つたが、何だか可笑しい。

この会話は「里見さん」の指示対象が発信者と受信者でかみ合っていないから「可笑しい」のである。三四郎の「里見さん」は美禰子であり、よし子の「里見さん」は恭助である。

（6）二匹の羊を美禰子と宗八と読む論者もいるが、それだとなぜ美禰子が三四郎にわざわざそんな回りくどいメッセージを発信したのかという点についての説得力が弱いという気がする。

（7）美禰子が描いた「デギル」の絵の髭の有無を語り手は明らかにしない。これは恭助の髭の有無が読者に分からないことと関連しているはずである。恭助ネットワークが「不精髭」の男たちのグループと「髭を綺麗に剃つ」た男たちのグループの両方を含んでいる以上、両者の結び目に位置する恭助自身は髭の有無が明示されてはならないわけであるが、髭の有無の曖昧な「デギル」はそのこと自体が恭助の象徴の証であると同時に、「不精髭」の男たちと「綺麗に剃つた」男たちの双方を含む恭助ネットワーク全体の暗喩にもなり得ているわけである。

（8）第八章の展覧会で二人連れを見つけた宗八が発した言葉は「妙な連れと来ましたね」であったが、第九章で三四郎が偶然よし子と一緒に宗八の下宿を訪ねた時も、宗八は真っ先に「妙な御客が落ち合つたな。入口で逢つたのか」と妹に聞いている。宗八がよし子に縁談を伝えるのはこの日である。

（9）厳密にいえば、宗八たちを見送ったあと、深見の遺画コーナーで美禰子が「是もヴェニスですね」と言いながら三四郎に近寄り、「さつき」をめぐるやり取りを通じて、三四郎の関心が依然として「兄妹の画」に向けられていないことを確認した時が最後のポイントである。

（10）第十二章末の教会堂の前で、「結婚なさるさうですね」という三四郎の問いに対して美禰子がつぶやいた、「われは我が愆を知る。我が罪は常に我が前にあり」という一句もさまざまな謎解きが試みられてきたが、「われ」＝美禰子という前提はすべてに共通している。この句がダビデの女にかかわる懺悔を歌った旧約聖書詩篇からの引用であることは広く知られているにもかかわらず、「われ」の性別が無視されてきたのは不思議である。ダビデは男で美禰子は女なのであるから、美禰子が暗に男たちに懺悔を求めていたという読み方だって可能なはずである。

(11)　小説の最終章は丹青会の春の展覧会に美禰子とその夫がやってくる場面から始まるが、「美禰子は夫に連れられて二日目に来た」という表現になっている点が注目される。結婚前の美禰子が、誰かに「連れられて」行動した場面は一度もなかったからである。(よし子が三四郎の目の前で宗八に向かって「文芸協会の演芸会に連れて行つて頂戴」という「美禰子さんの後伝言」を伝える場面はあるが、これはあくまでも伝言であり、よし子が美禰子の言葉を正確に復元しているという保証はない。)「夫に連れられて」来た妻――。それは自己主張としての「名刺」を手放した美禰子の姿を象徴する表現になっている。この日絵の感想を求める原口に対して答えているのは夫であり、美禰子は「御蔭さまで」という短い挨拶の言葉しか発していない。

なお『三四郎』は最初から最後まで、主要メンバーが一堂に会することのない物語である。主要メンバーを三四郎、広田、与次郎、野々宮宗八、よし子、美禰子の六人に限定しても、広田の引っ越しの日にはよし子が不在であり、菊人形見物は与次郎が同行を拒否し、文芸協会の演芸会の場面では、広田が会場入口まで来ていながら中に入らない。よし子が広田の引っ越しの手伝いに来なかったのは退院後の体調回復が十分でなかったためだと推測できるが、最後の展覧会におけるよし子の不在の理由は不明である。三四郎、広田、与次郎、宗八の四人が揃って展覧会場にやってきたのは「土曜の午後」であるから、学校の都合だったとは考えがたい。またよし子は美禰子の結婚披露宴にも出ていないようである。物語の最後で、よし子も恭助ネットワークから静かに脱退していると読むこともできるが、この点についてはなお考察を続けたいと思う。

他者の言葉——夏目漱石『こゝろ』

1

長い間「下　先生と遺書」中心の枠組を本質的に超える読みが提出されてこなかった『こゝろ』の研究史に転機をもたらしたのは、小森陽一氏や田中実氏らによる「手記」と「遺書」との関係の構造性の発見である。(1)小説の「中」にあたるところまで手記を書き終わった「私」が、そのあとの頁に「先生」の遺書を書き写しているという設定が明らかにされたことによって、その引用を含む手記全体の書き手としての「私」に新しい照明があてられるようになったからである。ただしそこから派生してきた、遺書末尾に明記された「先生」の守秘義務と「私」の遺書〈公表〉との矛盾に過大な意味を見出そうとする議論は、私には不毛な岐路としか思えない。なぜなら作品内現在の最終点は「私」による遺書筆写作業が完了した時点であって、この〃稿本〃のその後の処理の行方は物語時間の圏外に置かれているはずだからである。手記の冒頭に「此所でもたゞ先生と書く丈で本名は打ち明けない」と記す「私」が手記の読み手を意識していたことは確かだとしても、この青年が、いつ、いかなる方法で、誰に手記を読ませるつもりだったかは一切不明のまま作品は終っているのであり、それについて小説読者が想像をめぐらす自由はあるとしても、「『先生』の遺書が、『あなた限りに打ち明けられた私の秘密としてすべてを腹の中にしまっておいて下さい』という言葉でしめくくられているのを読んでから、それを誰かにむかって公表する（『奥さん』を含めて）に至るまでの物語は、現に『心』の中に存在している(2)」ことを読みの前提にするわけにはいかない。『こゝろ』の中に「存在」しているのは〃遺書を手記の中に引用し終わるまでの物語〃であり、その意味において「〈奥さんは今でもそれを知らずにゐる〉という状態の継続中に」手記を執筆したことをもって「先生に対する重大な背信行為ではないか、と問うのは」たしかに「無意味(3)」なのである。

「先生」の遺書が「私」の手記に引用として内蔵されていることの発見の中心的な意義は、遺書が未亡人の目に触れる可能性を浮上させた点にあるのではなく、叙述内容に偏った従来の分析方法では見えにくかった「先生の告白に対する他者的視点よりの『相対化(4)』」の有無に対する表現の力学的構造からのアプローチに水路を開いた点にある。したがって手記執筆現在における「私」の「先生」に対する主体性の考究は、手記の〈公表〉による「裏切り」問題や、「先生」自殺後の「私」の「生の過程」への想像によるのではなく、「手記」と「遺書」という二つのテクスト自体の「書かれ方」(5)の比較が中心に据えられなければならないはずであるが、その点で示唆に富む論考として内田道雄氏の「『こゝろ』再考」(『古典と現代』一九八八・九)がある。「手記」と「遺書」における「両者のことばの相互作用」に『こゝろ』の「作品の構造の基本」を見る内田氏は、論の中で「先生」の遺書を引用筆写する「私」にふれて、「『私』は他者のことばとしての『遺書』を純粋に近い直接話法の形式で伝達していることになるわけだが、これは手記全体に及ぶ『私』の筆述の定則をあらわしていることが、『遺書』との対比によって分かってくる」ことを指摘している。そして手記では「近親者たちの言動」が「概ね引用符付で紹介されてある」のに対して遺書は「引用符を極く少なめに用いて」いるという対照性にも注目しながら、直接話法的/間接話法的の対比に両者の「筆述」の特性を見ようとしている。「『こゝろ』再考」は話法の比較を主題にしたものではなく作中人物間の「対話的交流」に分析の重点がおかれているが、同論文から多くの啓発を受けつつ、本稿では話法という視座から『こゝろ』の表現構造について若干の考察を試みてみたいと思う。

厳密な意味で日本語に〝話法〟が存在するかどうかは議論のあるところだろうが、私が問題にしたいのは、一人称テクストにおける他者の言葉の叙述にあたって、その発話内容を叙述者=語り手の文脈の枠内に封じこめていく一元的支配の方向性と、発話そのものを場面として復元することによって多義的な可能性を保障しようとする指向性との差異であり、「先生」とは対照的な話法を「私」が意識的に択びとっているとすれば、従来、手記の中に「先生」に対する批判的な言説が見られないことをもって「『私』に遺書を相対化する視点並びに力量が与えられていない」、『私』は、ただひたすら『先生』の言動・思想を是認し追随するのみである」[6]とされてきた「私」が、叙述方法そのものの中に埋め込んでいる批評意識を読み取っていくことが可能なはずである。

2

「先生」の遺書における直接話法の極端な少なさが、書簡体形式の導入に際しての「漱石」レヴェルでの文体的特色に由来するものではないことは、前作『行人』の「Hさん」の手紙における直接話法の使用頻度と比較するだけでも容易に確認できる。したがって遺書の文体的特徴は作者によって意図的に創出された「先生」固有のスタイルだと考えて間違いないと思うが、それは自分の「過去」を「残らず、あなたに話して上げ」ると約束したその「義務」遂行方法を、「口で云ふべき所を、筆で申し上げる事にしました」というかたちで、会話の形式から書簡の形式へ、それも受信者との対話の可能性を完全に断ち切った「遺書」という一方的な伝達形式に変更した「先生」が、遺書を書き終えるにあたって、「私を生んだ私の過去は、人間の経験の一部として、私より外に誰も語り得るものではないのですから、それを偽りなく書き残して置く私の努力は、人間を知る上に於て、貴方にとつても、外の人にとつても、徒労ではなかろうと思ひます」といった自己評価を下すことができていることと対応しているだろう。遺書の冒頭近くに「あなたは私の過去を絵巻物のやうに、あなたの前に展開して呉れと逼つた」という表現が出てくる。「私」がこの通り「絵巻物のやうに」という言い方をしていたかどうかは不明だが、「絵巻物」化された「過去」と、「過去」そのものとの間の懸隔について「先生」はほとんど無自覚である。語り手が体験あるいは見聞した〈出来事〉自体と、その〈出来事〉が語り手の価値判断や意味付けにもとづいた因果律によって統合されて出来上がってくる〈物語〉との差異に対する認識が、「先生」には欠落しているのだと言っていい。「偽りなく書」くという執筆態度の誠実さが、そのまま書かれた内容の「事実」性を保証するという確信を前提にして、「先生」のエクリチュールは成立しているのである。

例えば例の叔父についての「先生」の叙述を見てみると、この人物の声を読者がかろうじて聞き取ることができるのはただ一箇所、「先生」の母親の臨終を回想した次の場面だけである。

母の死ぬ時、母には父の死んだ事さへまだ知らせてなかつたのです。母はそれを覚つてゐたか、又は傍のものゝ云ふ如く、実際父は回復期に向ひつゝあると信じてゐたか、それは分りません。母はたゞ叔父に万事を頼んでゐました。其所に居合せた私を指さすやうにして、「此子をどうぞ何分」と云ひました。私は其前から両親の許可を得て、東京へ出る筈になつてゐましたので、母はそれも序に云ふ積りらしかつたのです。それで「東京へ」とだけ付け加へましたら、叔父がすぐ後を引取つて「よろしい決して心配しないがい、」と答へました。母は強い熱に堪へ得る体質の女なんでしたらうか、叔父は「確かりしたものだ」と云つて、私に向かつて母の事を褒めてゐました。然しこれが果して母の遺言であつたのか何うだか、今考へると分らないのです。母は無論父の罹つた病気の恐るべき名前を知つてゐたのです。さうして、自分がそれに伝染してゐた事も承知してゐたのです。けれども自分は屹度此病気で命を取られると迄信じてゐたかどうか、其所になると疑ふ余地はまだ幾何でもあるだらうと思はれるのです。其上熱の高い時に出る母の言葉は、いかにそれが筋道の通つた明らかなものにせよ、一向記憶となつて母の頭に影さへ残してゐない事がしば〳〵あつたのです。

（下―三。傍点引用者、以下同じ。）

母の言葉の遺言性を否定する方向で叙述されていることは明白であるが、「今」＝遺言執筆の時点において「先生」はなぜこの問題にこれほど拘泥しているのか。いくつかの解釈が提出されているが、逆接辞「然し」が直接には叔父の台詞を受けていることを見落としてはなるまい。病人の譫言に過ぎなかった可能性の強い母の言葉が「すぐ後を引き取」った叔父の言葉によって演出された〝儀式〟の文脈の中で「遺言」として強引に意味付けられ、そしてその意味付けが遺産管理者としての叔父の立場に正統性の根拠を与えることになったと考える「今」の「先生」は、少年であった当時の自分には肉親の頼もしい発言に聞こえた叔父の言葉が、実際には遺産横領に向かう「策略」の端緒だったと信じこんでいる。だから母の言葉と叔父の言葉とがセットになって遺書の叙述の中に復元されているのだろうが、この場面を回想筆記する「先生」の意識を支配しているのは書くという行為によってあらためて喚び起こされた悔しさの感情であり、他者の言葉が文脈の設定によって様々な意味付けが可能になるという認識の方向には向かっていかない。「鷹揚」だった時期に易々と誘導されてしまった〝誤読〟と、裏切られた後で悟った〝正解〟という一面的な関係でしかとらえていないからこそ、叔父の「策略」の中心である自分の娘との結婚慫慂から財産横領発覚にいたる経過のすべてを――本来なら「人間不信」の由来として遺書前半のクライマックスとなるべき部分であるにもかかわらず――直接話法的な場面性をすべて消去した断定的説明の叙述だけで通すことができているのである。(7)「叔父は私の財産を胡麻化した」という語り手の認識判断がそのまま「事実」化され、叔父自身の声による相対化の道が閉ざされている「先生」の話法の特色は、遺書の中心人物であるKについても基本的に同じである。

Kが遺書の中に登場してくるのは「下」十九章からであるが、上野公園で「先生」から「精神的に向上心のないものは、馬鹿だ」と問詰されたKが「馬鹿だ」、「僕は馬鹿だ」と答える四十一章以前のKの発話はすべて「先生」の語りの言葉の中に溶解され、あるいは内容要約のかたちでしか叙述されていない。この「馬鹿だ」発言に続く「もう其話は止めやう」、「覚悟、――覚悟ならない事もない」という台詞も直接話法と見なしていいと思うが、その後自殺にいたるまでの時間の経過の中でKの言葉が声として復元されているケースは皆無であり、さらにKの遺書も直接の引用は一切おこなわれていないのであるから、結局Kに関する長い叙述の中で直接話法的表現として認められるのは、上野公園での会話の中から選び出された三つの言葉の連鎖だけだと言ってよいのである。そしてこの「馬鹿だ」から「覚悟」にいたる発話の特徴は、それを聞いた時点での反芻の中で「先生」が「Kがお嬢さんに対して進んで行くといふ意味」に解釈し、Kの自殺によってそれが「片眼」だったことに気付くという痛切な〝誤読〟体験が踏まえられていることであり、強烈な事件によって自分の解釈が逆転した言葉に直接話法が使用されているという点においても、またその〝誤読〟体験がKの言葉全体に対する理解力への反省姿勢を促すことはなく、それ以外のところではK自身の声の再現を必要としていないという点においても、叔父の言葉に対する扱い方と共通している。例えば「恋愛」と「道」とを背反的なものと捉えるKのかたくなテーゼは、自殺原因との関係で多くの評者によって注目されてきているが、

Kは昔から精進といふ言葉が好でした。私は其言葉の中に、禁欲といふ意味も籠つてゐるのだらうと解釈してゐました。然し後で実際を聞いて見ると、それよりもまだ厳重な意味が含まれてゐるので、私は驚きました。道のためには凡てを犠牲にすべきものだと云ふのが彼の第一信条なのですから、摂欲や禁欲は無論、たとひ欲を離れた恋そのものでも道の妨害になるのです。Kが自活をしてゐる時分に、私はよく彼から彼の主張を聞かされたのでした。其頃から御嬢さんを思つてゐた私は、勢ひ何うしても彼に反対しなければならなかつたのです。其私が反対すると、彼は何時でも気の毒さうな顔をしました。其所には同情よりも侮蔑の方が余計に現れてゐました。（下―四十一）

という断定的な説明の言説は、当時の自分の心理環境が冷静ではなかったことを認めていながら、にもかかわらずKの「主張」内容を概括する自分の言葉の正確さに対する自信は揺るがない「先生」の特徴を表していると言える。

3

静についてはどうか。「下」十一章から五十一章半ばまでを占める「御嬢さん」時代の叙述を通じて引用符で括り出された彼女の台詞は、「先生」の部屋の前に来て「ご勉強?」と声をかける習慣と、母に呼ばれて「はい」と返事をすることを記した部分(下—十三)、および静の母親が娘とKとを二人きりにして買物に出かけた日にKの部屋で「先生」を出迎えた彼女が「御帰り」と挨拶する場面(下—二十六)の合計三箇所だけしかないし、また結婚後の「妻」時代についても、引用符付きの台詞は数箇所あるもののいずれも場面としての独立性を与えられていない。静は遺書の叙述の中で声を奪われた存在になっていると言っても過言ではないのである(8)。

声の代りに「先生」は静の身体表現、とりわけその〈笑い〉を重視しているが、そこにおいても多義的な記号性を見出そうとする発想は見られない。遺書の中にくりかえし出てくる「御嬢さん」時代の静の〈笑い〉は、すでに多くの評者によって論及されている。語りの表層では「私はそれをKに対する私の嫉妬に帰して可いものか、又は私に対する御嬢さんの技巧と見做して然るべきものか、一寸分別に迷ひました」となってはいるものの、全体的なヴェクトルは明らかに「技巧」の線を示しており、だからこそ遺書を静に読ませてはならない理由が「妻が已れの過去に対して持つ記憶」の「純白」「保存」と表現されているのだという指摘は、「先生」の主観によって意味付けられた〈物語〉の解読という限定条件のもとでは正鵠を射ているだろうが（ただしそれと作品内における「お嬢さん」の実像とは区別しておかねばならない）、さらに私は彼女の「妻」時代の〈笑い〉の叙述にも留意しておきたいと思う。遺書の中で「先生」が静夫人の笑いに触れているのは、明治天皇病没の日に夫婦の間でかわされたという次のやりとりの叙述の中においてである。

最も強く明治の影響を受けた私どもが、其後に生き残つてゐるのは必竟時勢遅れだといふ感じが烈しく私の胸を打ちました。私は明白さまにさう云ひました。妻は笑つて取り合ひませんでしたが、何を思つたものか、突然私に、では殉死でもしたら可からうと調戯ひました。（下—五十五）

私は殉死といふ言葉を殆ど忘れていました。平生使ふ必要のない字だから、記憶の底に沈んだ儘、腐れかけてゐたものと見えます。妻の笑談を聞いて始めてそれを思ひ出した時、私は妻に向つてもし自分が殉死するならば、明治の精神に殉死する積だと答へました。私の答へも無論笑談に過ぎなかつたのですが、私は其時何だか古い不要な言葉に新しい意義を盛り得たやうな心持がしたのです。（下—五十六）

従来「明治の終焉」と「先生」（および漱石）との関係という視角から注目されてきた有名な箇所であるが、静の〈笑い〉という面から読みなおしてみると、天皇の死の直後の時期に「殉死」を話題にして夫を「調戯」う女性というすさまじい設定が、まず浮かびあがってくる。そこにはおそらく、夫の「殉死」に従った乃木大将夫人と同名の「静」という固有名を小説のヒロインに与えた漱石の意図が働いていただろうし、[9]東西朝日新聞紙上での連載開始時期が昭憲皇太后の死および大喪の過程と並行していたという事実[10]との関係においても、この設定に仕掛けられた意味は小さくなかったはずであるが、遺書の話法との関係で考えてみたいのは「先生」による〈物語〉のレヴェルでの静の「笑談」の意味付けである。

妻の「笑談」によって「殉死といふ言葉」を初めて思い出し、乃木大将の事件を知ったとき「殉死だ〳〵」と妻の前で騒ぎ、その二三日後に自殺決行の決心を固めたという経過を述べた「先生」が、そのあとに「私は妻を残して行きます。私がゐなくなつても妻に衣食住の心配がないのは仕合せです。私は妻に残酷な驚怖を与へる事を好みません。私は妻に血の色を見せないで死ぬ積です。妻の知らない間に、こつそり此世から居なくなるやうにします。私は死んだ後で、妻から頓死したと思はれたいのです。気が狂つたと思はれても満足なのです」（下—五十六）と記していることは周知の通りである。この記述内容にふさわしい「先生」の自殺方法をめぐって、「上」に出てくる腎臓病で急死した「ある士官」の話と静の父親とを重ね合わせ、その死に方を「先生」が偽装するつもりだったのではないかとする説があるが、[11]それだと「気が狂つたと思はれても満足なのです」というコメントが解釈しにくいのではないかと私は思う。「先生」は妻から「気が狂つたと思はれ」るような死に方を想定していることを「私」に明かしているのであり、そして発狂が直接の死因を構成しない以上、「先生」は妻に「血の色を見せ」ることは回避しても自殺そのものは隠すつもりがなかったと考えるべきであろう。「先生」が早くから「必竟私にとつて一番楽な努力で遂行出来るものは自殺より外にない」（下—五十五）という思いを抱いていたことが遺書の中に明記されており、そこから「『先生』はなぜ自殺したか。言い換えればなぜその『機』まで自殺できずに、『K』を死なせて以後十数年を耐えて待たねばならなかったのか」というアポリアを、「『静＝奥さん』を『私』に託して行けると信じられたから、だから『先生』は安んじて久しい願いの死を遂げたのだ」と読み解くような見解も提出されているわけであるが、(12)静との関係で「先生」に自殺を躊躇させてきた要因の、少なくともその一つに自殺理由の秘匿をめぐるディレンマがあったことを見落としてはならないだろう。妻に「事実」を知らせれば「妻が已れの過去に対してもつ記憶」の「純白」を汚すことになると思いこんでいる「先生」は、自分の秘密を静に「告白」して死ぬことはできないが、しかし何も明かさないまま自殺を決行すれば、亡夫の死の理由を考え続ける過程で「已れの過去に対してもつ記憶」の検討という危険な作業に妻を追い込んでしまい、その結果彼女の「純白」が汚されることを恐れていたはずである。かと言って偽りの理由を書き記した遺書を残すことも「倫理的」にできなかった「先生」にとって、大正改元直後の状況は、このディレンマから脱出できる「機」の到来を意味していたのではないだろうか。つまり右のような一連の経過をたどって「先生」が遺書なしに突然自殺してしまったとすれば、乃木殉死を知って「先生」が叫んだ「殉死だ〳〵」という言葉の記憶との結合によって、「もし自分が殉死するとすれば、明治の精神に殉死する積だ」という夫の言葉が自殺原因の謎を埋めるメッセージとして機能することになる。乃木殉死に興奮していた夫はその異常な精神の高揚状態の中で「殉死」してしまったという文脈のラインによって、「秘密」を保ったまま原因追尋の恐れなしに自殺に踏み切れる条件が得られたという判断を、「気が狂つたと思はれても満足」という一行に読み取ることができるのではないかと思うのである。

遺書の叙述体系における「殉死」の唐突さについては早くから指摘があり、「明治の精神」の内容規定とあわせてさまざまに議論されてきている。「明治の精神」への「殉死」という言葉は過大評価も過小評価も避けなければならないが、読みの前提として、この表現が、妻の「笑談」に答えた「先生」の「笑談」という文脈の中だけにしか出てこないという事実を無視するわけにはいかないと思う。(13) 静が夫の突然の自殺を「殉死」の線で解読してくれることを期待しながら、その一方で「殉死」の枠には納まりきらない本当の自殺理由を「私」あての長い遺書の中に書き綴っていたのだとすれば、遺書全体の中で「殉死」が唐突な印象を与えるのは決して『こゝろ』という作品の矛盾や瑕瑾を示すものではない。もともと自殺と「殉死」とが等値関係を結ばないような書き方を「先生」自身が意図的に行っていたのである。(14)

したがって遺書の中には、これまで静のために実行できなかった自殺を可能にした契機がほかならぬ静の「笑談」だったという因縁譚めいたプロットが埋め込まれているわけであるが、「御嬢さん」時代の静の〈笑い〉に「技巧」の意味付けを与えてきた「先生」が、「何を思つたものか、突然私に、では殉死でもしたら可からうと調戯ひました」という、具体的な場面性を欠落させた表現によって静の〈笑い〉を強調していることを考えれば、このプロットを「先生」は明確に意識していたはずである。そして見落としてならないのは遺書の論理に即せば、「御嬢さん」時代の静のその〈笑い〉によって若い「先生」の嫉妬心を操ったことが「事実」だからこそ、Kの自殺の真相を隠し通してやらねばならないと思いこんでいる「先生」にとっては、彼女がKの自殺から十数年を経て自らの〈笑い〉によって夫の自殺への路を開いたという〈物語〉もまた本人に知らせてはならない秘密として「事実」化されているという点である。このように静を一方的に自分の文脈の中へ密封していく残酷と一体になった〈優しさ〉に、「自己の主観の枠組に他者をあてはめ、そこでの同一性を見出すことで、あたかも他者を理解したと思ってしま」[15]う「先生」の〈愛〉の特質が露われているのである。

4

「冷たい眼で研究されるのを絶えず恐れてゐた」（上—七）人という、「先生」に対する「私」のコメントはよく知られている。「私」は「先生」との交際中にはそれをまったく「自覚してゐなかつた」というのであるから、遺書を読んだあとで獲得した人物評価だということになるが、それは語り手の解釈や判断を他者自身の言葉によって照らし直す余地が与えられていない遺書の叙述の一元性に気が付いた「私」の批評意識と結びついていると私は思う。「私達は最も幸福に生れた人間の一対であるべき筈です」（上―十）という「先生」の言葉を記したすぐ後に出てくる「私は今前後の行き掛を忘れて仕舞つたから、先生が何の為に斯んな自白を私に聞かせたのか、判然云ふ事が出来ない」という挿入句は、「先生」の遺書が他者の言葉を「前後の行き掛」から切離して語り手の文脈の中に吸収支配する話法を骨格にして成り立っていることに対して、「私」が意識的であることを示している。したがってその「先生」の遺書を、語り手の評価の言説の表出を極力避けて発話者自身の声の直接的再現を基軸にした手記のエクリチュールの後に引用している「私」は、きわめて意図的な叙述者だと言っていい。だが「私」の目的は、手記執筆時点において「其人の記憶を呼び起すごとに、すぐ『先生』と云ひたくな」る「心持」に変わりはないという「先生」を、遺書の一元的な閉鎖世界から相対性の場に解き放つことにあり、したがって「書き方」の対照によって手記が遺書を相対化すると同時に、手記もまたつねに相対化の光線を浴び続けるようになっていなければならないことを「私」は自覚していたはずである。語り手としての明らさまな特権性を最小限に抑えることによって、遺書とは対照的な話法を択びとった意図が生きてくることを自覚したところから、「私」は手記を書き始めているのである。

　生前のKを知らない「私」が、Kについての「先生」の叙述内容を批評できないことは言うまでもない。しかし「先生」の遺書の厖大な直接引用自体が、Kの遺書の内容紹介にあたって一語も直接的には引用していない「先生」との間に、自殺した知人の言葉に対する扱いにおいて明白なコントラストを作り出しており、遺書の「書き方」に対する「私」の批評意識を見出すことが可能であるが[16]、遺書の間接話法と手記の直接話法とが具体的にスパークする中心的な場は「奥さん」＝静についての叙述である。「妻」時代の静の最後の数年間に直接見聞した言葉や身体表現の記憶を持っている「私」は、遺書の中で奪われていた彼女の声の復元に積極的に努めるとともに、遺書からは読み取りがたい「先生」との〈関係〉の中における静の内面への想像力のヴェクトルを手記の叙述の中に埋めこんでいる。したがって、「先生」の前で見せる静の〈笑い〉を〈物語〉の軸の一つに置いている遺書の叙述に対して、「私」が「先生」と静との間における〈笑い〉の葛藤の光景の記憶を重視した叙述を行っているのも決して偶然ではないはずである。「先生」の宅を頻繁に訪問するようになってからもしばらく「先生に付属した一部分の様な心持で奥さんに対してゐ」た「私」が「夫婦の一対」としての二人に目を向けるようになったのは、酒を御馳走になりながら「先生」夫婦とゆっくり会話をかわした夜からであるが、その叙述の後半部は、次のようになっている。

　先生の宅は夫婦と下女だけであった。行くたびに大抵はひそりとしてゐた。高い笑ひ声などの聞こえる試は丸でなかつた。或時は宅の中にゐるものは先生と私だけのやうな気がした。「子供でもあると好いんですがね」と奥さんは私の方を向いて云つた。私は「左右ですな」

と答へた。然し私の心には何の同情も起らなかつた。子供を持つた事のない其時の私は、子供をたゞ蒼蠅いもの丶様に考へてゐた。

「一人貰つて遣らうか」と先生が云つた。

「貰ひ子ぢや、ねえあなた」と奥さんは又私の方を向いた。

「子供は何時迄経つても出来つこないよ」と先生が云つた。

奥さんは黙つてゐた。「何故です」と私が代りに聞いた時先生は「天罰だからさ」と云つて高く笑つた。（上―八）

引用部の初めと終わりに出てくる〈高い笑い〉の対応性によって、この夜の「先生」の〈笑い〉の異様性が際立たせられている。「先生」の「過去」をほとんど知らない状況の下でその様子を目撃して心に刻みこんだ「其時」の「私」と、「先生」の「過去」を知った上でその場面を手記の中に復元している「今」の「私」とでは、「天罰」という語にこめられた意味性に対する理解度が大きく異なっていることは言うまでもないが、「今」の「私」の叙述のまなざしが「先生」の〈笑い〉を「黙つて」聞いていた「其時」の静の内面に注がれている点にも注目しておく必要がある。その叙述の仕方に、静の〈笑い〉を遺書の〈物語〉の動力線として意味付けながら、自分自身の〈笑い〉が静に与える影響については全く顧慮しない「先生」の盲点に対する「私」の批評意図を透視することができるからである。

また手記は「私」の大学卒業を祝う晩餐の時の様子も詳しく叙述されているが（この晩餐の三日

後に「私」は帰郷の途についているから、「私」が見た生前の「先生」の最後の記憶ということになる)、そこにも「先生」と静の〈笑い〉が交錯する場面が出てくる。


「然しもしおれが先へ行くとするね。さうしたら御前何うする」

「何うするつて……」

奥さんは其所で口籠つた。先生の死に対する想像的な悲哀が、ちよつと奥さんの胸を襲つたらしかつた。けれども再び顔をあげた時は、もう気分を更へてゐた。

「何うするたつて、仕方がないわ、ねえあなた。老少不定つていふ位だから」

奥さんはことさらに私の方を見て笑談らしく斯う云つた。(上—三十四)

「静、おれが死んだら此家を御前に遣ろう」

奥さんは笑ひ出した。

「序に地面も下さいよ」

「地面は他のものだから仕方がない。其代りおれの持つてるものは皆な御前に遣るよ」

「何うも有難う。けれども横文字の本なんか貰つても仕様がないわね」

「古本屋に売るさ」

「売ればいくら位になつて」

先生はいくらとも云はなかつた。けれども先生の話は、容易に自分の死といふ遠い問題を離れなかつた。さうして其死は必ず奥さんの前に起るものとして仮定されてゐた。奥さんも最初のうちはわざとたわいのない受け答へをしてゐるらしく見えた。それが何時の間にか、感傷的な女の心を重苦しくした。

「おれが死んだら、おれが死んだらつて、まあ何遍仰しやるの。後生だからもう好い加減にして、おれが死んだらは止して頂戴。縁喜でもない。あなたが死んだら、何でもあなたの思ひ通りにして上げるから、それで好いぢやありませんか」

先生は庭の方を向いて笑つた。然しそれぎり奥さんの厭がる事を云はなくなつた。（上―三十五）

手記の後の方に、病床の父親から「おれが死んだら」という言葉を聞かされた「私」が、この卒業式の晩の「笑ひを帯びた先生の顔と、縁喜でもないと耳を塞いだ奥さんの様子とを懐ひ出」す場面が出てくる（中―十）。それは妻の眼前で「おれが死んだら」を繰り返す「先生」の姿を静の側から眺める視線をその時の「私」が獲得していたことを明示しているが、手記執筆時点の「私」はこの晩の「先生」夫婦の死の話題と〈笑い〉をめぐる葛藤の場面に、前述した明治天皇没後の静の「笑談」に関する遺書の叙述との関係において一層重要な意味を見出しているはずである。

前述の通りこの時の「笑談」の記述にあたっても「先生」は間接話法を貫いており、「何を思つたものか、突然」というかたちで突き放されている発話者の内面を想像する手掛かりは遺書の叙述の中に与えられていない。だが卒業式の夜の会話の記憶は、「死」を口にする「先生」の言葉に不吉なものを感じ話題の継続を嫌っていた静が、明治天皇没後になぜわざわざ自分から「殉死」を持ち出して夫を「調戯」うような真似をしたのかという疑問を「私」に喚び起こすとともに、それに対する一つの解釈の可能性を指し示してもいるのである。つまり天皇没後の会話の中で静が「笑」いながら「殉死」を口にしたのが確かだとすれば、それは「先生」が「明白に」語ったと書かれている、「生き残つてゐるのは必竟時勢遅れだといふ」内容の発言に不吉なものを直感した彼女が、その不吉さを「ことさら」に「笑談」に変えてしまおうと意識的に振舞っていた可能性を暗示しながら「私」はその夜の会話場面を手記の中に再現しているのであり、さらにそれは、そうした静の内面に対する想像力を欠いたかたちで自分の〈物語〉の中に封じ込めていく「先生」に対する批評にもつながっているはずだと私は思うのである。(17) もちろん他者の言葉に対して厳粛な姿勢を持つ「私」は、自分の解釈を「事実」と混同しないだけの慎重さを忘れておらず、その〈物語〉が手記の中で絶対化されることをつとめて避けている。しかし静の「殉死」発言をめぐる遺書の間接話法表現と、卒業式の晩の会話を叙述する手記の直接話法表現とのコントラストそのものが「私がゐなくなつても妻に衣食住の心配がないのは仕合せです」、「気が狂つたと思はれても満足」という表現にこめられた自殺前夜の「先生」の心情の一方性を照らし出す効果をあげているはずであるが、さらに「先生」外出中の留守番を頼まれた「私」が静夫人と「二人差向」で会話を交わした晩の記述をここにかかわらせてみることができるのではないかと思う。

5

「上」の十六章から二十章まで、長いスペースを費やして詳述されているその晩のことは、「私は其晩の事を記憶のうちから抽き抜いて此所へ詳しく書いた。是は書く丈の必要があるから書いた」という語り手の自注コメントも含めて多くの論者によって取り上げられてきているが、その中に「私」が突然、「今奥さんが急に居なくなつたとしたら、先生は現在の通りで生きてゐられるでせうか」、「奥さんは先生を何の位愛してゐらつしやるんですか」と問い掛ける場面がある。

「何もそんな事を開き直つて聞かなくつても好いぢやありませんか」

「真面目腐つて聞くがものはない。分り切つてると仰やるんですか」

「まあ左右よ」

「その位先生に忠実なあなたが急に居なくなつたら、先生は何うなるんでせう。世の中の何方を向いても面白さうでない先生は、あなたが急にゐなくなつたら後で何うなるでせう。先生から見てぢやない。あなたから見てですよ。あなたから見て、先生は幸福になるでせうか、不幸になるでせうか」

「そりや私から見れば分つてゐます。(先生はさう思つてゐないかも知れませんが)。先生は私を離れゝば不幸になる丈です。或は生きてゐられないかも知れませんよ。さういふと、己惚になるやうですが、私は今先生を人間として出来る丈幸福にしてゐるんだと信じてゐますわ。どんな人があつても私程先生を幸福にできるものはないと迄思ひ込んでゐますわ。それだから斯うして落ち付いてゐられるんです」

このやりとりは、「まあ左右よ」という静の言葉に含まれている微妙さに気付かなかった当時の「私」の若さを照らし出すとともに、その「私」の一途な若さが静の「真面目」な言葉を引き出した経験をも伝えている。「そりや私から」以降の静の発話のトーンはそれまでと明らかに変化しており、「私」の問い掛けに向かい合おうとする態度に移行した様子が読み取れるが、「私」によって復元された静の言葉は、それが「私」のぶしつけな問いに応じてその場で考え出された答ではなく、以前から静の内面で言語化されていた可能性を強く示唆している。自分が「先生」の前から姿を消す意志のなかったはずの静が、あなたが急にいなくなったら「先生」は幸福になるかという唐突な質問に強い語調で即答しているのは、夫の「幸福」にとっての自分の存在価値が深刻な問題として彼女の胸中に去来していたからに違いないからである。そして静のこの言説との対照によって、妻への「愛」や「親切」を語りながら、妻から自分への「愛」については一切語ろうとしない「先生」の遺書の叙述に、妻との関係の中で「幸福」を考える発想が欠落していることが浮かび上がってくるが、さらに私は、仮定の話題をめぐるこの会話が「先生」が「こつそり此世から居なくな」った後の静の「幸福」「不幸」という現実の問題に移転できるという点に注目しておきたいと思う。つまり「先生は私を離れゝば不幸になる丈です。或は生きてゐられないかも知れません」という静の言葉は、「先生」が「急に居なくなつたら」自分は「不幸になる」、「或は生きて居られないかも知れ」ないというメッセージ機能の可能性を伴って「私」の手記の中に再生されることによって、「先生」自殺後の静の内面に対する想像力を読み手に喚び起こす効果が企図されていたと思われるのである。

だが「私」は、「先生」の遺書を受け取ったあと東京行きの汽車に乗りこんだところまでで手記の時間を停止させてしまっている。それ以降については、例の「奥さんは今でもそれを知らずにゐる」(上―十三) という抽象的な一行を除いて完全に叙述の対象からはずされており、「先生」が「急にゐなくなつた」あとの実際の静未亡人の反応についても何一つ語られていない。この禁欲的とも言える態度が「私」の手記の際立った特色であり、小説『こゝろ』が非完結的な印象を読者に与えてきた要因にもなっているのだが、作品の表現構造に即せば、手記の話法選択自体がそれを要請していたと考えることができるだろう。執筆現在における語り手の評価や解釈の言説をあらわに示さず、また他者の言葉を「前後の行き掛」から切り離さずに場面として直接再現していくという原則にもとづいて手記は叙述されてきたが、その時間が「先生」没後にまで延びた場合、遺書を読んだ後の「私」を会話場面の中に登場させざるを得ないし、それにともなって語り手の「私」も直接的なコメントの言説を避けて通ることはできなくなって叙述の原則が崩れてしまうことになるからである。つまり手記執筆にあたって「私」が択びとった話法は「先生」の死後の時間を絶ち切ることによって可能な手法だったのであり、だからこそ「私」は手記の叙述を「私はごう〳〵鳴る三等列車の中で、又袂から先生の手紙を出して、漸く始めから仕舞迄眼を通した」(中—十八)ところで打ち切ってそのあとに「手紙」の引用を接続させ、引用の終了とともに手記の全体を閉じているのである。

この「私」のレヴェルと漱石のレヴェルでは手記と遺書の執筆順序が反対であったことは言うまでもないし、また数種の短編を合わせた作品の全体に標題『心』を冠するという当初の構想が新聞連載の途中で変更され、第一短編だったはずの「先生の遺書」が『心(こゝろ)』として刊行されたという作品成立過程における「模様がへ」の経緯があったこともよく知られている。だがそれは単に小説の長さについての計算の狂いによって余儀なくもたらされたのではないだろう。推測されているように、「私」が遺書を読んでから手記を起筆するまでの時間が第二短編に予定されていたのだとすれば、その時間を永遠に空白化することによって手記と遺書との話法の力学が貫徹できることを明確に自覚した時点で、構想の挫折でも規模縮小でもなく、作品完成に向かっての積極的な選択として、「先生の遺書」から『こゝろ』への転換——数種短編連鎖形式の放棄——が決断されていた可能性を考えたいと私は思う。

注

（1）小森陽一氏「『こゝろ』を生成する『心臓』」（『成城国文学 1』一九八五・三、『構造としての語り』新曜社、一九八八・五）、田中実氏「『こゝろ』という掛け橋」（『日本文学』一九八六・一二）。田中氏は、「先生」の遺書は原文の全体が引用されているのではなく、「私」の意図的な「編集」によって冒頭と末尾が省略されていることを指摘している。

（2）小森陽一氏「こころの行方」『成城国文学』一九八七・三。

（3）三好行雄氏『こゝろ』『鑑賞日本現代文学⑤夏目漱石』（角川書店、一九八四）

（4）佐藤泰正氏「夏目漱石『こゝろ』」（『国文学　解釈と鑑賞』一九七二・四〜七、『夏目漱石論』筑摩書房、一九八六・十一）

（5）注（1）の小森論文。

（6）秋山公男氏「『こゝろ』の死と倫理——我執との相関——」（『国語と国文学』一九八二・二、『漱石文学論考——後期作品の方法と構造』桜楓社、一九八七）

（7）従妹との縁談を断ったとき彼女が泣いたことを記したすぐ後に「先生」は、「私に添はれないから悲しいのではありません。結婚の申し込を拒絶されたのが、女として辛かつたからです。私が従妹を愛してゐない如く、従妹も私を愛してゐない事は、私によく知れてゐました」というコメントを加えているが、その客観性を保証する叙述が全くないことも注目されてよい。

（8）遺書の叙述によれば、「先生」は学生時代の下宿での言語生活を男同士の「議論」と女相手の「世間話」というかたちで「性によつて区別」していたことが分かる。女は議論の相手にならないとする思いこみが、静の言葉全般に対する軽視の念を「先生」にもたらしていたという要素もありそうである。

（9）この問題がこれまで「自分の運命の犠牲として、妻の天寿を奪ふなど、いふ手荒な所作は、考へてさへ恐ろしかつたのです」という「先生」の述懐を軸にして、妻を「殉死」の道連れにした乃木大将とそれを否定する「先生」という図式の中で論じられてきたことは周知のとおりである。

(10) 藤井淑禎氏「天皇の死をめぐって」(『国文学　解釈と鑑賞』一九八二・一二)や玉井敬之氏「『こゝろ』二題」(『方位』一九八三・七、『漱石研究への道』桜楓社、一九八八)がこの事実に注目している。昭憲皇太后の死は大正三年(一九一四)四月十日、大葬が五月二十四日。漱石の連載開始は四月二十日である。

(11) 玉井敬之氏前掲論文、および平岡敏夫氏「『こゝろ』——明治の精神を中心に——」(『漱石研究』有精堂、一九八七)。

(12) 秦恒平氏「『先生』はコキュではない」『ちくま』一九八六・一二。

(13) 本稿では遺書における〈物語〉のプロットの面だけに限定したが、もちろん「明治の精神」の問題をこれだけで片付けてしまえると考えているわけではない。

(14) 私の読みとは異るが、松元寛氏「『こゝろ』論」(『歯車』一九八二・八、『夏目漱石　現代人の原像』新地書房、一九八六)が「『先生』は、明治天皇—乃木大将殉死をめぐる感慨を強調することによって、自分の自殺の動機を『私』に対しても匿そうとしていた」とする見解を提出している。

(15) 注(1)の小森論文。

(16) 「『こゝろ』再考」の中で内田道雄氏がこの二つの遺書の「筆述」の対照性に論及している。

(17) 「『こころ』再考」で内田氏が、この「殉死慫慂のことばに託された『静』の内面を、『私』はどう読み定めることになっただろうか」という問を立てて「『静』のトリックスターめいた軽い悪戯っ気が暗い心性の深部に働きかける風景と観じた」という線に「私」の「執筆時現在の感想」を求め、この「感想」を静に披瀝することによって「私」と静との間に「新しい対話の場が開かれて行く」可能性を読んでいる。だがこの読みでは、「先生」が編んだ〈物語〉の枠組を「私」が受け入れていることになって、手記と遺書との「相互作用」のダイナミズムが弱くなってしまうのではないかと私は思う。

〈付記〉この論文を書いたのは、いわゆる『こころ』論争の最中であった。その後の研究史の中で「私」の手記を批判的にとらえ直す流れができてきたことは周知の通りである。現在の私は、「前者（注――［先生／青年］）について青年の手記が先生の遺書を相対化していることに注目すれば静の言葉を抑圧する青年の手記の権力への目配りが」不十分となって、結局後者の図式（注――［「書物」（男性）／非「書物」（女性）］）を補完してしまうだろう。逆に、後者のみに注目し、静の言葉を立ち上げることにのみ力を注げば、先生の言葉と青年の言葉を『男』の論理として一括し、両者の闘争関係を見えなくする結果に陥るだろう」（『こころ』――闘争する『書物』たち」『日本近代文学』一九九九・五）という篠崎美生子氏の指摘に共鳴しているのだが、「相対化」の枠内においては私の見解に根本的な変更の必要を認めないし、初出バージョンから単行本バージョンへの過程で大幅な改稿をすることは避けたいという思いもあるので、論の一面性を承知しつつ、本書への収録に際しては若干の語句の修正だけにとどめた。「私」の手記の権力性への「目配り」を組み込んだ『こゝろ』論については別稿を期したいと思う。

「皆」から排除されるものたち——志賀直哉『和解』

1

志賀直哉の『和解』は日付けのはっきりした小説であるが、そのクライマックスとして設定されているのは、言うまでもなく、上京した順吉が父と和解する八月三十日である。八月三十日の出来事が語られるのは作品の第十三章と第十四章であるが、その十三章の冒頭に「自転車」が登場してくる。つまり『和解』のクライマックスは自転車とともに幕を開けるのである。

三十日自分は自転車を持つて上京した。自転車は前々日画家のＳＫが東京から乗つて来たのを置いて行つたものである。

上野からそれに乗つて麻布に向かつた。

「持つて」と「乗つて」との使い分けに注目してこの十三章冒頭部を読めば、
①八月二十八日にSKが、東京からの全行程を自転車に「乗つ」て順吉を訪ねてきた。
②SKは自転車を順吉の家に置いて、汽車で帰った。
③八月三十日、順吉はその自転車を「持つて」汽車に乗り込み、上野から自転車に「乗つて」麻布の家に向かった。

という経緯があったことは間違いないところである。八月三十日という最も大事な日の叙述にあたって、語り手の順吉はなぜ「自転車」のことから語り始めたのだろうか。いや、そもそもSKはなぜ「自転車に乗つて」順吉を訪ねてきたのだろうか。

順吉の家は千葉県の我孫子にある。東京から我孫子までは、生まれたばかりの慧子が危篤状態に陥り、「自動車にておいで願ふ」と電報を打って「東京の医者」の到着を待つ第五章の場面に出てくる、「一時間半したら来ませう」、「一時間なら来るさ」、「夜道だからな」という会話から推して、最速の交通手段であった自動車で夜道を飛ばしても一時間はかかる距離として物語内に設定されていることがわかる。SKはその長い距離を「自転車」で訪ねてきたわけであるが、八月二十八日といえばまだ残暑の厳しい時期であり(1)、その中を東京から我孫子まで自転車を乗り通してくるというのは尋常な行為ではない。

八月三十日は順吉の実母の「二十三回目の祥月命日」である。麻布の家での和解を遂げたあと、機嫌よく酒を飲んだため酔いをさましてから行くと言う父と、体が不自由になっている祖母とを

残して、順吉たちは「総勢七人」で青山墓地に向かうが、[2]

自転車の自分は電車でない所は叔父と列んで歩いたが、二人の間でその日の話は何もしなかつた。母とも同様だつた。

とあるように、順吉は自分一人だけ自転車に乗って墓参に向かっている。「電車でない所は」という表現から、おそらく他のメンバーが電車に乗っている区間は、電車と併走するかたちで自転車に乗っていたものと思われるが、なぜ順吉は自転車を麻布の家に置いておかず、七人の中で一人だけ自転車を利用するという変則的な墓参形態を選択したのだろうか。

青山墓参の叙述はきわめて短いが、

自分は死んだ赤児の墓の前で皆に別れ自転車で四谷のSKの家へ行つた。

という一行を読んで読者は初めて、順吉が我孫子から「自転車を持つて上京し」てきた理由と、青山墓参に際して自転車を麻布に置いておかなかった理由を推察することができる。八月二十八日におそらくSKは、三十日の上京の折に順吉が返却してくれる約束で自転車を我孫子に置いて帰り、順吉はその約束を履行したのである。だが我孫子から東京まで汽車で自転車を運ぶというのは面倒な上に余分の料金も必要であり、[3] 順吉の方から自転車を置いて行ってくれるように依頼していた可能性は低いだろうと思う。(我孫子の順吉の家には自転車はないが、医師の家に自転車があることが明記されているし、SKの自転車を必要とする緊急の事情が順吉の側にあったとも考えがたい。)したがって、SK自身が最初から自転車を順吉宅に残して帰るつもりで、四谷から我孫子までの長い行程を、「自転車に乗つて」やってきた可能性が高いわけであるが、ＳＫの目的はいったい何だったのだろうか。

2

前年、生後間もない慧子を亡くした順吉夫婦をＳＫが信州上林温泉に誘ったのは、二人が精神的に立ち直るのを支援するためであった。そして神経過敏になっていた順吉が温泉に到着早々、地響きに対する不安から強引な「引上げ」を言い出した時も、ＳＫは「七分通り描けた十二号位の油絵の仕事を控へてゐ」たにもかかわらず、順吉のわがままに付き合って一緒に引き上げており、きわめて友情に厚い人物として描かれている。私は、八月二十八日のＳＫの自転車には、「気分」次第では三十日の上京そのものを中止してしまいかねない順吉の性格を知っている彼が、上京を確実なものにさせるための担保として自転車を置いていったのだと読むのが一番妥当ではないかと考えている。少なくとも語り手の順吉はそのように理解しているようである。

順吉と父親との不和が、家族の間だけではなく、友人の間でも心配の種になっていたことは明らかである。そしてこの問題に対する順吉の態度で際立っているのは、和解に向かって「努力」することを潔癖に、あるいは依怙地に拒んでいることである。第十二章の最後、つまり語り手が八月三十日の出来事を語り始める直前のところに、次のような表現がある。

心から、そして努力なしに父に仮令如何な態度を取らうとそれに惹込まれず、或る余裕を以つて引退つて来られれば此上ない事である。然し今の自分が其場合必ずそれをやらうと考へるのは何処かで一足飛びをした、切れ目のある考へ方だと思つた。(傍点引用者、断りのない限り、以下同じ。)

「無理」や「飛び越し」を嫌う順吉が、「心から」の和解とは「努力なし」に成就するものでなければならないという堅固な理想を持っていたことは明瞭である。しかも順吉は自分が「努力」することを拒むだけでなく、「努力」を勧める者や「努力」の姿を見せる者たちに対しても強い不快感を抱く男である。右の引用箇所も、以前父と順吉との不和を心配した従弟が「貴方の大きな愛が他日父君を包み切る日のある事を望みます」という手紙を寄越してきたことを想起してあらためて不愉快の念を募らせた連想の流れの中のものである。また慧子が生まれた時も、「此赤児が父と自分との和解の縁になるように皆が願つてゐる事がわか」ったが、「然し此赤児を通してと云ふ気は自分にはなかつた」とあり、これは生後間もない時期における東京我孫子間の往復が慧子の死因を形成したと考える順吉の、「若し皆に父と自分との関係に赤児を利用する気がなかつたら、赤児は死ななくて済んだのだ」という「不愉快」に対応している。一方、慧子の死後麻布を訪ねてきた順吉の妻・康子をいきなり、「何故赤児の死骸を東京へ連れてきた」と怒鳴りつけたという父も、子との和解に向かって「努力」することを頑なに拒んでいるようである。『和解』は、互いに和解に向かって「努力」すること自体をよしとしない父と息子の壮絶な対立を前にして、和解実現のために周囲の人間たちがさまざまに「努力」する物語でもあるが、興味深いのはこれら周囲の人間たちの「努力」に対して、順吉が一律に不快を感じるのではなく、快さを味わうケースもあるという点であり、後者の例としてSKの「自転車」を読むことができるのではないかと私は考えている。

八月三十日、青山墓地から自転車に乗って到着した四谷のSK宅で、順吉はいま墓地で別れたばかりの母あてに感謝の手紙を書き、父との和解が成立したいきさつをSKに報告すると、SKは「大変に喜んで呉れ」、「大変気持ちのいい事として好意を見せて呉れ」たとある。そしてその後、友人二人が加わったこの家で、順吉が次のような心境を味わったことが語られる。

自分はSKの家に来た時から非常に身体も疲れて来た。そしてそれは不愉快な疲れ方ではなかつた。濃い霧に包まれた山奥の小さい湖水のやうな、少し気が遠くなるやうな静かさを持つた疲労だつた。長い〳〵不愉快な旅の後、漸く自家へ帰つて来た旅人の疲れにも似た疲れだつた。

有名な箇所であるが、順吉が「自家へ帰つて来た」に似た感じを味わった場所が、我孫子の家でも麻布の家でもなく、友人SKの家だったという点に注目したい。そしてここに描かれた快さの感覚に〈羊水〉を連想するにはそれほど突飛ではないだろうと思う。八月三十一日に我孫子を初訪問した父を駅に見送った時に順吉が感じた「心と心の触れ合ふ快感」という表現と、以前親友のMとの関係を説明する言説の中に出てきていた「心と心の直接に触れ合ふ妙味」という表現との酷似を指摘し、「言葉を使はず」に「心と心の直接に触れ合ふ」深い安堵の念とは、「ほとんど母子の黙契の世界のもの」(4)だとする関谷一郎氏の画期的な『和解』論があるからである(「『和解』私読」『文学』一九八七・五)。「心と心」が何の媒介も経ずに「触れ合ふ」という緊密な一体感は、おそらく幻想としての羊水空間の中にしか存在し得ない性質のものだろうと私も思う。八月二十三日、三井銀行と麻布の家で散々「不愉快」を味わった順吉に対して、Mは丸善で買ったばかりだという「ロダンの大きい本」を見せる。帰りの汽車の中でロダンを見ているうちに順吉の気分は「気持ちよく解放され」、「自分の心は不思議な程に元気」になる。「不愉快」の原因である父子不和に関してはMは「ファザーは相変らず頑固だネ」と「少し淋しいやうな笑顔をして云つた」だけであった。もしもMが「大きな愛でファザーを包み込め」などと助言していたとしたら、順吉の不愉快を爆発させる結果になったことは言をまたない。余計なことは一切言わずにロダンを見せて気分を解放させる……。これこそが順吉の求める「心と心」の「触れ合」いであり、これが「努力なし」の和解実現の前提条件を形成していたことは明らかであるが、SKが炎天下を自転車を乗り通して我孫子にやってきたのはMの「ロダン」から五日後であり、その二日後に父子和解が成立するのである。おそらくSKもまた余計なことを一切言わずに自転車を置いて帰ったからこそ、その「心」の快さが順吉の上京を確実なものにしたのではないだろうか。

3

以上のように、『和解』における八月三十日の出来事を、順吉が自転車によって〈羊水〉に帰還していく物語としても読むことが可能であるとしたら、八月三十日が順吉の実母の「祥月命日」になっているのは、出来過ぎと言っていいほど象徴的な設定だということになりそうである。羊水幻想の根源を死んだ母に求めることはあまりにもステレオタイプだからである。だが『和解』の物語世界の構造は、それほど単純ではない。『和解』第一章で、七月三十一日の慧子の一周忌に青山に一人で墓参した順吉は、まず祖父の墓前で幻の声を聞いて「自分の想像が祖父にさう答へさしたと云ふにしては余りに明かに、余りに自然に、直ぐそれが浮かんだ」という肯定的な感情を抱き、次に実母の墓前で、「如何にも臆病な女らしく不徹底な調子で何か愚図愚図云」う実母の幻の声を聞くが、「相手にしないやうにその場を去つ」ている。つまり『和解』は、青山の墓前で主人公が死んだ祖父の声に従い、死んだ実母の声を無視するところからから物語世界が始まっているのである。また八月三十日当日も、順吉が麻布に到着したのは亡母の法要が済んでしまった後である。父と顔を合わせないために故意に時間を遅らせた可能性もあるし、「十六七年前にキリスト教を信じた頃の或る理窟から来た習慣」として「特別な場合の他は墓の前でお辞儀をしない」という順吉の宗教観も考慮に入れておく必要があるだろうが、それにしても仏壇に向かった場面についての叙述は、「仏壇の横に其日の仏が三つで死んだ自分の兄を抱いてゐる、掛軸に仕立てた下手な肖像画が下つてゐた」という、じつに素っ気ない一行があるだけである。仏壇のシーンは、この日の父との和解成立直後にもう一度出てくるが、

そしてどういふ気持か、父は時々仏壇の方へ眼をやつてゐた。其所には前にも書いたやうに自分の死んだ兄を抱いた、死んだ母の下手な肖像が掛けてある。

という叙述は、父との和解の前と後とで、亡母の肖像画に対する順吉の否定的感情がまったく変化していないことを明示している。またこのあと青山に墓参した時、「死んだ母」に父との和解を報告したかどうかさえ、語り手は一言も語らない。（第一章には順吉が実母の墓前で、実母に「話しかけ」たことが明記されているから、彼に墓で死者に語りかける習慣があったことだけは確かである。それだけに仏壇と墓前、両方の場において順吉が実母に和解成立を報告するシーンの叙述がないことが注目される。）そして青山墓参のあと訪ねたSKの家の中で、彼は「自家へ帰つて来た旅人」のような気分を味わっているのである。八月三十日は実母の「祥月命日」であるにもかかわらず、この日の父との和解成立劇において「死んだ母」の役割は完璧なまでに排除されている。

しかし同時に読者は、実母に対するこの徹底的なまでの無視ラインの一方で、慧子の死を語る第六章が「自分は泣いた。実母に死なれた時のやうに泣いた。」という二行で結ばれていたことを知っている。この物語世界において、実母は両義的な存在だと言わねばならないが、実母の両義性は、羊水的一体感への憧憬と、「愚図愚図云」う「臆病な女」としての不快感とが両極を形

成している。そしてこの問題にかかわって注目すべきは、この物語世界における現在時間においては〈匿名の男たち〉が前者に繋がる快的な系列を形成し、一方〈実名の女たち〉が後者に繋がってしばしば主人公に不快を与えることがあるという、かなり明確な対比の構造が成立しているという点である。康子、慧子、留女、英子等、『和解』に登場する女性たちの多くに現実の志賀ファミリーの構成員と同じ名が付けられていることはよく知られているが、私が注目したい「実名」とはそうした現実世界との対応関係ではなく、あくまでも物語世界内部に限定した上での名前の表記方法である。（現実レベルとの対応関係においても、志賀直哉と志賀直三に相当する人物には順吉、順三という虚構名が付けられているのに対して、志賀家の女性に対応する人物たちには実名がそのまま使用されるという興味深いコントラストもあるのだが、本稿ではこの点には触れないでおくことにする。）

本稿前節で見た通り羊水系を代表するのはＭとＳＫであるが、二人ともイニシャルだけで名前は隠されているし、Ｍが登場するまで我孫子で最も親しくし、慧子危篤の時に尽力してくれた友人もＹというイニシャル表記であり、彼が「朝鮮支那の旅」に出たあと、入れ替わるようにしてＭが我孫子に転居してくる。そして先に私が羊水的一体感のピークとして読んだ八月三十日のＳＫ宅の場面には、ほかに二人の友人が集まってきていたが、この友人たちはイニシャルの表示さえない。いわば〈匿名の男たち〉だけによって占有された空間に順吉が「自家」を感じているわけであるが、[5] この友人二人が到着する直前の場面に、次のようなＳＫと順吉の会話が直接話法で挿入されている。

「康子さんに電報を打たないか。喜ばれるだらう」と云つた。

「今日父と会ふと云ふ事は多分知らないから、別に心配はしてないと思ふ」と自分は答へた。

康子が夫・順吉とその父との不和のためにとれほど神経を磨り減らしてきていたかということを、読者はよく知っている。加えて、この日の突然の和解成立によって舅が「明日」、急に我孫子を初訪問することになったという情報は、「嫁」の康子にとっては物心両面にわたる一大事であるにもかかわらず、順吉はそれすら自分から直接妻に知らせようとしないのである。(康子が和解成立と舅の来訪を知ったのは、麻布からの電報によってである。伊藤左枝氏も指摘しているように(6)、発信者はおそらく「母」であろう。)順吉がSKの家に見出した「自家」空間としての快感が、〈実名の女たち〉を積極的に排除することによって成立していたことは明らかである。ちなみにSKの言葉が直接話法で出てくるのはここ一箇所だけであるが、康子への打電提案を拒否した順吉に対するSKの返事は語られていない。順吉にとって「心と心が直接触れ合ふ」心地よさとは、あくまでも相手が余計なことを「愚図愚図」言わないという条件を前提にしているのである。

この夜、順吉は麻布に戻ることなく、SKの家から上野駅に向かう。

自分は終列車に間に合ふやうに皆と別れて上野へ向かつた。

この「皆」とはSKと二人の友人である。つまりSKの置いていった自転車で始まった八月三十日の物語における東京の最終場面の登場人物は、麻布の人間たちではなく、ＳＫを含む三人の〈匿名の男たち〉が担っているわけであるが、次節では、「皆」という表現に注目してみたい。

4

『和解』の言説空間には「皆」という単語が頻出するが（ルビはすべて「みんな」）、構成員の違いによつて三つの「皆」グループに分類することができると思う。一つは本稿前節の最後に引用した八月三十日の東京最終場面の「皆」であり、これは〈実名の女たち〉を排除することによって快適さを保障された〈匿名の男たち〉による水平の無葛藤空間の構成員である。

第二は、父との和解が成立までの期間における「麻布の人間」たちであり、ここには父と順吉は含まれていない。慧子が生まれた時、「この赤児が父と自分との和解の縁になるやう皆が願つてゐる事がわかつて」反発を抱いていた順吉は、無理な汽車移動による異変で慧子が急死したあと、「若し皆に父と自分との関係に赤児を利用する気がなかつたら、赤児は死なずに済んだのだ」と考えていたところへ、父が慧子の棺を麻布で受け入れることを拒否して赤坂の叔父の家に運ぶよう命じた上に「赤児の小さい叔母共や曾祖母に、『皆も赤坂へ行く事はない』と云つた」ことを知って激怒する。父と子の不和の間にはさまれたこの「皆」の構成メンバーは〈実名の女たち〉であり、主導権は祖母の留女が把握していた。（「赤坂の叔父」＝まさ叔父は父がいう「皆」の圏外だからこそ、慧子の棺の受け入れ場所に指定されたのである。）この「皆」の世界は、中心部に位置する男の座を、父と息子の不和の期間、暫定的に彼女たちが占めていたのであり、順吉が不満を感じた「赤児を利用する気」とは、「皆」の世界の中心に男たちを復帰させるための彼女たちの懸命な努力にほかならない。そして順吉との和解が成立し、匿名の「父」を頂点とする第三の「皆」の垂直の世界秩序が一挙に回復すると同時に、〈実名の女たち〉は「皆」の世界の周縁に追いやられていく。

和解成立の翌日の我孫子訪問団のメンバーは父に独身の妹四人を加えた五名であるが、この訪問を描いた第十五章には、「皆」という表現が三回出てくる。停車場へ出迎えに行って、一行を我が家に連れて来る場面の「皆は俥に乗つて自分の家に来た」と、途中に出てくる「皆は三時少し前の汽車で帰る事にした」と、停車場に見送りに行った場面の「笛がなると、皆は『さよなら』と云つた」の合計三箇所であるが、まず康子が出迎えと見送りを夫から禁止され（出迎え禁止の理由は「妻も行きたがつたが、赤児が妙にピクッとさしてゐたので、自分は来させなかつた」と明記されている。康子としては「嫁」が駅に出迎えに行かなかったら、短気な舅の眼にそれがどう映るか、気が気でなかったに違いない）、彼女を「皆」集団から排除する力学がくっきりしていることを確認しておきたい。康子は和解成立以前においても麻布の「皆」には含まれていなかった存在であるが、十五章において重要なのは、それまで「自分」と「皆」を区別してきていた語り手が初めて自身を「皆」の構成員としてカウントインし始めていることである。右に引いた三箇所のうちの第一例において、人力車に乗っているのは東京からの一行五名とそれを迎えに出た順吉の合計六名だから、「皆は俥に乗つて自分の家に来た」の「皆」には順吉が含まれており、彼は「皆」の側から「自分の家」を眺めていることになる。こうした視点の登場は『和解』においては初めてであり、だからこそ康子の除外があらためて際立つという読み方もできる。プラットフォームで父の眼に「自分の求め」てきた「或る表情」を発見した興奮と感動を、妻は夫と共有することができない。というより「皆」の世界から妻を閉め出すことによって、順吉は父子間の「心と心の触れ合ふ快感」を獲得することができたのだと言った方が正確だろうと私は思う。

　九月二日は和解成立を祝う血族結集の日であり、一番上の妹・英子も麻布に家にやってくる。この日を描いた最終章の中心部に、「皆」による食事会が設定されていることは周知の通りである。「今日丁度皆集まつたから何所かへ飯を食ひに行かう」という父の提案で急遽催されたこのイヴェントに参加する直前、順吉が和解記念の父へのプレゼントとしての父の肖像画制作を依頼するためにＳＫの家を再訪している点にも注目しておきたい。〈匿名の男たち〉による「皆」の世界と麻布の「皆」の世界とのオフィシャルな（?）接続の成立という意味作用を持つこの場面は和解物語の完成にとって不可欠のシーンだと思うが、[7] 九月一日に順吉の頭に浮かんだ「父に好意をあらはしたいやうな欲求から自身の手で得た金でＳＫに父の肖像画を描いて貰つて贈らう」という着想に、前々日の麻布の仏壇に見た「自分の死んだ兄を抱いた、死んだ母の下手な肖像画」の残影が伏線として作用していたことは明らかである。前述の通りこの実母の肖像画の「下手」さは語り手によって二度くりかえされており、順吉はよほど気に入らなかった様子であるが、この絵に対する彼の不快感には、抱かれている幼児が自分ではなく兄であったという要素も含まれているだろう。母が幼い子を抱く姿は、聖母マリアを想起するまでもなく羊水的一体感の典型とも言える構図であるが、実母に抱かれた子が自分ではないという疎外感がことさら「下手」さを強調する心情を促していたのだとすれば、父と「心と心の触れ合ふ快感」を実感した順吉がその羊水的一体感の表現として「肖像画」を発想したのは自然であり、その制作者として、羊水的一体感側のイニシャル表記友人男性群に属するSKが選ばれたのも物語の文法に則っていると言える。

さて「山王台の料理屋」で開かれた食事会の参加者は総勢九名。男は父、順吉、順三に英子の夫を加えた四名。女は、前々日の我孫子訪問の四名に英子を加えた五名。つまり父と子供のフルメンバーに、長女の夫を加えた九名が「今日丁度集まつ」た「皆」だったということになる。「待ち切れなくつて皆は家を出た」、「七時頃皆は其所を出た」という表現は「皆」の中に自分を数えることが順吉にとってますます自然なものになってきたことを示すが、この食事会場面をもって単純に和解劇の大団円と見なすことはできない。康子以外にも、この食事会には不在者が多過ぎるからである。

まず「母」が参加していない。この日、麻布を再訪した順吉が祖母の部屋へ行こうとした時、途中の部屋で母が寝ていた。母は大腸が悪いと云はれたと云つてゐた。下痢が続いた為めと何も食はない為めに母は疲れ切つてゐた。

とある。この日は八月三十日の父子和解から三日後である。お互い和解に向けて「努力」することを拒否する依怙地な父子の間に立って、両者から批判を受けつつ長年「努力」を続けてきていた母である。彼女の病気が、急速な和解成立による緊張弛緩のために、積年の心身の疲労が一気に噴出したものであることは言をまたないだろう。にもかかわらずその母が「何も食はない為めに疲れ切つて」床に就いている状態の中で、彼女を置き去りにして「何所かへ飯を食ひに行」くイヴェントが企画されているのである。父の言葉は「まさの居ないのは残念だが、今日丁度皆が集まつたから」(傍点原文)というものであった。言葉尻をとらえれば、大腸を悪くしている妻の不在は父にとって「残念」の対象ではないということにもなるが、この点に関して順吉は何の違和感も抱いていないようである。これは康子の不在を当然とする彼の発想と正確に対応していると見ることができるだろう。この母は『和解』の物語世界に最初に登場する人物であるが、語り手によって名前がずっと伏せられてきた。読者が初めてその名を知るのは、第十四章、八月三十日の和解成立直後の、「お浩」という父の呼びかけの言葉によってである。彼女は「実名」を明かされると同時に、「皆」集団の周縁に追いやられてしまったわけである。

第二に、この食事会には祖母の留女が不在である。もちろんこの八十二歳の祖母が、当時外出できるような健康状態になかったことは明記されている。だが和解成立までは麻布の「皆」の主導者だった祖母が、和解が成立して父が新しい「皆」の世界の首座に復帰してきたとたんに

「皆」の構成メンバーからはじき出されていることを象徴的に示しているのは、八月三十日の出来事を語った十三、十四章において、和解の経緯を順吉が祖母に報告するシーンが語りの場において省略されてしまっているという点である。父の書斎における和解成立の場を頂点とする十三章の末尾近くに、「お祖母さんに直ぐお話して来い」という父から母への命令があり、続く十四章は順吉と叔父が祖母の部屋で「話している所」に「父が入つて来」て、「順吉の事は、おききやつたらう?」、「聴いた」という会話を交わす場面から始まる。つまり順吉が祖母の部屋で和解をどのように報告し、それに対して祖母がどんな反応を示したかということは、十三章と十四章との間の空隙に隠されてしまっているのである。「和解」という題名が冠されたこの小説を、読者はこの父子は最後に和解するに違いないという予測のもとに読み進む。したがって読者の関心の第一は当然この二人がどうやって和解に至るかという点に置かれるものの、第二の関心は祖母が二人の和解をどのように喜ぶかにある。というより、和解成立後順吉と祖母が涙を流して喜び合うようなシーンを期待しながら読み進むはずであるが、この「期待の地平」は完全に裏切られる。和解成立後の麻布の人々のイヴェントは三つある。第一が八月三十日の青山墓参――前述の通り順吉一人自転車を利用している――であり、第二が三十一日の父たちの我孫子訪問であり、第三が九月二日の食事会であるが、この三つのいずれにも加わっていない麻布の人間は「祖母」ただ一人であるという設定も留意されていいだろうと思う。

第三に、まさ叔父もこの食事会に参加していない。父子対立の時期、この叔父の家が麻布の

「皆」の圏外に置かれていたことは先に見ておいた。「皆」の圏外だからこそ、麻布への受け入れを拒否した慧子の遺体を父は赤坂のこの叔父の家に運ぶことを命じる一方、「皆」が赤坂に行くことを禁じたのである。父の命令権の範囲内にありながら、「皆」の圏外に位置するという叔父のマージナル性は、「まさ叔父さん」というネーミングにも現れている。「まさ」が叔父の本名であったとは考えがたく、また「まさ」という平仮名表記はこれが愛称であることを語り手が強調していることは明らかであるが、イニシャルでも本名でもなく、愛称で表記される人物は『和解』の世界ではこの叔父一人である。このマージナルな人物の存在価値は父子不和の期間においては貴重であったが、いったん父子和解が成立してしまうとその役割は急速に低下する。和解劇の立会人に叔父が選ばれたのも、身内と第三者の中間のところに彼が位置していたからであるが、和解が成立したあと、彼はおそらく自発的に麻布から遠ざかっていく。九月二日——食事会の日——の朝、順吉は鎌倉の妹・英子から「今朝早く、寝ている内にまさ叔父さんがいらつしやいまして、嬉しい〳〵お話伺いました」という手紙を受け取っているが、この「今朝」が八月三十一日であったことは、三十日に英子への和解情報伝達役を叔父が「今晩か、それでなければ明日早く私が行つて話しませう」と引き受けた場面によって明らかである。八月三十一日早朝に父と兄の和解という嬉しいニュースを叔父から知らされた英子は、九月二日に上京してくる。

　鎌倉の妹が赤児を連れて出て来た。
暫くすると父が出て来て、

「まさの居ないのは残念だが（後略）」

という叙述の流れから考えて、英子が叔父の鎌倉不在を父に告げたものと見てよいだろう。叔父の不在は直接的には「建仁寺の老師」に会うために京都に向かったためだというが、和解成立直前、「叔父は二三日内に京都に行く心算だと云つた」とある。「二三日内」という表現が、京都行きの日程に流動性があったことを示しているとすれば、英子が鎌倉から上京するのと入れ替わりで彼は自発的に京都に向かったことになる。いまや父と順吉を中心とする強固な「皆」集団が形成されつつある今、マージナルな自分の役割と位置の変化を察知したまさ叔父の内面を読みとることは十分可能であるという気が私はする。

5

このように『和解』は、父と息子が「心と心の触れ合」う垂直軸と、男の友人同士が「心と心が直接触れ合」う水平軸の周囲に女たちを序列的に配置することによって——そこにおける女の第一の存在価値は「産む」ことである——整然たるホモソーシャルの「皆」世界が編成、確立されていく姿を描き出しているように見えるのだが、なお興味深いのはこの一元的な秩序に収まりきらない裂け目が作品の中に存在することによって、小説が閉じきってはいないという点である。そして二十世紀初期に書かれたこの小説が、二十一世紀にまで生命力を保ち得るとすれば、むしろこの〝閉じきらない〟部分にこそ、その熱源があるのではないかという気がする。

裂け目の第一は祖母の突然の沈黙である。九月二日に麻布を再訪した順吉は、二日前の我孫子体験を踏まえて「今度の事は気持に少しも無理がない点で、僕は大丈夫だと思つてゐます」と祖母に報告する。

「ああ本統によかつた」と祖母は三日前の時とは変つた腹から気持よささうな顔を見せた。「お高が（祖母の妹）帰つて、お国で皆が寄つた所で話したとッさ。皆は一緒に泣き出したと。あれ、あの手紙に書いて来た」さういひながら祖母は寝床の上に重ねてある二三通の手紙を指した。

「さうですか」自分はその手紙は見なかつた。

祖母は又父が我孫子は思つたよりいい所だつたと讃めていた事、家や庭の事も讃めてゐたと、そんな事をいつた。その内祖母は黙つて了つた。

自分は何気なく他の話などをしてゐた。祖母は下を向いて返事をしない。自分で何か想つてゐる内に感動して了つたのだらうと自分は思つた。それとも又顎でも外れたかしらと云ふ気が一寸した。祖母は然し口を固く結んでゐる。

女中が来て何かいつた。祖母は直ぐ口をきいた。

順吉との会話の途中で突然沈黙し、「口を固く結んで」しまい、女中の言葉に対しては「直ぐ口をきいた」という祖母の姿は、語り手・順吉の世界編成の枠組みから明らかに逸脱している。

この引用箇所から読者が受信できる情報の第一は、八月三十日に父との和解を伝えた時には、祖母があまり「気持ちよささうな顔」を見せなかったということである。少なくとも「腹から」喜んでいるようには順吉には見えなかったのである。これは彼にとって意外でもあり、不満でもあったに違いない。だが考えてみれば、八月三十日、真っ先に祖母の部屋を訪ねた時点では順吉は父と会う決意を固めていなかったし、和解の話題はまったく口にしていない。和解劇は「兄さん一寸お仏様にお線香を上げませんか」と母が順吉を祖母の部屋から誘い出したところから急展開し、父と子の和解成立の情報は父から母に伝えられ、父の命を受けた母から祖母に伝えられている。順吉が祖母に報告したのはそのあとである。つまり祖母の側から見れば、順吉が自分の部屋から姿を消した直後から、自分の預かり知らぬ間に預かり知らぬ所で和解劇の全過程が進行完了してしまったのであり、祖母に与えられた役割は何一つない。祖母が長年心を煩わせ、解決のために「努力」してきた二人の不和は、土壇場で祖母抜きで一気に和解してしまい、彼女は事後報告を、それも不和の当事者のいずれでもない母から間接的に聞かされたのである。この日、「順吉の事は、おききやつたらう」という父の問に「聴いた」とだけ答えた祖母は、そのあと無言になってしまっていた。それについて順吉は、

　父は祖母がもつとその後に何か云ふかと待つ風だつた。自分は祖母が、もう少し父の要求してゐる気持に応じた様子を見せればいいのにと思つた。然し祖母には気持はあつても或る感情を露せない性質があつた。父も何か云ひかけてよして了つた。

という解釈をしているが、九月二日の祖母の突然の沈黙も、八月三十日の「聴いた」のあとの無言についても、はたして「性質」だけによるものだったのか。むしろ祖母の無言そのものが別の「或る感情を露」していたのではないかという方向へ読者の想像は誘われていく。女中が来たとたんに「祖母は直ぐ口をきい」ている以上、沈黙が生理的な原因によるのではなかったことだけは確かであり、祖母は、その沈黙によって他者性をあらわにしたまま、「皆」の世界から消えていくのである。「祖母は然し口を固く結んでいる」という一行の持つ意味はきわめて重い。

第二の裂け目は食事会における順三の遅参である。『和解』の世界に限定すれば、この最終章まで、順吉に順三という弟がいるということさえ読者には知らされていない。つまりこのテクスト全体を通じて順三について読者が得られる情報は、食事会の席に遅刻したことのみである。「順三」は「順吉」を主人公にした先行作品に出てくる弟の名であり、また現実の志賀直哉に直三という弟がいたことは周知の通りである。志賀家における和解成立から間もない時期にアメリカ留学したようであるが、この直三に注目した根津隆氏は、『和解』の世界と志賀家の世界とを重ね合わせて、

(略) 結局は、兄はやりたい放題をやり、ふさわしい年頃になれば、傍らから見て、ほとんど何というきっかけようもない直三の不平と落胆。そんな気持で、父と兄の前には出られない。なごやかな一族の会合の空気を乱さないためにも気持の整理がつくまで、直三は足のむくままに町を歩き回っている。

これが《義弟》の和解の席への遅参の理由なのではないか。

という読みを提示している（「義弟直三」、日本きゃらばんの会編『志賀直哉論』、一九八二）。興味深い推測であるが、現実の直三と『和解』の順三とは原理的に区別されなくてはならない。「食事をして間もなく順三が来た。父は全く機嫌よくなつた」という表現から推して、おそらく誰も遅刻理由を糺さず、順三もまた遅刻理由を述べないまま「皆」の食事会は進行したようである。読者は他の「皆」については、前章までの叙述からそれぞれがどんな気持で食事をしたかを想像することができるが、一言も会話の記録がない順三の内面は不明のままである。かろうじて分かるのは、順三に遅刻理由を問いただしてせっかくの食事会の「調和的な気分」が損なわれることを「皆」が避けているらしい、ということだけである。なかなか現れない順三に対して、順吉は三年半程前に自分が父主催の食事会を故意に欠席して父を激怒させたことを想起している。当然食事会に遅れることが父の逆鱗に触れることは順三も承知していたはずであり、あえて遅れたのだとすれば、順三の遅刻はあらたな父と子の不和劇の始まりを暗示している可能性さえある。もちろん、遅くなったとはいえ彼が食事会に「来た」ことの方に重点を置いて読めば三年半前の順吉との差異が浮上してくるわけであるが、重要なのは最終章になって突然現れた順三が、きわめて多義的な存在のままになっているというそのこと自体である。

第三の裂け目は八月三十日の和解成立シーンで、まさ叔父が発した言葉の謎である。

こんな事を云つている内に父は泣き出した。自分も泣き出した。二人はもう何も云はなかつた。自分の後ろで叔父が何か云ひ出したが、その内叔父も泣き出してしまつた。

この場面は、女たちを排除した密室空間で、三人の男がそろって「泣き出した」という共通項で括ることができると同時に、「何も云はな」い父子と「何か云ひ出した」叔父とを分節化することも可能である。父子二人が言葉を必要としなくなった瞬間に叔父は「何か云ひ出した」のであり、そして「何か云ひ出した」という表現は、その発話内容について順吉がほとんど関心を払っていなかったことを示している。

『和解』の最後が、九月二日の食事会から半月程後に叔父から届いた、和解を祝福する手紙の引用で終わっていることは周知の通りであるが、この手紙は順吉が「月初めに出した礼手紙の返事」である。つまり順吉が「礼手紙」を出さなければこの手紙は来なかった可能性がある。しかも三人の号泣場面以後の「父上も大丈夫だらうと話された」という情報と、「君の手紙でも一時的の感じでないと云ふ事もあ」るという情報を得たあとで執筆された手紙であるから、「半月」前の麻布の書斎で自分が発した言葉のそのままの復元であるはずはないだろう。だとすれば、八月三十日に叔父が「何」を云ったかは最後まで謎のままである。しかも叔父の手紙は父の言葉を「大丈夫だ」という断定形ではなく、「大丈夫だらう」という推量形で伝えているし、順吉の手紙内容についての「一時的の感じでない」という要約にも、九月二日の食事会終了後の順吉の「自分は和解の安定をもう疑ふ気はしない」という絶対的な確信のトーンとは微妙だが明確な差異が認められる。(順吉の叔父への「礼手紙」は九月二日の夜以降に書かれているはずである。)半月を経て、父子和解の絶対性を叔父が同じ高揚感をもって共有してはいないとすれば、この手紙は見事な「点睛」どころか、むしろ小説を閉じさせない方向の力学を発揮しているという方向で読むこともできるのである。

『和解』には、強固なホモソーシャル秩序が確立されていく過程を描いた物語の陽画的主線の一方で、そこには収斂されない力の脈動もまた陰画的に描き出されているのであり、その磁場に生成されるダイナミズムに注目することによって、典型的な大正「私小説」として見られてきたこの作品を、それとは別の枠組みで二十一世紀に生き返らせる道筋が垣間見えてくるのではないかと私は思う。

注

(1) この時点の物語時間が小説発表時期と同じ「大正六年」(一九一七)だとすれば、現実のレベルにおける大正六年の八月は後半になって例年より気温が下がり、東京管区気象台編『東京都の気象』によると、十六日以降、東京の最高気温が摂氏三〇度を超えることはなかったが(十五日まではすべて三〇度以上)、ちょうど八月二十八日から三十日までは八月後半で最も気温が上昇し、三日連続して二八度台を記録している。ちなみに前年の大正五年の同日の八月二十八日の最高気温は三〇・七度、大正四年は三二・六度であり、現実の気温との厳密な対応関係を要求されない小説の世界においては、厳しい残暑の中をSKが東京から我孫子まで、自転車に「乗つて」やってきたことを前提にしてよいと思われる。

（2）この日青山に墓参した総勢七名の内訳は、男は順吉と父方の叔父の二人、女は母と四人の妹たちである。現実の志賀家における妹たちが全員直哉の異母妹だったことは周知の通りであるが、『和解』の物語世界に限定しても実母の死が二十一年前で、四人のうちの一番上の妹が女学生なのであるから、四人とも異母妹であることは動かない。（鎌倉の海軍軍人と結婚している「一番上の妹」英子についても、「新婚」という設定と、順吉より十四歳年下という設定から、異母妹と読んでよいだろうと思う。）したがって、この「七人」の墓参メンバーのうち、「仏」の血縁者は順吉ただ一人である。

（3）当時、自転車を汽車に持ち込むには、小荷物扱いにして荷物車または荷物室に預けることになっていたらしい。なお自転車の汽車持ち込み料金は、「旅客自用の自転車は一人一輌に限り其乗車券面区間内は哩程の遠近に拘わらず金十五銭とす」（鉄道乗車規程「託送手荷物」第十一条の二）となっていた。順吉クラスの階層にとっては微々たるものだったとはいえ、官製葉書十枚ぶんに相当する金額である。

（4）『シドク』（洋々社、一九九六）への収録に際して、関谷氏は「Mを武者小路実篤のイニシャルとし、実体に置き換えるのはここでも貧しい読みにしかならない。Mはむしろわれわれに親しい言語の『母』とし（たとえばmother, mama, mère, mutter）、Mを母なるものの象徴記号として理解すべきだろう」という大胆な見解を書き加えている。

（5）羊水的空間とは名付け以前の世界であり、イニシャルは一種の〝名前の胎児〟だと見ることができるのではないだろうか。なおイニシャル表記の友人たちが志賀作品に登場してくるのは、『和解』が最初である。これ以降の志賀作品におけるイニシャル使用は一貫した法則に基いているとは言えない。だが例えば、初期作品の『無邪気な若い法学士』（昭44）が大正一〇年の単行本収録の際、初出では実名表記になっていた友人たちの多くがイニシャルに改められているが、「吾々の世界とはかなり異つてる」と認定された「滝村」にはイニシャル変換が行われておらず、イニシャル表記は「吾々」の内側のメンバーに限定されている。

(6)「二つの家庭、一つの共同体、そして個々の家族たる――志賀直哉『和解』」『都大論究』一九九九・六。伊藤氏は「母」と康子との「情報交換」の密接さを重視する立場をとっており、順吉が和解成立も父の我孫子訪問決定も康子に知らせなかったことには注目していない。

(7)このSK宅の場面にはHというイニシャルの友人が新たに登場する。

除外のストラテジー——太宰治『お伽草紙』——

太宰治の『お伽草紙』が、太平洋戦争下の最末期に書かれ敗戦直後に出版されたことは、周知の通りである。つまりこの作品は「二つの占領」[1]の両期にまたがるかたちで成立したわけであり、例えば初版本（筑摩書房、一九四五・一〇）には「瘤取り」の中に「××××鬼」、「××××鬼」という伏せ字処置が施されていたのが、翌年二月に出た再版本ではそれぞれ「殺人鬼」、「吸血鬼」として起こされる一方で、初版本「カチカチ山」の中の「アメリカ映画」、「アメリカ」という表現が再版本ではともに「ジャズ映画」に改められるといったディテールの異同の中に、われわれは「二つの占領」の傷痕を見出すことができるが、原稿執筆は敗戦前に完了していたという近親者の証言があり、この作品が軍部に占領された大日本帝国の言論統制、事前検閲という制度との緊張関係の中で書かれていたことは間違いないだろう。そのことを前提にした時、『お伽草紙』を論じるためには〝何が書かれているか〟という視角とともに、〝何が書かれていないか〟という視角からのアプローチが不可欠であると私は考えており、後者に焦点を合わせた時に何が見えてくるかを検証してみようというのが、本稿の趣旨である。

1

〝何が書かれていないか〟という視角から『お伽草紙』を眺めた時、真っ先に浮かび上がってくるのは、すでに多くの言及のある「桃太郎」の除外である。作中、「桃太郎」に関する叙述は二箇所ある。一つは「前書き」部分（初版には「前書き」というタイトル表示がない）の中の、防空壕の中で父が幼い娘をなだめる手段として読んで聞かせている絵本の具体例として「桃太郎、カチカチ山、舌切雀、浦島さんなど」と並べられたリストの筆頭の「桃太郎」の挙名であり、もう一つが、最終編にあたる「舌切雀」の冒頭部である。この中で語り手の「私」は当初、「瘤取り、浦島さん、カチカチ山、その次に桃太郎と舌切雀を書いて、一応この『お伽草紙』を完結させようと私は思つてゐ」たのだが、結局「その計画を放棄した」ことを〝告白〟し、「日本一の桃太郎を描写する事は避け、また、他の諸人物の決して日本一ではない所以をくどくどと述べ」ている。だが、これをもって現実の太宰治の制作過程の途中に計画の挫折ないし変更があったと受け取るのは軽率すぎるだろう。なぜなら、「カチカチ山」の次に「桃太郎」を書く計画があったというのはまったくの楽屋裏の事情に過ぎないし、また「前書き」で娘に読んで聞かせる絵本のリストの中に「桃太郎」を挙げてしまったから、それとの整合性を言い訳する必要があったという線も消える。この作品が書き下ろし形式で活字化されている以上、もしも太宰に執筆途中で桃太郎構想の放棄という事態が本当に生じたのだとすれば、未定稿の「前書き」部分から「桃太郎」の三文字を削除するだけで処理が済んでしまうはずだからである。したがって現実の作家のレヴェルにおいて「桃太郎」の除外が当初から予定されたものであったことはもちろん、作品世界の全言説と構造を統括する〈作者〉のレヴェルにおいても、「『お伽草紙』という本」を「私」が「書いてゐる」という設定の明示によって、語り手による「桃太郎」計画の「放棄」の陳述が見せかけの〝告白〟に過ぎず、「前書き」との不整合性をむしろ際立たせるための仕掛けであった可能性を強く示唆している。「桃太郎」を除外することによって『お伽草紙』の世界が成立していることを、いわば〝見せけち〟のかたちで読者に強く印象づけるというストラテジーを、「舌切雀」の冒頭部に挿入された「くどくど」としたコメントの奥に読み取ること。これが本稿の出発点である。

「端的にいえば、太宰の小説が弱者の口説の文学だったからで、『桃太郎』を書かなかったことに太宰の軍国主義批判、時勢への抵抗を読み取るなど言語道断だ[2]」という大久保典夫氏の見解もあるが、「当時、桃太郎が戦意高揚の具に利用されていたことを思えば、ここに太宰の時勢に対するひそかな抵抗を読みとることも不可能ではない。少なくとも時代の悪気流との緊張関係なしにはこの作品は成立しなかった[3]」という東郷克美氏らの指摘は、もっと積極的に評価されるべきであり、「桃太郎」の除外がことさらに際立たされていることは、太平洋戦争末期という時代のコンテクストの中において確かに重要な意味を持っていたはずである。「前書き」の絵本のリストの一番目に挙げられている「桃太郎」は、近代国家の成立とともに、近世以来の〝五大お伽噺〟の中でも一頭地を抜いた存在となり、童話としても小学校の国語教材としても、つねに子供向けお伽噺の首座を占め続けてきた。(4) そして滑川道夫氏(5)や鳥越信氏(6)の研究によると、太平洋戦争期に入ると例えば、一九四三年に「大東亜戦争第二周年　十二月八日」の戦意高揚ポスター（中部陸軍報道部作成）に「征け桃太郎、米英を撃て」という大文字が踊り、戦争末期長編アニメーション『桃太郎の海鷲』が制作され、あるいは「日本ぢゆうに桃太郎が産まれる。／つよい　桜色の桃太郎が産まれる。／日本ぢゆうの桃太郎が出陣する。／一人残らず出陣する。／工場に向かつて出陣する。／学校に向かつて出陣する。／戦場に向かつて出陣する。／海と、空へ出陣する」といった調子の百田宗治の〝少国民詩〟「桃太郎の出陣」（『少国民文化』一九四四・一）が発表されるなど、「軍国主義桃太郎は大手をふった。教科書ばかりでなく映像、ラジオ劇に登場するにいたる。戦闘機に乗った桃太郎の勇姿がポスターにな」り、「桃太郎像が『鬼畜米英打倒』のため帝国主義侵略軍を象徴する」(7) 状況が現出していたということであるが、そのような時期に書かれた『お伽草紙』が「桃太郎」の除外を明確に宣言していたのである。

2

したがって「前書き」における絵本のリストの第一番目に「桃太郎」が挙げられ、「舌切雀」の冒頭部で「桃太郎」執筆計画の「放棄」にいたった経緯が長々と語られているという対応の中に、「桃太郎」除外を際立たせるための作者の戦略的意図がこめられているのだと私は考えているのだが、「前書き」の表現自体の中に「桃太郎」除外に向かうヴェクトルがすでに暗示的に埋め込まれていたことも見落とせない。「前書き」は空間的には「防空壕の中」に限定されているが、その後半部は次の通りであり、

母の苦情が一段落すると、こんどは、五歳の女の子が、もう壕から出ませう、と主張しはじめる。これをなだめる唯一の手段は絵本だ。桃太郎、カチカチ山、舌切雀、瘤取り、浦島さんなど、父は子供に読んで聞かせる。

この父は服装もまづしく、容貌も愚なるに似てゐるが、しかし、元来ただものではないのである。物語を創作するといふまことに奇異なる術を体得している男なのだ。

ムカシ　ムカシノオ話ヨ

などと、間の抜けたやうな妙な声で絵本を読んでやりながらも、その胸中には、またおのづから別個の物語が醞醸せられてゐるのである。

そしてそのすぐあとに「ムカシ　ムカシノオ話ヨ」以下三行の絵本からの〝引用〟で始まる「瘤取り」が続くという構成になっている。「前書き」の「防空壕の中」という空間設定に、戦時中という時代のメタファーを見てとることは容易であるが、いま注目したいのは、その防空壕の中で娘に絵本を読んで聞かせている「父」から、「別個の物語」の作者が生成される契機となったのが「桃太郎」ではなく「瘤取り」だったという設定を読み取ることができるという点である。言うまでもなく「桃太郎」と「瘤取り」とは〈鬼〉の登場という設定では共通しているが、にもかかわらず「桃太郎」を読んでやっていた時には、この「父」の「物語を創作するといふまことに奇異なる術」は発動を喚起されず、「瘤取り」にいたって初めて絵本をもとにした「別個の物語」の創作意欲が「醞醸せられ」たというように読めるこの叙述と構成は、まさしく「桃太郎」除外意図の方向性を示しているはずだからである。

ここでもう一度「舌切雀」冒頭部のコメントに戻ると、この中で「私」は「桃太郎」構想「放棄」の理由として二点あげているが、その第一は、桃太郎を書くためには「鬼ケ島の鬼」を「征伐せずには置けぬ醜怪極悪の人間として、描写する」ことが必要だが、ギリシャ神話等と比べると「日本の化物は、単純で、さうして愛嬌があ」り、「絵本の鬼ケ島の鬼たちも、図体ばかり大きくて、猿に鼻など引掻かれ、あつ！　と言つてひつくりかへつて降参したりしてゐ」て「善良な性格のもののやうにさへ思はれる」という点である。この説明の背後に「鬼畜米英」を透視することは容易であり、したがって「日本」の「鬼」を「醜怪極悪の人間」として描けないから

「桃太郎」の創作を放棄したという〝釈明〟には、「鬼畜」と呼ばれている「米英」人たちを「醜怪極悪な人間」として描くことは自分にはできないというメッセージがこめられていたと見ることができるはずであるが、「桃太郎」の「鬼」を除外した『お伽草紙』の作者が、それに代わる物語として選んだ「瘤取り」の方は、童話や説話のいずれにおいても「退治」や「征伐」の対象にはなり得ないタイプの鬼の話として一貫している点に私は注目したい。「瘤取り」話の最も古いエクリチュールは『宇治拾遺物語』巻一ノ三の「鬼に瘤取らるる事」だとされているが、この『宇治拾遺』における鬼も「純粋な心の和楽だけを目的とした宴をもっていること」と、「右頰に瘤ある翁に何の危害を加えることも思いついていないこと」の二点において「ずばぬけて特色的」な存在であることが指摘されている異色の鬼であった。(8) つまり「瘤取り」はもともと「醜怪極悪」な存在として描き出す必要のない「鬼」の物語だったのであり、この選択の中にも『お伽草紙』から「桃太郎」を除外して「瘤取り」を劈頭に据えた作者の意図の戦略性を看取することができるし、さらに「瘤取り」の鬼に関する叙述の一節に、初版本では「鬼にも、いろいろの種類があるらしい。××××鬼、××××鬼、など憎むべきものを鬼と呼ぶところから見ても、これはとにかく醜悪の性格を有する生き物らしいと思つてゐると」という伏せ字処理が行われていたことや、この伏せ字が再版本においてそれぞれ「殺人鬼」「吸血鬼」として起こされたことは本稿冒頭でも触れておいたが、初版本の伏せ字の文字数と再版本の文字数とが一致しない。そこで原稿執筆時の「鬼畜米英」という時代状況とを照応させてみた時、むしろ伏せ字によって〝匿された言葉〟としての「アメリカ」および「イギリス」への想像に読者を誘う仕掛けが、極限的な言論統制を逆利用するかたちで意図的に施されていたと考えることができるのではないだろうか。（初版が出たのは敗戦直後であり、この伏せ字処置が編集者サイドの判断によるものであった可能性は低いだろう。）また一般に絵本の「瘤取り」では赤鬼と青鬼をはじめカラフルな（少なくとも二色の）鬼の図像が定型になっていたはずであるが、[9]「絵本」をもとにしたという設定の『お伽草紙』の「瘤取り」では、登場する鬼の群像の肌の色の設定から「赤」以外の色彩がすべて除外され、

　見よ。林の奥の、やや広い草原に、異形の物が十数人、と言ふのか、十数匹と言ふのか、とにかく、まぎれもない虎の皮のふんどしをした、あの、赤い巨大の生き物が、円陣を作つて坐り、月下の宴のさいちゆうである。（傍点引用者、以下同じ。）

　お爺さんだつて、知つてゐる。眼前の、その、人とも動物ともつかぬ赤い巨大の生き物が、鬼といふおそろしい種族のものであるといふ事は、直覚してゐる。

　とにかく、いま月下の宴に打興じてゐるこの一群の赤く巨大の生き物は、鬼と呼ぶよりは、隠者または仙人と呼称するはうが妥当なやうなしろものなのである。

というかたちで「赤」と「巨大」との結合イメージで一貫させられている。この「赤く巨大」な集団というリフレインから読者が「米英」人の肉体を連想することは当然計算の中に入っていた

はずであり、そのあとに「鬼、と言つても、この眼前の鬼どもは、××××鬼、××××鬼などの如く、佞悪の性質を有してゐるものでは無く、顔こそ赤くおそろしげではあるが、ひどく陽気で無邪気な鬼のやうだ」という再度四文字ずつの伏せ字表現が使用されているのである。「瘤取り」におけるこのレトリックと、「下切雀」冒頭部における「桃太郎」除外を強調するコメントとを繋ぎあわせてみたとき、そこには作者のしたたかなストラテジーが浮かび上がってくるはずである。

3

〈鬼〉の出てくる話群の中から「桃太郎」が除外されて「瘤取り」が採られているという選択が、〈鬼退治〉系の物語を書かないという意図を浮き立たせるストラテジーであったことに注目しつつ、さらに〝何が書かれていないか〟という視角から『お伽草紙』の編成を見直した時、〈仇討ち〉系の話が一切取り入れられていないことに気がつく。「桃太郎」に次いで、『お伽草紙』で〝五大お伽噺〟から除外されていることが目立つのは「猿蟹合戦」である。除外された「桃太郎」と「猿蟹合戦」との共通項としていずれも芥川龍之介によるパロディ小説がすでに書かれていたという事実に注目して、「太宰が同じ題材を小説化すれば、読者によって当然両者の比較されることが予想されるので、あえて太宰はそれを避けたのではないか」と推定した相馬正一氏の見解[10]は、その後の『お伽草紙』研究に一定の影響力を与えてきているが、しかしこのラインでは、幸田露伴、森鷗外、坪内逍遙といった明治の文豪たちによって相次いで作品化された歴史を持つ「浦島太郎」が『お伽草紙』に採られている理由を説明できない。『お伽草紙』の「瘤取り」の冒頭部には、「浦島さん」について、「まず日本書紀にその事実がちやんと記載されてゐるし、また万葉にも浦島を詠んだ長歌があり、そのほか丹後風土記やら本朝神仙伝などといふものに依つても、それらしいものが伝へられてゐるやうだし、また、つい最近に於いては鷗外の戯曲があるし、逍遙などもこの物語を舞曲にした事は無かつたかしら」という叙述があり、先輩作家による「浦島」作品があることを承知の上で「浦島さん」の物語が書かれていることが明示されているのである。私は、前節で見てきた「舌切雀」冒頭部の「桃太郎」除外についての語り手のコメントが、そのまま「猿蟹合戦」除外の論理を内包しているのだと考えている。〈鬼退治〉の話を書くためには鬼を「醜怪極悪の人間」に描かねばならないがそれが自分にはできないというロジックは、〈仇討ち〉の話を書くためには復讐されて当然と思われるだけの悪人として仇を描かねばならないがそれが自分にはできないという論理に容易に転化できる。したがって鬼退治譚の代表である「桃太郎」を除外した『お伽草紙』の作者が、〝五代お伽噺〟中で仇討譚を代表する「猿蟹合戦」を除外するのは当然の筋ということになるはずだからであるが、さらに「瘤取り」を採ることによって「桃太郎」の除外を際立たせたのと同じストラテジーを、「猿蟹」ではなく「カチカチ山」の方が採用されているという選択に看取することができるのではないかと思うのである。

相馬氏は「『猿蟹合戦』の仇討ちの陰湿残忍さを云々するのであれば、『カチカチ山』も同じ報恩譚ではないかということになり、理屈が通らなくなる」としているが、氏はお伽噺としての「猿蟹合戦」と「カチカチ山」との差異を見落としていると言わねばならない。「カチカチ山」も狸に謀殺されたお婆さんの仇を兎が討つ話として流布しているが、この話における敵役としての狸のキャラクターは、「猿蟹合戦」の猿とは様相を異にしている。「最初は可なり頓馬で爺の手に捕へられたほどの狸が、婆の稲搗きの場面になると、忽ち極度に悪賢い偽善者になつて、うま〳〵と老女を騙して縄を解かせ、相手を殺して変装して、うその狸汁を調理して食はせたのみか、東京などの話し方では、帰りがけに冷酷なる棄てぜりふをして行くのである。（略）それが又最後に兎に出逢ふときは、まるで子供見たやうに好奇心に釣られて、少し可愛そうな位に向ふの言ひなり放題になつて居て殺される」という「一貫せざる性格」の持ち主であり、「誰にもすぐ眼に着く三つの部分、二つの繋ぎ目といふものが此童話にはある」ことを指摘した柳田国男の論文「かちかち山」[11]が単行本『昔話と文学』に収められて刊行されたのは、太宰の『お伽草紙』制作の七年前、同じく柳田が「かちかち山」は本来別々のものだった三つの話を「継ぎ合せ」てできあがったもので、「智謀に富む兎が愚直なる狸を欺き苦しめるといふ一条は、世界共通の動物説話の、殊によく知られて居る部分で、爰ではたゞ狸が其さま様にひどい目に遭はされた理由を、爺の名代の仇討ちとした点がちがつて居るのである」と規定した『桃太郎の誕生』は、『お伽草紙』の三年前に改版本が出版されている。つまり兎の狸に対する執拗な加虐の部分はもともとは

「智謀に富む兎」と「愚直な狸」の物語として独立していた話であり、したがって流布形においても兎と狸の部分は〈仇討ち〉というモチーフなしでも成立し得る独立性を有していることを指摘した見解が、『お伽草紙』以前にすでに民俗学者によって公表されていたのである。(12)

現実の太宰が柳田国男の論を読んでいたかどうかを確定することはできないが、(13)『お伽草紙』の「カチカチ山」冒頭で語り手の「私」が、「現今発行せられてゐるカチカチ山の絵本は、(略)、狸が婆さんに怪我をさせて逃げたなんて工合に、賢明にごまかしてゐるやうである」、「しかし、たつたそれだけの悪戯に対する懲罰としてはどうも、兎の仕打ちは、執拗すぎる」、「狸が婆さんに怪我をさせて逃げた罰として兎からのあのやうなかずかずの恥辱と苦痛と、やがてぶていさい極まる溺死とを与えられてゐるのは、いささか不当のやうにも思われる」、「私の家の五歳の娘は(略)『狸さん、可哀想ね』と意外な事を口走つた」と展開していく長いコメントに、柳田の指摘と通底する論理を見出すことは可能であろう。『お伽草紙』が「カチカチ山」から仇討ちのカラーを完全に脱色し、「アルテミス型」の処女である兎が、自分に惚れてくる「愚鈍大食の野暮天」の「醜男」の狸をいたぶり続ける物語に変形することができたのは、素材自体の仇討物語としての非一貫性、異質性に負うところがあったことは確かであり、「猿蟹合戦」ではこういう加工は不可能だったに違いない。やはり柳田によると「猿蟹合戦」の方も初めから流布形のようなかたちにまとまっていたのではなく、「猿にいぢめられた弱い蟹が、多くの友の援助を受けて、相手を撃退したといふ方が古く」、「親が殺されて敵が勝ち、子供が大きくなつてから仇を復へすといふことにしても、尚辛抱して人が聴いて居るやうになつたのは、話術の進歩でもあれば経験の増加でもあつた。或は曾我兄弟の物語などが、斯ういふ長たらしい復仇計画の期間を、普通のことのやうに考へさせることになつたのかも知れぬ(14)」ということであり、〈親の仇討ち〉の部分は後からの付け加えだったとしても、復讐譚としての基本話型は動かしようがないからである。ちなみに『お伽草紙』で除外された「桃太郎」と「猿蟹合戦」は、昭和初年の、軍国主義の台頭に対する抵抗や警戒の空気がまだ存在していた時期に、前者はミリタリズムのゆえに、後者は復讐思想のゆえに小学校の教科書教材としての妥当性をめぐる批判と論議が起こり、一九二九年一月には文部省教科書編修委員会が盲学校教科書からこの二つを削除する方針を決定したことが報じられたという、四〇年代の状況からは信じられないような経歴を共有しているということである(15)。

5

『お伽草紙』から除外されているのは〈鬼退治〉系と〈仇討ち〉系の話だけではない。主人公の〈宝物〉獲得で終わる話、そしてそれと密接に結び付いた善悪二分法にもとづく応報譚とでも呼ぶべき系統の話（以下、便宜上「善悪応報譚」と略称しておく）の一切が排除されている。〝五大お伽噺〟の中から「桃太郎」、「猿蟹合戦」とともに「花咲爺」が除外されているのも、けっしてアトランダムな選択の所産ではないだろう。「花咲爺」はまさにこの二つの型の組み合わさった代表的な話だからである。「瘤取り」が〈鬼〉の登場という点において「桃太郎」との共通性と差異を持っており、それゆえに『お伽草紙』が「瘤取り」を必要としたことについてはすでに見ておいたが、「瘤取り」は〈隣の爺譚〉型の話という点において「花咲爺」との間にも共通性と差異を見出すことができる。流布形における両者の最大の差異は〈宝物〉獲得の有無にある。「花咲爺」では正直爺さんが殿様からたくさんの〈褒美〉をもらうのに対して、「瘤取り」のお爺さんの方は鬼を喜ばしたにもかかわらず何の謝礼も受け取っていない。もちろん瘤の瘤を鬼に取ってもらったという設定の中に、邪魔者《マイナス》の消滅という意味での利益《プラス》の受領を読み取ることは可能だが、しかしそれは愉快な踊りに対する報酬ないしは返礼として贈与されたのではなく、あくまで再会を保証するための質＝担保として奪い取られたものである。つまり鬼の側に立てば、彼らは自分たちを喜ばせてくれたお爺さんに宝物を贈与したのではなく、お爺さんの大事な宝物だと思いこんだ瘤を確保しただけであり、同様に不快感を起こさせた隣のお爺さんに対しても、報復ないし処罰として瘤を与えたわけではない。この贈与も処罰も一切存在しないという「瘤取り」の異色性は、隣のお爺さんに残虐な所業が見られないこととも呼応しつつ、善悪応報譚としての性格をきわめて希薄なものにしており、善悪応報のプロットを積み重ねて行く「花咲爺」との大きな違いがここにある。だからこそ『お伽草紙』は「花咲爺」を除外して「瘤取り」にこのタイプの話の代理も兼ねさせているのであり、「瘤取り」を巻頭に配置した編集意図には奥深いストラテジーを見出すことができる。

太宰バージョンの「瘤取り」において流布形からデフォルメされているポイントは、主人公のお爺さんが頬の瘤を邪魔に思っていないどころか、孫のように可愛がっているという設定に変えられていることである。この操作によって『お伽草紙』の「瘤取り」は、もともとの「瘤取り」自体が内蔵していたヴェクトルを徹底化させ、善悪応報譚としての色彩を物語から完全に消去することに成功した。『お伽草紙』の「瘤取り」には絵本からの引用という設定のカタカナ文がところどころに挿入されているが、鬼に瘤を取られたお爺さんが翌朝家路に就く箇所に挿入された、「コブヲ　トラレタ　オヂイサン／ツマラナサウニ　ホホヲナデ」という〝引用〟については、すでに「『宇治拾遺物語』の原話においても、またそれをもとにしたいかなる絵本においても、瘤爺さんは、瘤を邪魔にしてこそおれ、鬼によって瘤を取られたことを、いささかもうらんでいないはずである」、「だから、絵本の文章までも、太宰的世界に置きかえて『ツマラナサウニ　ホホヲ　ナデ』としるしたのは、太宰の意図したすりかえである」という長谷川泉氏の鋭い指摘があるが、[16] この「すりかえ」によって、鬼を喜ばした返礼としてお爺さんが何の贈与も受けていないことを鮮明に浮かび上がらせるところに、作者の狙いがあったのだと思う。そしてこの話の最後で語り手の「私」による次のようなコメントが置かれていることは周知の通りであるが、

　お伽噺に於いては、たいてい、悪い事をした人が悪い報いを受けるといふ結末になるものだが、しかし、このお爺さんは別に悪事を働いたといふわけではない。緊張のあまり、踊りがへんてこな形になつたといふだけの事ではないか。それかと言つて、このお爺さんの家庭に

も、これと言ふ悪人はゐなかつた。また、あの酒飲みのお爺さんも、また、その家族も、または、剣山に住む鬼どもだつて、少しも悪い事はしてゐない。つまり、この物語には所謂「不正」の事件は、一つも無かつたのに、それでも不幸な人が出てしまつたのである。それゆゑ、この瘤取り物語から、日常倫理の教訓を抽出しようとすると、たいへんややこしい事になつて来るのである。それでは一体、何のつもりでお前はこの物語を書いたのだ、と短気な読者が、もし私に詰寄つて質問したなら、私はそれに対してかうでも答へて置くより他はなからう。

性格の悲喜劇といふものです。人間生活の底には、いつも、この問題が流れてゐます。

間違っても、ここから「瘤取り」の主題が「性格の悲喜劇」にあるなどという解釈を引き出してはならない。ここには「桃太郎」、「猿蟹合戦」、「花咲爺」を除外することによって『お伽草紙』の世界全体が成立していることの巧妙でかつラディカルな宣言が込められているのであり、「所謂『不正』の事件」が「一つも無」い物語世界を紡ぎ出すことが、敵＝極悪、味方＝正義という二分法が日本全体を強制的に支配していた太平洋戦争末期の「悪気流」との関係の中においてもっていた意味をわれわれは見落としてはならないだろうと思う。

6

『お伽草紙』には「浦島太郎」を材料にした「浦島さん」が入っている。「浦島太郎」の流布形は一応〈動物報恩譚〉に分類することは可能であるが、この系列の話としては定型からの逸脱がはなはだしい。日高昭二氏は「『お伽草紙』論――心性としてのテクスト」[17]で島内景二氏の「如意宝」概念を引いているが、島内氏には、動物報恩譚は「命を救われた動物が、お礼として、助けた人物の不老不死・地位昇進・財産蓄積を可能とする如意宝を授けるというもの」であって、「異類婚姻譚」も「人間を幸福にする子供（如意宝）を、恩を受けた動物が人間に授ける報恩譚でもある」[18]とする話型分類と定義があり、その上で、中世『御伽草子』の「浦島太郎」について、「釣った亀を放してやったくらいで無限の幸福をもたらす如意宝が手に入っては、読者としても物足りなかろう」という疑問から出発して独自の分析を進めている。[19]しかし現在の流布形の「浦島太郎」のプロットでは、むしろ浦島が亀を悪童たちから助けてやった〈報恩〉が行われたのかどうかという疑問の方が先にくるのではないだろうか。「玉手箱」が「開けて悔しい」ものとして性格づけられている以上、浦島は亀を助けたにもかかわらず、結局〈恩返し〉としての「如意宝」を得ていないという解釈も成り立つからである。この「浦島太郎」の動物報恩譚としての曖昧さは、もともとの浦島伝説には恩返しの部分が存在していなかったことに加えて、『御伽草子』

時代にはまだ亀と乙姫との同一性が明確で異類婚姻譚としての骨格がはっきりしていたのが、その後の伝承過程で亀が乙姫から切り離されて「竜宮城お抱えのハイヤーの運転手の位置まで身を落とさざるをえなくなった[20]」という変形が行われたためらしいが、この点——「浦島」の流布形が〈報恩〉の内実がはっきりしない話になっているということ——が、『お伽草紙』における「浦島」採用のポイントだったのではないだろうかという気が私はする。動物を助けた報恩として得た「如意宝」の中身が明確な話だと、主人公が宝物を獲得する話、善悪応報譚系の話の全体を除外してきた『お伽草紙』の路線と矛盾することになるからであるが、ここで当然問題になってくるのが「舌切雀」の結末部である。『お伽草紙』の「舌切雀」において、お爺さんが小さい葛籠のお土産さえ拒絶し、一本の稲の穂だけを貰って雀の宿から帰還するという作り替えが行われているところまでは、これまで見てきた除外のストラテジーにふさわしい操作だと言えるが、ところがその後の展開でお婆さんが貰った大きな葛籠の中から蛇や化け物の類が出てくるのではなく、葛籠の中身は「燦然たる金貨」だったという意外な方向への変形が行われているばかりか、こともあろうにその後お爺さんが「一国の宰相」にまで出世して「雀大臣」と呼ばれるようになったという、おそらく「舌切雀」のどのバージョンにも見られない後日譚が付け加えられているからである。

お伽噺群の中から鬼征伐、仇討ち、主人公が宝物を獲得する話、善悪応報譚を注意深く取り除くことによって『お伽草紙』の世界を編んできた作者が、最終編の「舌切雀」の最後になって、それまでの路線を一挙に覆すようなエンディングをあえて創作したのはなぜなのか？　この問題を考えるためには、結末部の表現の仕掛けに眼を向けなければならないだろう。「舌切雀」の最後の語りは次のようになっている。

「どうやら、葛籠が欲しいやうだね。」

「ええ、さうですとも、私はどうせ、慾張りですからね。そのお土産がほしいのですよ。それではちよつと出掛けて、お土産の葛籠の中でも一ばん重い大きいやつを貰つて来ませう。おほほ。ばからしいが、行つて来ませう。私はあなたのその取り澄したみたいな顔つきが憎らしくて仕様が無いんです。いまにその贋聖者のつらの皮をひんむいてごらんにいれます。雪の上に俯伏して居れば雀のお宿に行けるなんて、あはは、馬鹿な事だが、でも、それではひとつお言葉に従つて、ちよつと行つてまゐりませうか。あとで、嘘だなどと言つても、ききませんよ。」

お婆さんは、乗りかかつた舟、お針の道具を片づけて庭へ下り、積雪を踏みわけて竹藪の中へはひる。

それから、どのやうなことになつたか、筆者も知らない。

たそがれ時、重い大きい葛籠を背負ひ、雪の上に俯付したまま、お婆さんは冷たくなつてゐた。葛籠が重くて起き上れず、そのまま凍死したものと見える。さうして、葛籠の中には、燦然たる金貨が一ぱいつまつてゐたといふ。

この金貨のおかげかどうか。お爺さんは、のち間もなく仕官して、やがて一国の宰相の地位にまで昇つたといふ。世人はこれを、雀大臣と呼んで、この出世も、かれの往年の雀の愛情に対する愛情の結実であるといふ工合ひに取沙汰したが、しかし、お爺さんは、そのやうなお世辞を聞く度毎に、幽かに苦笑して、「いや、女房のおかげです。あれには、苦労をかけました。」と言つたさうだ。

ここの表現のキーポイントは、明らかに、傍点を付した「それから、どのやうなことになつたか、筆者も知らない」という一行にある。絵本を材料にしてそれを「鋳造」し直すことによって物語を書いていることを明言しつづけてきた語り手が、最終編「舌切雀」の末尾近くになって突然、ストーリイテラーとしての役割の放棄を宣言してしまうというのはまことに異様な設定であるが、ここに作品の周到な仕掛けを読み取ることができるはずだと私は考えている。「舌切雀」の「筆者」が責任を持つのはお婆さんが竹藪に入ったところまでであって、その後、お婆さんが雀の宿にたどり着けたかどうかも、大きな葛籠を貰ったかどうかも「知らない」というのであるから、「筆者」が責任を持つ範囲内の物語は善悪応報譚としての結末を完全に欠落させていることになる。しかも「筆者」はわざわざ自分の「知らない」伝聞情報の中から、雀の舌を抜いたお婆さんの「葛籠の中には燦然たる金貨が一ぱいつまつてゐたといふ」という風聞（?）を選び記すことによって、自分のストーリイテラーとしての志向性が善悪応報譚とは反対の方向に向かっているというメッセージを発信しているのである。

またその後に、原話にはまったくない「雀大臣」伝説についての叙述が付け加えられていることの意味も、それを「筆者」が「知らない」という設定になっていることと切り離すわけにはいかないだろう。この設定は、おそらく三重の意味において「雀大臣」伝説（？）にかかわっているはずである。第一は言うまでもなく、この部分を「筆者」の責任の圏外に弾き出すことによって、「筆者」の物語がこうした長者伝説とは異質のものだという落差の強調であるが、第二に、それとは逆に、この不確かな風聞と「筆者」が責任を持つ物語との間の連続性の可能性をも同時に示しているという点を見ておく必要がある。お婆さんが「積雪を踏みわけて竹藪の中へはひる」までの物語内容において、「筆者」はお爺さんは、早くから「世捨て人」として生活を続けており、雀の宿を去る際にも「荷物はごめんだ」と言い張って一切の葛籠を受け取らないというところまでその無欲さを徹底させているため、そのお爺さんの人物像と、「仕官」して「一国の宰相」に出世していくという「雀大臣」のお爺さんの像とはまったく結びつかないかのように見えるのだが、ところが「筆者」の物語には、雀に向かって「おれは何もしてゐないやうに見えるだらうが、まんざら、さうでもない。おれでなくちや出来ない事もある。おれの生きてゐる間、おれの真価を発揮できる時機が来るかどうかわからぬが、しかし、その時が来たら、おれだつて大いに働く」と語るお爺さんの姿が挿入されていたことを見落としてはならない。「筆者」の責任範囲内の物語の言説ではもっぱらお爺さんの無欲さの方が前景化されているために読者はこちらの面を忘れてしまいがちであるが、末尾に付加された「雀大臣」伝説の叙述は、読者にあらためてお爺さんのこの台詞を想起させる効力を持っている。つまり「おれの真価を発揮できる時機」を待ちつつ雌伏の時間を過ごしている野心的なお爺さんの姿の方に焦点を合わせれば、「時機」を得て「仕官」していくという将来像をも一概には否定できない仕掛けになっているのであり、その結果、竹藪に入ったお婆さんの動機が葛籠ほしさではなく「乗り掛かつた舟」と説明されていることという設定とあいまって、お爺さん＝無欲、お婆さん＝欲張りという善悪二分の構図が否定されることになる。したがって唐突に出てくる「雀大臣」伝説は、それまでの『お伽草紙』の世界原理を覆すものではなく、むしろ巧妙なかたちでいっそうそれを貫徹させているのだと考えることもできるのである。

第三の仕掛けは、物語内容に筆者が責任を持たない物語行為が、〝因果律的な物語〟作り自体を無化していく試みになっているという点である。お爺さんの「出世」の原因を「往年の雀に対する愛情の結実」と見なす「世人」好みの〝物語〟をお爺さんの「いや、女房のおかげです」という言葉が無化し、そのお爺さんの語る〝物語〟の言説も「幽かに苦笑して」という修飾語によって明確に相対化され、そして「雀大臣」伝説の全体を「知らない」と突き放すことによって、「筆者」が〝因〟の真相についても〝果〟の信憑性についてもみずからの〝物語〟を一切提示しないという入り組んだ語りの構造は、因果関係の定立の上に成立する〝物語〟の恣意性に対する痛烈な反措定になっている。善悪報恩譚系の話を注意深く除外することによって物語世界を創り上げてきた『お伽草紙』の作者は、最後に〝因果律的な物語〟そのものの否定姿勢を覗かせて作品を閉じているのである。このことは本稿で見て来た除外のストラテジーが、戦争、とりわけ天皇制下での戦争が一本の因果律に国民全員を強制動員して行く巨大な〃物語〃に支えられていた中にあって、この〃物語〃の暴力に、因果律を排した物語の創造によって立ち向かおうとする文学的な闘いとしての側面を持っていたことを示していると同時に、一九四五年八月を境にしてそれまでの〃物語〃の暴力性に対する反省を欠いたまま、もう一つの〃物語〃にやすやすと移行していこうとする者たちに対するシニカルな批評としての新しい意味を生成しながら、アメリカによる「占領」空間に向かっていち早く投ぜられた一石でもあったと言うことができるのではないだろうか。ちなみに敗戦直後に筑摩書房から出た出版物のうち、全ジャンルを通じての第一弾が小説『お伽草紙』であったということである(21)。

注

(1) 藤村道生氏が「二つの占領と昭和史――軍部独裁体制とアメリカによる占領――」(『世界』一九八一・八)で、一九三七年の大本営設置からサンフランシスコ条約までの時期を、日本民衆が「軍部」と「アメリカ」による全面占領を受けていた時期ととらえる昭和史観を提起し、これを受けて磯田光一氏が、『大岡昇平集1』(岩波書店、一九八三)「解説」の中で「この観点に立つかぎり、一九四〇年代とは〃軍国政権による日本占領〃と〃アメリカによる日本占領〃とが入れ替って連続した時代と規定できる」と述べている。

(2) 「『お伽草紙』論覚え書」『一冊の講座　太宰治』(有精堂、一九八三)。

(3)「『お伽草紙』の桃源郷」『日本近代文学』第二十一集、一九七四・一〇。
(4) 明治十八(一八八五)年から二十五年にかけて外国人のための日本土産用に刊行された、ちりめん本英訳『Japanese Fairy Tale Series』シリーズ(全二十編)の第一編が「Momotaro or Little Peachling」であり、有名な巌谷小波による『日本昔噺』(全二十四編)も「第壱編桃太郎」(明27)で始まっているし、森鷗外らによって編まれた『標準於伽文庫』(大正9~10)もやはり「桃太郎」をトップに据えた「日本童話」から配本が開始されている。また教科書教材としては「一八八七年、文部省編の『尋常小学校読本』以降、検定本・国定本を通して日本の敗戦まで、小学校用国語教科書には必ずこの民話が登場していた」(鳥越信氏)ということである。
(5)(7)『桃太郎像の変容』(東京書籍、一九八一)。
(6)『桃太郎の運命』(NHKブックス、一九八三)。
(8) 馬場あき子氏『鬼の研究』(三一書房、一九七一)。なお馬場氏はこの書の中でも太宰の『お伽草紙』に若干言及しているが、その後『お伽草紙』を単独に論じた論文「太宰治と日本の古典――なぜお伽草紙か」(『国文学』一九七四・二)において、太宰が「瘤取り」の鬼の性格決定から「〈佞悪〉の要素を取りのぞいた」ことに注目しつつも、「桃太郎」除外の問題については「とにかく桃太郎の登場の場面を用意できなかったことは、戦争と切りはなして考えたとしても、なおきわめて太宰的であるように思われる」という方向での評価線を鮮明にしている。
(9)『宇治拾遺物語』でも、鬼たちの姿は「赤き色には青き物を着、黒き色には赤き物をたふさきにかき」(『新潮日本古典集成』から引用、注16も同じ)という多色的な描写になっている。
(10)『太宰治』(津軽書房、一九七九)および『評伝 太宰治』第三部(筑摩書房、一九八五)。
(11) 論文「かちかち山」の初出は『文鳥』一九三五年四月。なお本稿中の柳田国男の引用はすべて筑摩書房版『定本 柳田國男集』に拠った。

(12) その後の昔話研究の中で「かちかち山」が複合昔話であるかどうかをめぐる議論があり、また複合昔話論者も二話複合派と三話複合派に別れているようだが、兎と狸の部分が独立した話の源流を持つという見解の優位性は動かないようである。鳥居訓子氏「『かちかち山』の話型研究」(『土曜会昔話論集Ⅰ　昔話の成立と展開』一九九一・一〇)がこの問題の諸説整理と考察を行っている。

(13) 柳田がビルマのシャン族に伝わる昔話を採集したLeslie Milneの『Shans at home』の中に、兎が虎を何度も騙していたぶったあげくに泥沼に誘い込んで殺すという「かちかち山の後半と同じ話」があり、「この一話は少しづゝの変形を以て印度支那の各地まで行き渡つて居る」ことを紹介して、兎が狸を騙して殺害する部分が大陸伝来のものである可能性を示唆した「続かちかち山」を含む『昔話覚書』が出たのは、『お伽草紙』執筆のほぼ二年前であるが、『お伽草紙』の着想時期が一九四四年十二月以前に遡るという上林暁らの証言に従えば、太宰は、柳田のこの本が出た翌年御伽噺の小説化構想を抱いていたことになる。また馬場あき子氏は『お伽草紙』の「瘤取り」の舞台が「四国の剣山」に特定されている点について、柳田からの影響関係を示唆している。

(14) 前掲『桃太郎の誕生』。

(15) 滑川道夫氏前掲書。

(16) 「瘤取り――太宰治」(『国文学』一九六七・三~五)。ただし「『宇治拾遺物語』の原話においても」とあるのは正確ではない。『宇治拾遺』では鬼が「瘤は福の物なれば、それをぞ惜しみ思ふらん」と言ったのに対して「翁」は「たゞ目鼻をば召すとも、この瘤は許し給ひ候はん。年ごろ持ちて候ふ物を、故なく召されん、術なき事に候ひなん」と答えているが、これが嬉しさを押し隠した演技なのかどうかについての明示表現はなく、物語の語り出しも「これも今は昔、右の顔に大きなる瘤ある翁ありけり」という出来事の提示だけで、「瘤」に対する「翁」の感情は語られていない。

(17)『国文学』一九九一・四。
(18)「話型事典・素材事典の試み」、『源氏物語の話型学』(ぺりかん社、一九八九)所収。
(19)『御伽草子の精神史』(ぺりかん社、一九八八)。
(20)浅見徹氏『玉手箱と打出の小槌』(中公新書、一九八三)。
(21)野原一夫氏『生くることも心せき　小説・太宰治』(新潮社、一九九四)。

省線電車中央線の物語――太宰治『ヴィヨンの妻』

1

鉄道省、運輸省の直轄であった国有鉄道が、GHQの指令を受けて公共企業体「日本国有鉄道(国鉄)」として再出発したのは一九四九年六月である。それにともなって大都市近郊の通勤電車の呼称が「省線電車」から「国電」に改められたのだが、太宰治はちょうどその一年前に玉川上水で命を絶っている。したがって太宰は省線電車時代しか知らずに逝ったことになるが、死の一年前に発表された『ヴィヨンの妻』は、省線電車時代最末期の中央線をめぐる物語という角度から読むことのできる小説である。(1)

大谷の「妻」である「私」が「坊や」と一緒に暮らすのは小金井駅(2)に近い陋屋であり、大谷の泥棒事件をきっかけとして「私」がコンタクトを持つようになった椿屋は中野駅前にある小料理屋である。つまり中央線の二つの駅が物語の空間設定の中心として選ばれており、事件の翌日から「私」はこの二つの駅の間を「電車」で往復するようになる。そして一か月ほど椿屋への通勤を続けていた「私」が、小金井の家で明けがた男に「けがされ」たその日、椿屋で会った大谷と「あたしも、こんどから、このお店にずつと泊めてもらふ事にしようかしら」、「いいでせう、それも」、「さうするわ。あの家をいつまでも借りてるのは、意味ないもの」という会話を交すところで小説は終わる。つまり『ヴィヨンの妻』は、夫の泥棒事件を契機として、それまで小金井に逼塞していたヒロインが中野と小金井を往復する生活を開始し、レイプ事件の直後に小金井の家をたたんで中野に転居することを決意するまでの物語なのである。なお詳しく見ると、夫が椿屋から五千円もの大金を強奪したという事件の処理に一日猶予をもらったものの、何の工夫も浮かばず、「いつまで経つても、夜が明けなければいい」という願いもむなしく朝がきてしまい、「もうとても黙つて家の中にをられない気持」にかられて「坊や」を背負って家を出た「私」は、「ふと思ひつい」て「吉祥寺までの切符を買つて電車に乗」っている。また終電がなくなったという口実で小金井の家に泊まって「私」を「けが」した男は「おれの家は立川でね」と語っており、『ヴィヨンの妻』は六十枚足らずの分量の中に、中野、吉祥寺、小金井、立川と四つの中央線駅名が登場する小説である。

吉祥寺は小金井と中野との間に位置する駅である。五千円工面のあてがないために、椿屋のある中野に直行しにくかった「私」は、しかし「どこへ行かうといふあてもなかつた」という。それならば、むしろ中野と反対方向の、立川方面へ向かう電車に乗ってしまうという選択肢もあり得たのに、なぜ「私」は中野への途中駅にあたる吉祥寺までの切符を買ったのだろうか。まず考えられるのは、吉祥寺が省線電車中央線と東急井の頭線(3)とのジャンクションになっていたという点である。中野に向かう決断はつかず、かといって中野から明確に逃げてしまう勇気もなかった「私」にとって、吉祥寺はその曖昧さ、中間性にふさわしい駅であったと考えることができる。吉祥寺は方向は中野に向かっているものの、井の頭線に乗り換えて渋谷方面に逃走することもまだ可能という不決定的な位置にあったからである(4)。吉祥寺を過ぎてしまえば、中野までの間に乗換駅はもう一つもない。したがって小金井に住む「私」にとって、吉祥寺はモラトリアムの空間としての意味を持っていたと見ることができる。

だが、「私」が吉祥寺までの切符を購入した理由は、おそらくそれだけではないだろう。吉祥寺駅で下車した「私」が、「坊や」を背負って向かった先は井の頭公園である。

吉祥寺で降りて、本当にもう何年振りかで井の頭公園に歩いて行つて見ました。池のはたの杉の木が、すつかり伐り払はれて、何かこれから工事でもはじめられる土地みたいに、へんにむき出しの寒々した感じで、昔とすつかり変つてゐました。

坊やを背中からおろして、池のはたのこはれかかつたベンチに二人ならんで腰をかけ、家から持つて来たおいもを坊やに食べさせました。

「坊や。綺麗なお池でしよ？　昔はね、このお池に鯉トトや金トトが、たくさんたくさんゐたのだけれども、いまはなんにも、ゐないわねえ。つまんないねえ。」

坊やは、何と思つたのか、おいもを口の中に一ぱい頬張つたまま、けけ、と妙に笑ひました。わが子ながら、ほとんど阿呆の感じでした。

「何年振りか」という時間の空白を隔てて、井の頭公園にやってきた「私」が公園の変わりようを目の当たりにして幻滅を味わっていることは明白である。この時の物語時間の現在は一九四六年十二月であるから、この日が「私」にとって終戦後初めての井の頭公園訪問であったことは間違いないとしても、「私」の失望は戦争を挟んだ風景の変貌というだけにはとどまらないものがある。吉祥寺で下車する前、電車の中で、「私」は中吊り広告で大谷が『フランソワ・ヴィヨン』といふ題の長い論文」を発表したことを知り、「なぜだかわかりませぬけれども、とてもつらい涙がわいて出て、ポスターが霞んで見えなくな」っている。なぜポスターを見て「とてもつらい涙」が出てきたのだろうか。

「私」と大谷との出会いと同棲の経緯は次のように語られている。

私の父は以前、浅草公園の瓢箪池のほとりに、おでんの屋台をだしてゐました。母は早くなくなり、父と私と二人きりで長屋住居をしてゐて、屋台のはうも父と二人でやつてゐましたのですが、いまのあの人がときどき屋台に立ち寄つて、私はそのうちに父をあざむいてあの人と、よそで逢ふやうになりまして、坊やがおなかに出来ましたので、いろいろごたごたの末、どうやらあの人の女房といふやうな形になつたものの、もちろん籍も何もはひつてをりませんし、坊やは、てて無し児といふ事になつてゐますし、あの人は家を出ると三晩も四晩も、いいえ、ひとつきも帰らぬ事もございまして、

この時「おなかに出来た」子が、一九四六年の時点において「来年四つになる」というのであるから、「私」の懐妊は一九四三年ないし一九四四年という計算になるが、戦時下において二人は「私」の父に内緒で、どこで「逢」っていたのだろうか。近代日本における「性愛にまつわる空間の歴史」を調査した井上章一氏の『愛の空間』（角川書店、一九九九）は、「素人」男女の性愛空間としての「野外」伝統が長く続いていたことを実証しているが、その中に菊池寛『受難華』（一九二五～六）で、相思相愛の若い外交官とブルジョア令嬢とが肉体関係を結んだ場所が「井の頭公園」であり、「二〇世紀中頃までは、公園での性交渉が『所轄署を悩ませ』ていた。それも、今では考えられないほどの問題として、とりあつかわれていた」という記述がある。こうした背景と、大谷の家が小金井にあったことを考え併せれば、二人がひそかに「逢」っていた場所の一つが井の頭公園であったという想像は十分に成り立つと思う。

「どうやらあの人の女房といふやうな形にな」って以降、「私」に楽しい思い出はない。とすれば「井の頭公園」とは、「私」にとって大谷との恋に燃えていた「昔」の〈逢い引き〉を象徴する空間であったと考えることができる。(5) 一九四四年の出産後はおそらく大谷との逢い引きなど一度もなかったに違いない。電車の吊り広告を見た「私」の眼にあふれた涙は、大谷像の極端な落

差にもとづくものではないだろうか。前夜の大谷の事件の始末のために自分はいま途方に暮れている。その大谷が「私」の現実とはかけ離れたところでマスメディアの中に市民権を得ている。雑誌広告で論文発表を宣伝されている大谷像と、家にはまったくお金を入れず、あまつさえ強奪事件まで引き起こし、ナイフを振り回して姿を消した大谷像との懸隔の大きさによるやるせない感情の高まりであろう。だからこそ、「私」の大谷像が分裂していなかった黄金時代の象徴空間として、井の頭公園に足が向かったのである。

したがって右の引用中の「ベンチに坊やと二人ならんで腰をかけ」という表現には、おそらく大谷と二人並んで腰をかけていた「昔」の映像の記憶が重ねられていたはずである。あの時は池には鯉や金魚がたくさん泳いでいたが、今は「なんにも、ゐない」。この哀しさを伝えたかった相手は、満二歳の「坊や」ではなく、大谷だったはずである。だが現実に隣にいるのは大谷ではなく、「おいもを口の中に一ぱい頬張つたまま、けけ、と妙に笑」う幼児であった。井の頭公園が幻滅しかもたらさないことが歴然とした時、「私」はもう一度吉祥寺駅に戻るほかなかった。

その池のはたのベンチにいつまでもゐたつて、何のらちのあく事では無し、私はまた坊やを背負つて、ぶらぶら吉祥寺駅のはうへ引返し、にぎやかな露店街を見て廻つて、それから、駅で中野行きの切符を買ひ、何の思慮も計画も無く、謂はばおそろしい魔の淵にするする吸ひ寄せられるやうに、電車に乗つて中野で降りて、きのふ教へられたとほりの道筋を歩いて行つて、あの人たちの小料理屋の前にたどりつきました。

2

五千円弁済の見通しが立たないため、「おそろしい魔の淵」に「吸ひ寄せられる」思いで中野の椿屋にたどりついた「私」であったが、事態は意外な展開を見せていく。その起点は、おかみさんの顔を見たとたんに「自分でも思ひがけなかつた嘘をすらすら言」えたという「私」の変貌である。金策のあてができた、お金が届くまで自分が「人質」となって「お店でお手伝ひ」するからそれまでは表沙汰にしないでほしいという「私」の提案は、亭主の明確な承諾のないまま、店に入ってきた三人連れの職人ふうの男たちを「私」がエプロンを借りて接客し、客の一人が「や、美人を雇いやがつた」と歓迎するという一種の実力行使的なかたちで実現する。井の頭公園で途方に暮れていた時の「私」と同一人物だとは思えないほどのアクティヴィティである。

亭主が「私」の提案を受け入れたのは、「美人を雇いやがつた」という客の言葉がかかわっているに違いない。亭主は接客業者の眼で「私」が店の戦力になると判断したのであるが、前夜、逃げる大谷を追って小金井の家までやってきた時、亭主は「私」の年齢を聞いて、思わず「二十、六、いやひどい。まだ、そんなですか」と口走っていた。初対面の「私」は、とても二十代の女性には見えなかったのである。おかみさんがあわてて「こんな立派な奥さん」と言ってフォローしているように、「まだ、そんなですか」という亭主の言葉が、年齢以上の落ち着きを評価したのではなく、若さの欠如に驚いたものであったことは言うまでもない。その「私」が、わずか半日後に、初対面の客に「美人」と言わせるような女性として椿屋に姿を現したのである。もちろん前夜、椿屋の夫婦が来た時には「私」は「寝巻」姿だったとあるから化粧も落としていたに違いないし、椿屋を訪ねた時は外出用に「身支度」を整えていたという違いはある。しかし「私」が「電髪屋に行つて、髪の手入れも致しましたし、お化粧品も取りそろへ」たのは、この椿屋初訪問の「翌る日」以降だと明記されている。したがって化粧の有無が、「いやひどい」から「美人」へという、「私」に対する印象変化の主要な原因だったとは考えがたい。ここで読者は、小金井における「私」と、中野における「私」との言語の差異に眼を向ける必要があるだろう。

「おそろしい魔の淵にするすると吸ひ寄せられるやう」だった「私」が、吉祥寺から中野までの省線電車による短い移動時間を経ただけで「自分でも思ひがけなかつた嘘をすらすらと言」えるようになった引き金は、「をばさん」という呼称にあったのではないかと私は考えている。椿屋のおかみさんと顔があった瞬間、「私」の口から最初に出たのは「あの、をばさん」という言葉であったが、この呼称は、前夜の小金井の家ではおそらく発し得なかったはずである。なぜなら、小金井で椿屋夫妻を前にした「私」の言語は、

「およしなさいまし。どちらにもお怪我があつてはなりませぬ。あとの始末は、私がいたします。」

「すみません。どうぞ、おあがりになつて、お話を聞かして下さいまし。」

といった、不自然な敬語文体であり、金銭的な負い目のある相手を「をばさん」と呼べる余地はなかったと思われるからである。このぎこちない敬語の使用は、夫の事件による動顛や混乱によるものではない。まだ事件のことを知らない段階でも「私」は帰宅してきた大谷に向かって、「おかへりなさいまし。ごはんは、おすみですか？　お戸棚に、おむすびがございますけど」という過剰な敬語を使用しており、これがいわば「私」の小金井言語だったようである。ところが中野の椿屋に来たとたん、夫が盗んだ金の弁済のあてがないという引け目には何の変化もないにもかかわらず、「私」の言語は急速な変貌に向かう。そのきっかけが「をばさん」という呼称の採用だったのである。「なりませぬ」、「下さいまし」という文体のままでは、「思ひがけなかつた嘘をすらすらと言」うことは不可能だったに違いない。

「をばさん」という一言で始まった椿屋での「私」の言語は、初めのうちは敬語混じりだったとはいえ、「いいえ、それがね、本当なのよ。だから、私を信用して、おもて沙汰にするのは、けふ一日待つて下さいな」という、くだけたものに変わっている。そして「人質」として椿屋の接客を積極的に引き受けた「私」が、次々にやってくる男客を相手に、「げびた洒落」に対して「負けずにげびた受けこたへ」をし、「お客のみだらな冗談にこちらも調子を合わせて、更にもつと下品な冗談を言ひかへ」すプロセスを通じて、いっそう小金井言語の窮屈さからの解放が進んでいく。そしてもちろんこの言語的解放感が「くるくると羽衣一まいを纏つて舞つてゐるやうに身軽く立ち働」く身体的解放感と不離一体であったことを見落としてはならない。この夜、夫と親しいバーのマダムが五千円を全額払ってくれて警察沙汰にならないことが決まったあとの亭主と「私」の会話は、

「奥さん、ありがたうございました。お金はかへして戴きました。」

「さう。よかつたわね。全部？」

というように、敬語の関係がすっかり転換しており、その線上で「私」は亭主を「をぢさん」と呼んで翌日から椿屋で働き続けることを承知させたのである。交渉が成立したとき、「私たちは、声を合せて笑ひました」とある。亭主と「私」が「私たち」という一人称複数表現で括られている点にも注目しておきたい。この日はクリスマスイヴだったという設定になっているが、この夜の「奇蹟」は、「私」の「嘘」が思いがけないかたちで「まこと」になって大谷の事件が表沙汰にならずに済んだということ以上に、「私」が中野の椿屋という空間の中で言語と身体の解放感を経験できたことの方がはるかに大きかったはずである。(6)

「私」にとっての中野と小金井。この二つの空間の意味を考えるとき、「浅草」という媒介項の存在を見落としてはならないだろう。椿屋の亭主は、「上州の生れ」で「堅気のあきんど」をしていたが、

田舎のお百姓を相手のケチな商売にもいや気がさして、かれこれ二十年前、この女房を連れて東京へ出て来まして、浅草の、或る料理屋に夫婦ともに住込みの奉公をはじめまして、ま

あ人並みに浮き沈みの苦労をして、すこし蓄へも出来ましたので、いまのあの中野の駅ちかくに、昭和十一年でしたか、六畳一間に狭い土間附きのまことにむさくるしい小さい家を借りまして、一度の遊興費がせいぜい一円か二円の客を相手の、心細い飲食店を開業いたしまして、

という経歴の持ち主である。「浅草」の料理店で十年住み込みで働いたあと独立して中野で小規模な飲食店を開業したというのであるから、中野の店には浅草の匂いが漂っていたと考えても、そう突飛な想像ではないだろう。

一方「私」は、前述の通り「浅草公園」のおでん屋の娘で、早くから父と二人で屋台をやっていた女性である。したがって「私」が椿屋に、屋台のおでん屋時代と共通した匂いを感じ取っていた可能は十分ある。だからこそ「をばさん」という言葉がとっさに口をついて出たのであろう。前夜まで「なりませぬ」、「下さいまし」という言語を用いていた女性が、その翌日に「客のみだらな冗談にこちらも調子を合せて、更にもつと下品な冗談を言ひかへ」す環境に適応できたばかりか、その中に解放感を味わうことができたのは、この言語空間こそ、もともと「私」がなじんでいた世界だったからにほかならない。この夜、小金井の家に戻った「私」は、「やはり夫は帰つて来てゐませんでしたが、しかし私は平気でした」という。

あすまた、あのお店へ行けば、夫に逢へるかも知れない。どうして私はいままで、こんないい事に気づかなかつたのかしら。きのふまでの私の苦労も、所詮は私が馬鹿で、こんな名

案に思ひつかなかつたからなのだ。私だつて昔は浅草の父の屋台で、客あしらひは決して下手ではなかつたのだから、これからあの中野のお店できつと巧く立ちまはれるに違ひない。現に今夜だつて私は、チップを五百円ちかくもらつたのだもの。

3

「私」にとっての小金井が、中野における「浅草」的な言語と身体の解放感の対極に位置することはいうまでもないが、なぜ「私」は「お戸棚におむすびがございます」というような、不自然な反・浅草的言語の中に自己を閉じこめ続けていたのだろうか。大谷は素性の曖昧な人物であるが、大谷に懐疑的な椿屋の亭主も「他のひとから聞いても大谷男爵の次男で、有名な詩人だといふ事に変りはない」と述べている。そして亭主は「終戦前までは、女を口説くには、とにかくこの華族の勘当息子といふ手に限るやうでした。へんに女がくわつとなるらしいんです」とも語っているが、「私」もまた大谷との邂逅に「くわつと」なった女の一人であった可能性が高い。浅草の屋台のおでん屋の娘として男客を相手に下品な冗談を言ったり言い返したりしていた「私」の前に、「華族の勘当息子」で「詩人」という男が、非・浅草的世界からの越境者として突然出現してきたのであり、その異色性こそが若い「私」の眼にはオルターナティヴの魅力として映ったのであろう。日常世界から自分を別の世界に連れ出してくれる王子様としての憧憬である。

「大谷さんと知合つた頃には、あさましいくらゐのぼせて」いた「秋ちやん」——少し前まで新宿のバアの女給をしていた女性——が初めて大谷を椿屋に連れてきたのは「昭和十九年の春」だというから、「私」の妊娠・出産とほぼ同じ頃である。その秋ちゃんに隠れて大谷に貢いでいる人妻もいたと亭主は語る。大谷に「くわつと」なった同時進行的交際女性群の中から「私」一人が、「どうやらあの人の女房といふやうな形」になり、未入籍ではあっても社会的に「奥さん」と呼ばれる位置を獲得したのは、「私」の魅力が卓越していたというより、妊娠という出来事が大きかったに違いない。妊娠から「女房」までの間に「いろいろごたごた」があったと「私」は語るが、大谷の勘当という情報が間違いでない限り、「ごたごた」の主要素は「私」側の父親の怒りだったのであろう。そのために一種の引責のかたちで大谷が「私」を小金井の家に受け入れたというドラマの可能性を私は想像している。わが子を庶子として認知するという戸籍上の処置さえ放棄し、子供が発熱した時でさえ行き先も告げずに外出してしまう大谷には家庭からの逃走姿勢が顕著だからである。家庭から逃走し続ける男は、生活費を入れることもしない。「古くからの夫の知り合ひの出版のはうのお方が二、三人、そのひとたちが私と坊やの身を案じて下さつて、時たまお金を持つて来てくれますので、どうやら私たちも飢ゑ死にせずにけふまで暮らして」きたのである。

このように「華族」とも「詩人」ともほど遠い小金井の家は、ハード面においても、「腐りかけてゐるやうな畳、破れはうだいの障子、落ちかけてゐる壁、紙がはがれて中の骨が露出してゐる襖」というように荒涼とした空間である。そんな家の中で「私」の唯一の拠り所になっていたのがあの不自然な言語にほかならない。「下さいまし」、「なりませぬ」といった言語は、本来「私」がなじんでいた浅草的言語とは異質のものであり、その言葉遣いにはぎこちなさがつきまとっている。本稿ではこれを「私」の小金井言語と呼んでいるのだが、「私」にとってはこの言語こそが、「男爵の次男」の「女房」としてのたった一つの存在証明であった。「男爵」としての実体は何一つ存在していないにもかかわらず、「上品」な言語を懸命に維持することだけが、浅草的世界から越境してきた「私」を支えてきていたのである。

小金井言語の呪縛は「私」に外で労働することを許さない。陋屋に幼い「坊や」と二人で逼塞し、夫の友人の施しでかろうじて餓死を免れるという徹底的な受動性と、小金井言語の虚妄な上品さとはワンセットになっていたからである。椿屋の亭主が「私どもは何とかして、先生のお家だけでも突きとめて置きたくて、二、三度あとをつけてみた事もありましたが、そのたんびにうまく巻かれてしまうのです」と語っているところから察すると、大谷は小金井と中野との接触を避けていたようである。一方貧しい専業主婦として逼塞している「私」もまた中野と接触する機会を持てるはずはなかった。したがって大谷が椿屋の店の金を強奪して自宅に逃げ戻り、それを追ってきた椿屋夫妻が小金井の家をつきとめたことによって二つの空間が接触したという十二月二十三日の事件は、浅草を背負った中野が、浅草を捨てた「私」を小金井から引っぱり出す重要な契機としての意味を持っている。夫の金を返済するという理由で小料理屋で働き始めた「私」

が味わった言語と身体の解放感には、家の外で労働することの快楽の回復も含まれていたに違いない。

その翌る日からの私の生活は、今までとはまるで違つて、浮々した楽しいものになりました。さつそく電髪屋に行つて、髪の手入れも致しましたし、お化粧品も取りそろへまして、着物を縫ひ直したり、また、おかみさんから新しい足袋を二足もいただき、これまでの胸の中の重苦しい思ひが、きれいに拭い去られた感じでした。

「私」は「椿屋のさつちやん」というニックネームでたちまち店の人気者になったが、大谷も「二日に一度くらゐ」やってきて、「お勘定は私に払は」せ、「一緒にたのしく家路をたどる事も、しばしば」という新しいスタイルの中で、大谷に対する「私」の言語も大きく変化してくる。深夜帰宅した大谷に対して「おかへりなさいまし。ごはんは、おすみですか？」と問いかけるのが「私」の小金井言語であった。ところが中野への通勤を始めてからの大谷との会話の中には、例えば次のようなやりとりがある。

「(略) あなたは、あのおかみさんを、かすめたでせう。」

「昔ね。おやぢは、どう？　気附いてゐるの？」

「ちやんと知つてゐるらしいわ。いろも出来、借金も出来、といつか溜息まじりに言つてたわ。」

夫の密通のことを正面から問いただすというのは、クリスマスイヴ以前の「私」には考えられなかった行為であるが、これを可能ならしめているのは「かすめる」、「いろ」といった浅草＝中野言語の力であろう。過剰な敬語が姿を消しているのも当然である。そしてこの背景に、労働によって得た経済的自立の自信の感触があったことは言うまでもない。

4

「私」が「お店のお客にけがされ」たのは、中野に通勤し始めてから約一か月後、一九四七年の「お正月の末」であるが、二つの空間のうち、事件は小金井の家で起こっている。雨の夜、椿屋の店に一人残っていた「二十五、六の、痩せて小柄な工員ふうの」男が、帰り支度を始めた「私」に、「おれも、小金井の、あの近所の者なんだ。お送りしませう」と言って中央線で小金井の家の前まで同道し、いったん帰ったものの、立川に行く電車がなくなったという口実で引き返してくる。「私」は男を玄関の式台に泊めるが、「その翌る日のあけがた、私は、あつけなくその男の手にいれられ」たというのが事件の経緯である。「大谷先生の詩のフアン」を自称するこの男は、引き返してきたとき「大谷さん」と声をかけている。つまり中野では「椿屋のさつちやん」だった「私」が小金井では詩人大谷の妻として扱われているのであるが、それに呼応するかのように、「私」の使用言語も「主人もをりませんし、こんな、式台でよかつたら、どうぞ」という小金井言語的なものに変化している。こういう状況のもとで「私」は「あつけなくその男の手にいれられ」たのである。男が女を手に入れるという言い方ならありふれた日本語表現であるが、女が男の手に入れられるという受け身の形は一般的ではない。この特殊表現ともいえる受動態で語られているところに、男の暴力性だけにとどまらない「私」の心身の呪縛性を読み取ることができる。したがって小金井空間における詩人の妻という虚妄な世界での「私」の言語と身体がいかに束縛されていたかということを、中野空間における「椿屋のさつちやん」との対比において強烈に浮かび上がらせたのが正月末の事件だったのだと言っていいだろう。大谷は事件前夜「私」が椿屋を出た直後に店を訪ねてきているが、その理由を彼は「椿屋のさつちやんの顔を見ないとこのごろ眠れなくてね」と説明している。大谷が「椿屋のさつちやん」に逢いにきて果たせず、そのまま中野の店に泊まってしまったのと同じ時間に、小金井の家では「椿屋のさつちやん」から大谷の妻に戻った「私」が若い男を玄関に泊めていたのは、偶然のいたずらという以上の意味を持っているはずである。

「あけがた」に「男の手にいれられ」た「私」は、その日も「坊や」を背負って中央線で椿屋に出勤するが、店には主人夫婦が不在で、大谷が土間で新聞を読んでいた。その時「コップに午前の陽の光が当つて、きれいだと思ひました」とある。このセンテンスはさまざまに解釈されてきたところであるが、私は基本的には「私」が中野空間の解放性をあらためて体感した場面だと考えている。前夜降っていた雨がいつ上がったかは語られていないが、この朝、「陽の光」を「私」が実感したのは中野の椿屋のコップを見た瞬間であったに違いない。物語の冒頭で、夫の遅い帰宅を迎えた小金井の「私」は、「おかへりなさいまし」、「お戸棚におむすびがございますけど」という敬語で応対しつつ、珍しく坊やの容態を尋ねる優しい言葉を聞いて「うれしいというよりも、何だかおそろしい予感で、背筋が寒くな」る恐怖を味わっていた。その「私」が物語末尾では、「男の手にいれられ」た直後に夫と対面するという緊張したシチュエーションのなかで、たじろぐことなく夫と中野言語で会話しているだけでなく、「あたしも、こんどから、このお店にずつと泊めてもらふ事にしようかしら」という台詞においてはじめて「あたし」という自称詞を使用している。それまでは中野における「私」の直接話法の自称詞は、相手が椿屋の主人であっても大谷であってもすべて「私」だったのであるから、正月末の事件の直後に椿屋の陽光に照らされたコップが「きれい」に見えた時、「私」から「あたし」への自称詞の変換によって彼女の中野言語獲得が完了したのだという見方もできる。逆に言えば、この中野言語の力抜きでは「男の手にいれられ」た直後の「私」が夫と対等に向かい合うことは難しかったのである。また「あたし」という自称詞使用が、小金井との訣別宣言の言説のなかで行われている点も注目されていいだろう。小金井言語の完全放棄を決意したからこそ「あたし」が可能になったとも、「あたし」の使用が小金井との訣別を決意させたともいえるからである。

このように前年の十二月二十四日の椿屋初訪問の時の「をばさん」という呼称の使用で始まった言語解放が、一月末の「あたし」という自称詞で完成するという物語が『ヴィヨンの妻』にはひそかに埋め込まれているのである。「あたし」という自称詞を使用したあと、「人非人」という新聞の大谷評をとりあげてそれを否定する大谷の言葉に対して、「私」が「人非人でもいいぢやないの。私たちは、生きてゐさへすればいいのよ」と答える場面で小説は完結しているが、「私」が大谷の言説に反論したのはこれが最初である。十二月二十三日までの小金井の「私」は夫にさからったり抗議したりするようなことはけっしてしない女であった。二十四日に中野と小金井の往復通勤生活を開始してからの二人の会話では、たとえば「女には、幸福も不幸もないんです」、「男には、不幸だけがあるんです」という大谷の断定に対して「私」は「わからないわ」と答えているものの、自分の意見を主張するにはいたっていない。その「私」が物語の最後で小金井との訣別を決意した段階では、はっきり自分の主張を掲げて夫に反論しているのである。椿屋への住み込みが実現したとすれば、「私」はもう中央線で往復しない女になるはずであるが、その未来の「私」の姿を、夫に服従し忍耐する妻から、堂々と夫に反論の主張ができる妻への変貌の線上に読者は想像することができる。小説の末尾は「人非人でもいいぢやないの」以下の直接話法を受けた、「と言ひました」という表現で結ばれているが、これは帰宅してきた夫に対する「おかへりなさいまし」で始まる直接話法を受けた「申しますと」という冒頭の表現との対照になっている。十二月二十四日の夜、椿屋に仮装で来店した大谷との会話場面でも、「私」の発話行為に対しては「申す」という謙譲語が使われていた。周知の通り小説最終部は、椿屋でコップにあたる陽光を見た「私」がきれいだと思ったという叙述のあとに、「誰もゐないの」という「私」の質問から始まった大谷との会話場面が続いているが、引用符で括り出された台詞が十一箇所もあるにもかかわらず、地の文に発話行為を示す述語表現が一つも出てこないという表現上の特色がある。「申す」女から「言」う女への変化を際立たせて「私」の語りは閉じられているわけであるが、語り手としての「私」が語りの言説とし「申す」で始まる敬語文体を採用しているのも、あるいはこのことを浮き彫りにするための言語戦略であったのかもしれない。

注

(1) 『ヴィヨンの妻』の物語時間は一九四六年十二月二十三日から翌年の一月末までであり、これは歴史的には日本国憲法公布直後から二・一ゼネスト中止直前までの時期にあたる。二・一ゼネスト中止命令に表れたGHQの占領政策の転換上に、一九四七年七月、公務員の労働権の大幅制限と国鉄の公共企業体への移行を指示するマッカーサー書簡が出され、同年十二月に日本国有鉄道法と公共企業体労働関係法が成立した。

(2) 正確には「武蔵小金井駅」。当時、東小金井駅はまだ開設されていなかった。

(3) 当時の井の頭線の経営母体は、戦時統合を継承して東京急行電鉄(東急)のままであった。京王帝都電鉄の東急からの分離独立にともない、井の頭線が京王帝都に変わるのは一九四八年である。

(4) 『ヴィヨンの妻』の翌年に発表された太宰の『犯人』の主人公は、三鷹で姉を殺害してしまったと思いこみ、いったん世田谷の寮に戻ったあと、「まづ、井の頭線で渋谷に出」て旅費を作り、地下鉄で新橋に向かい、大阪行きの切符を買って関西に逃走している。

(5) ちなみに『受難華』では婚約中の信一郎と照子が、信一郎の渡仏を前に、井の頭公園の森の奥で「秘密の結婚」を行なう。信一郎がフランスへ出発した後、照子は「信一郎恋しさに、女中を連れて井ノ頭へ行」き、そのことを「今日、私は何処へ行つたとお思ひになりまして、私いゝ所へ行きましたの」と手紙に書く。信一郎はパリで客死してしまうのだが、その後も照子は時々「女中を連れて、井の頭公園へ散歩に行」く。「ひそかに結婚した場所、其のあたりを歩くのが楽しみだつた」からである。

(6) 井の頭公園では「わが子ながら、ほとんど阿呆の感じ」がしたという「坊や」の「笑ひ」が、中野の椿屋では「頭が悪いせゐか、人見知りしないたちなので、おかみさんにも笑ひかけたりして(略)おとなしく六畳間で遊んでゐた」という方向へ変化している点にも注目しておきたい。

変貌する語り手——太宰治『斜陽』

1

『斜陽』における〝滅び（挽歌）〟の旋律と〝革命（再生）〟の旋律との関係の読み取りをめぐって議論が続いていることは周知の通りであるが、「斜陽」という題名そのもののメッセージ性についてはそれほど関心が払われてきていないようである。『冬の花火』に続いて書かれた戯曲『春の枯葉』のト書きに「斜陽」の語が三度出てくることはすでに指摘されている。『冬の花火』が「昭和二十一年一月末頃より二月にかけて」の、『春の枯葉』が「昭和二十一年四月」のドラマであり、後述するように『斜陽』の作品内現在の起点が〝一九四六年（昭和二十一）四月〟に設定されていることを考えても、両戯曲と『斜陽』との血縁性が太宰治によって意識されていたことは明白であるが『斜陽』の題名が『春の枯葉』の「斜陽」の同義線上に位置しているかどうかについてはなお検討の余地がありそうである。『斜陽』の着想過程に『桜の園』がかかわっていたことはよく知られているが、『桜の園』では、桜の園を失って悲嘆に暮れるラーネフスカヤ夫人を励ますアーニャの台詞の中に「ねえママー、こゝから出て行きませうよ！　そしてこれよりもつと美しい、新しい庭を拵へませう。ママーもそれを見たらお分りになるわ。そして静かな深い悦びが、ちやうど夕方の太陽のやうに、あなたの心にさし込んでよ。さうしたらママーもきつとお笑ひになるわ」（米川正夫訳。傍点引用者、以下同じ）という〝希望〟の比喩表現としての「夕方の太陽」が出てくる。饗庭孝男氏はこの箇所とその前後を引用して、ここの「夕陽のイメージのなかに没落と再生がうかがわれる」としながらも『斜陽』で太宰は「とくに、この夕陽と没落を重ね合わせ」たと断じているが（『鑑賞現代日本文学㉑太宰治』）、「冬の花火」、「春の枯葉」という対義結合的な題材を選んできた太宰が、起稿よりかなり早く題材が決まっていたとされる『斜陽』のタイトルには一義的な意味付与しかおこなっていなかったのだろうか。

山内祥史氏によって発掘され筑摩書房版第一〇次全集に新しく収録されたインタビュー記事「恋と革命を語る人気作家ダザイ氏訪問記」（一九四七年六月二日付『人民しんぶん』）の中で、太宰は執筆中の長編小説の題名が「斜陽、なゝめのひ」であることを明らかにしたすぐあとで「話はある没落貴族、それもほとんど皇族に近いくらいの華族が没落してゆく、その家庭の話なんです」、「そして娘が若々しい心で、おとなたちのつくつている道徳にどんどん反ぱつしていつて、いろいろ迷つたり苦しんだり、混乱したりするんです」、「恋をしていると、革命を考えないわけにはいかなくなる、恋と革命は非常に密接な関係を持つていて、きりはなせないもんなんです」と語っている。もちろん太宰が直接書いた文章ではないし、「コンムニユスト」（昭和二十二年六月三日付田中英光宛書簡）の新聞という媒体の性格を意識したサーヴィスと韜晦の姿勢が顕著な言説でもあるが、しかし「斜陽」の題意が「没落」だけでなく、かず子の「若々しい」「反ぱつ」の方にもかかるものとして語られている点は注目しておいてよいだろう。ここで想起されるのは、『斜陽』よりも少し前に書かれた太宰の作品の中に、二様の「斜陽」が認められるという事実である。そのひとつが『春の枯葉』の基調をなしている「斜陽」であることは言をまたない。この斜陽は、主人公野中の絶望的な死への道のりを照らし出し、まさに〝暗〟一色で塗りあげられている。一方、これとは異質の「斜陽」が出てくる代表的作品として『竹青』をあげることができるだろう。

『聊斎志異』に材を採ったこの伝奇的な短編小説の主人公・魚容が、夢の中で烏に変身した時に最初に見たのは「斜陽を一ぱい帆に浴びて湖畔を通る舟」の姿であり、「湖面の夕日に映えて黄金色に輝いてゐる様」を眺めてうっとりしているうちに美しい雌烏の竹青と出会い、一緒に飛び立った時には「岳陽の甍、灼爛と落日に燃え」ているのが望見され、夢から醒めた魚容の目に入ってきたのも「斜陽あかあかと目前の楓の林を照らして、そこには数百の烏が無心に唖々と鳴いて遊んでゐる」光景であるが、これらの描写表現はいずれも原話にはまったく見られない。暁光の予兆ではなく、それ自体が桃源郷的イメージを象徴するような輝ける「斜陽」をバックにしたこの小説が書かれたのは、上京直後の太宰が「『桜の園』の日本版」として構想している小説の予定題名が「斜陽」であることを明かした時期のおよそ一年半前である。もちろんこの一年半の間に日本の敗戦と太宰の帰郷体験があったことを軽視するつもりはまったくないが、一九四六年に『桜の園』を再読した太宰が、前述のアーニャの台詞の中の「夕方の太陽」が『竹青』の「斜陽」と〝明〟の色調において通脈することを意識していた可能性は十分あると思う。したがって饗庭氏の見解とは逆に、太宰はむしろ『桜の園』から明暗二様の「斜陽」を一作の中に抱え込む作品構想のヒントを得ていたのではないだろうか。

『斜陽』のタイトリングにこめられていたのは「滅びの宴」だけでもなければ、「道徳革命」に向かうかず子の生き方が「題目とは裏腹」なのでもない。卵を焼かれた母蛇を「お母さま」が哀れむ場面に出てくる「夕日がお母さまの顔に当つて、お母さまのお眼が青いくらゐに光つて見えて（略）飛びつきたいほどに美しかつた」という「夕日」と、最終章でかず子が自分は「太陽のやうに生きるつもりです」と宣言するその「太陽」の双方を内包する両義性において『斜陽』の題名のメッセージは解読されるべきであり[1]、この題意に対応するかたちでかず子が小説全体の語り手として選ばれているのではないかと、私は考えている。

2

『斜陽』は太宰が得意とした「女性独白体」小説の系列に数えられるが、厳密には（A）かず子の手記、（B）かず子の書簡、（C）かず子の手記の中に引用された直治の日記「夕顔日誌」の一部、（D）かず子の手記の中に引用された直治の遺書、という四種類のテキストによって成り立っており、全八章の内訳は、一、二章が（A）、三章が（A）と（C）、四章が（B）、五、六章が（A）、七章が（A）と（D）、八章が（A）と（B）という構成になっている。（A）（C）では具体的な受信者が想定されておらず、逆に（B）（D）では受信者が特定されていることは言うまでもないが、このモザイク的な構成の必然性を考えるためには、作品における〈出来事〉の時間と〈語り〉の時間との関係に注目してみる必要があると思う。

『斜陽』における〈出来事〉の時間は、かなり明確に計算することができる。一九一八年に華族の長女として生まれたかず子は一九三六年に父親を失い、三九年に結婚、上原と初めて会ってキスをされたのが一九四〇年の初冬、それからまもなくして死産と離婚があり、直治が大学在学中に召集されて南方に送られたあとで東京で母親と二人暮らしの生活を続けているうちに敗戦を迎え、一九四五年の十二月、母子で伊豆の山荘に転居する……ここまでがいわば〝大過去〟の時間である。そして一九四六年四月に蛇の卵事件と失火事件とが連続して起こってから、直治の帰還、上原宛ての三通の書簡の発信（夏）、「お母さま」の結核症状の顕在化（九月）と死去（十月）、上原との「恋の成就」と直治の自殺（十二月）を経て、山荘で一人暮らしになったかず子が上原に書き送った書簡の日付である「昭和二十二年（一九四七）二月七日」までの約十か月を〈出来事〉の時間における現在としておいてよいと思われるが（これを歴史的時間と対応させると、第一次農地改革施行の直後から華族世襲財産法廃止の直前までの時間にあたり、日本国憲法が国会で成立した月に「お母さま」が死に、二・一ゼネスト中止の直後にかず子が最終書簡を執筆していることになる）、『斜陽』の特色は、この〈出来事〉の時間とかず子の〈語り〉の時間とが、単純な進行形でもなければ単純な回想でもないダイアレスティックな関係を形成しているところにある。

かず子の手記が日録の形式をとっていないことは明らかであるが、同時に、すべての出来事が終わった時点でまとめてそれを叙述している回顧録でもない。(2) 手記における《語り》の現在を示す指標をたどっていくと、まず第一章では、冒頭の山桜が満開の朝の「スウプ」の件を記したあとに「けさ」という表現が繰り返し出てきており、その「四、五日前」に起こった蛇の卵事件の叙述に喚起された父親死亡の時の光景、伊豆山荘への転居とその直後の「お母さま」の発病等の過去の時間へ回想をひろげながら、「ああ、何も一つも包みかくさず、はつきり書きたい」にもかかわらず「恋、と書いたら、あと、書けなくなつた」というところで打ち切られる第一章の全体が、一九四六年四月、「スウプ」の日に書かれていると見なすことができる。そしてこの日から五、六日後におこった失火事件の叙述で始まる第二章では、初夏のある日、「お母さま」がかず子に「夏の花が好きなひとは、夏に死ぬつていふけれども、本当かしら」と語りかけるところまできて「けふ」という表現が出てくる。直治の生存と阿片中毒の情報、かず子の縁談をめぐる母娘の確執と和解、「ひめごと」をめぐる会話等はすべてこれと同じ日の出来事であるから、基本的に第二章の内容はこの日に書かれていることになる。ただ章末に「思ふと、その日あたりが、私たちの幸福の最後の残り火の光が輝いた頃で、それから、直治が南方から帰つて来て、私たちの本当の地獄がはじまつた」という、「けふ」を過去化するセンテンスが置かれているが、これはあとから書き加えられた追記的部分として手記の時間の重層的性格を示すものと考えることができる。

第三章は直治の帰還から十日ほど後、かず子がセエタを編んでいる冒頭場面が「けふ」であることが明示されており、さらに庭の薔薇が「けさ」咲いたという表現も出てくるから、この日が〈語り〉の現在だと考えておいてよい。この日の〈出来事〉の中心は、「お母さま」との会話の中でかず子が「子供が無いからよ」という「自分でも全く思ひがけなかつた言葉」を口にしたことと、直治の夕顔日誌を読んだことであり、〈語り〉の場において六年前の上原との思い出が初めて叙述され、「不良」という言葉が浮上し始めたのもこの日である。したがって、一章部分執筆の時点では「恋」と書いたところでそのあとを書くことができず、そのことを自覚していたかず子が、その翌月には「ひめごと」の存在を初めて「お母さま」に語ったその日に手記の二章部分を執筆し、さらに弟の日記を盗み見るという行為を経た日の手記の中でついに「ひめごと」の内容を詳述することができているという、語り手の変貌をあとづけることができる。（並行して、けっして変貌しない「お母さま」の美しい〝滅び〟への過程が進んでいる。）そして、こうした〈出来事〉の場における体験と〈語り〉の場における執筆行為とが相互に作用しあった「不良」へのエネルギーの高揚に支えられて、かず子は間もなく、六年間音信のなかった上原に宛てて書簡を書き送るという、おそらく四月時点では考えられもしなかった対他的行動に踏み切ることができているのである。

その夏、かず子は一度も返信も得られぬまま三たび書簡を「岬の突端から怒濤めがけて飛び下りる気持で、投函」しているが、この三通の書簡の間にも生きた時間が流れている。「M・C」の記号内容が「マイ、チエホフ」から「マイ、チヤイルド」へ変更されているのは最も表層の指標でしかない。「押しかけ愛人」希望を記した第一信が「ずるい、蛇のやうな奸策に充ち満ちてゐた」ことを認める告白で始まる第二信においてかず子は、上原への要求を「あなたの赤ちやんを生みたいのです」と表現したすぐあとで、配給酒を今日から「毎晩、コップで一ぱいづついただきます」と宣言しており、さらに「札のついてゐない不良が、こはいんです」という言葉を「お母さま」から聞いた「うれしさ」に誘発されてその日のうちに執筆したという第三信では、上原の山荘来訪のシミュレーションを「あなたは、たぶん、二階の洋間におやすみといふ事になるでせう」、「私は小さい蠟燭を片手に持つて、暗い階段をのぼつて行つて、それは、だめ？　早すぎるわね」という挑発的な表現で叙述し、さらに「このやうな手紙を、もし嘲笑するひとがあつたら、そのひとは女の生きて行く努力を嘲笑するひとです」、「港の外は嵐であつても、帆をあげたいのです。憩へる帆は、例外なく汚い。私を嘲笑する人たちは、きつとみな、憩へる帆です」と書き記す戦闘的な叙述者へと大きく変貌している。

かず子は「お母さま」が死んだとたんに初めて「戦闘、開始」しているのではなく、返信のない書簡の執筆行為の中で彼女の内面変革が急速に進行していたことを、読者は見落としてはならない。この第三信にも返信が得られず、「これが、失恋といふものであらうか」という思いを味わった後、かず子が恋を断念するのでも新しい書簡を送るのでもなく、「もうこの上は、何としても私が上京して、上原さんにお目にかからう、私の帆は既に挙げられて、港の外に出てしまつたのだもの、立ちつくしてゐるわけにはゆかない、行くところまで行かなければならない」と決意したのは、「お母さま」が死ぬひと月以上も前の時点なのである。

3

「お母さま」の病状悪化から死去までを〈出来事〉の中心にして叙述されている第五章、上原との再会と恋の成就を中心にした第六章、直治の遺書が引用紹介されている第七章では、〈語り〉の現在を明示する表現は出てこない。したがって三章までと五章以降では時間の関係構造が変化していることを見なければならないが、しかし少なくとも五章冒頭の「ことしの夏」という表現は、五章部分が一九四六年のうちに書かれていることを示しており、五章以降においても〈出来事〉と〈語り〉のダイアレスティックな関係は消えていないと見ることができる。そしてこの『斜陽』の後半部は、前半部において「港の外」への脱出の決意を「不良」という言葉で認識してきた彼女が、そうした自分の方向性を「道徳革命」という新たな言葉で意味づけていく過程だと言ってよい。

「道徳革命」という表現が出てくるのは最終章になってからであるが、それに先行して、第五章におけるローザ・ルクセンブルグと第六章における聖書とが「お母さま」の死をはさんで強引に結合されるという着想の過程がある。ルクセンブルグを読んで「どのやうに道徳に反しても、恋するひとのところへ涼しくさつさと走り寄る人妻の姿」を思い浮かべて「ローザはマルキシズムに、悲しくひたむきの恋をしてゐる」と考え、「人間は恋と革命のために生れて来たのだ」という命題を導き出す論理は飛躍があり過ぎるし、マタイ伝のイエスの言葉が「何だかわからぬ愛のために、恋のために、その悲しさのために、身《み》と霊魂《たましひ》とをゲヘナにて滅《ほろ》ぼし得《う》る者《もの》、ああ、私は自分こそ、それだと言ひ張りたいのだ」という文脈の中で引用されているのも恣意性の強い聖書の読みであるが、(3)この強引さは「道徳革命」という言葉の唐突さと対応していると見るべきであろう。「道徳革命」の内容の曖昧さや展望の希薄さが『斜陽』の主題を〝滅び〟に一元化する説の論拠になっていることは周知の通りであるが、〈出来事〉と〈語り〉の相互作用という観点からすれば、「道徳革命」の実体はほとんど問題ではなく、かず子が自己表現としての「革命」

という言葉を手に入れたという点にこそ、意味の中心があるはずである。

「お母さま」の死から第八章の上原宛て書簡執筆にいたるまでの時間における〈出来事〉の中心は、かず子の「恋の成就」と直治の自殺である。美しく滅んでいった「お母さま」に、「日本で最後の貴婦人」、「ピエタのマリヤ」という言葉を与えてその「斜陽」を葬送し、上原を訪ねたかず子は、その夜のうちに上原と結ばれるのだが、この〈出来事〉を再現するかず子の〈語り〉は、連発される「恋」という言葉と実体との乖離がはなはだしいという特色を持っている。六年ぶりで再会した上原の印象は「一匹の老猿が背中を丸くして部屋の片隅に坐つてゐる感じ」であり、同宿を促された時には「敵意。それにちかい感情」を抱き、「性欲のにほひのするキス」をされて「屈辱の、くやし涙に似てにがい涙」を流し、交接の実現も「一時ちかく、必死の無言の抵抗」をしていたかず子が「ふと可哀さうになつて」抵抗を放棄した結果であり、その直後には「私のその恋は、消えて」いる。そのあと「恋があらたによみがへつたやうで胸がときめ」いて「私のはうからキスをした」ものの、上原に向かって自分の気持を、数時間前に相手から聞いたばかりの「お酒の酔ひが飽和点に達すると、たちまちこんな具合ひのくしやみが出るんです」という韜晦的な言葉をもじって「私のいまの幸福感は、飽和点よ。くしやみが出るくらゐ幸福だわ」と説明する……。かず子によって叙述された「恋の成就」の経過は意図的に〝反・恋愛小説〟が目指されているのではないかと思われるほどであるが、そこに透視できるのは、かず子が本当に求めていたものは生身の上原でも「赤ちやん」でもなく、「革命」実践者として自己を確認するための根拠にほかならなかったという深層である。だからこそ、この一夜以降、上原に対するかず子の唯一の行動が「最後の手紙」の発信という〝言葉〟の領域に限定されているのである。(4)

かず子の最終書簡は、その直前の第七章に引用された直治の遺書——自己の変容を求めながら変容できずに自殺を選んだ青年の最後のエクリチュール——の、〝死〟の言葉とのコントラストによって、それが〝生〟の言葉であることを構造的に照らし出している。『斜陽』の作中人物のうちでかず子だけが望見できた明るい「斜陽」の世界がそこにあると言ってもよいが、かず子はこの書簡を書き送った時の心境を「水のやうな気持で」と表現している。これは前年夏の三通の書簡発信が「岬の突端から怒濤めがけて飛び下りる気持で」と表現されていたこととの対照において、半年を経たかず子の変貌の表示であると同時に、書簡執筆最中のかず子と擱筆発送後のかず子との間にも微妙な変化があったことをも示している。第八章における「道徳革命」という表現の発見を軸にした書簡部分の高揚したトーンと、章頭に付された短いコメント部分の沈んだトーンとの落差は、「最後の手紙」の言葉をかず子の到達点として絶対化させない機能を果たしているが、なお見落としてならないのは、夏の書簡と違って、(5)この最終書簡がかず子の手記自体の中に引用されているという設定になっている点である。つまり自分が書いた手紙を手記の中に再生させるというかず子の言語行為によって、八章における二つの言葉が往還関係を形成しており、そこに「昭和二十二年」時点でのかず子の生の実相があるという構造になっている点に、私は注目したいのである。そしてこの明暗二つの「斜陽」を含みこんだ〝生〟のベクトルの中に太宰がひそかに理想境を夢見ていたのだとしたら、「黄金色」の世界の美女が現実世界での妻に再生するという『竹青』の奇跡は、『斜陽』の作家にはついに訪れなかったのだと言えるかも知れない。

注

(1) 太宰は「陰影が一層の明るさをわき立《ママ》たせる」から真昼の太陽以上の「明るさ」を「斜陽」に見ていたとする大越俊夫氏の『斜陽』論があるが(『この人を見よ―太宰治私論「斜陽」篇』聖文舎、一九八二・一二)、私の見解はそれとは趣旨を異にしている。

(2) 「作中の話し手であるかず子の執筆時期」に注目した先行論文として、須田喜代次氏の「『斜陽』論―朝を迎えるかず子を中心に―」(『近代文学論』、一九七九・一一)がある。

(3) 聖書の「身と霊魂とをゲヘナにて滅ぼし得る者」とは唯一絶対神を指している。したがって「身と霊魂とを滅ぼし得る者、ああ、私は自分こそ、それだと言い張りたい」というのは、聖書の原意に従うかぎり乱暴きわまりない主張になるが、聖書の文語訳テキストのこの箇所が誤読を招きやすい表現になっているという赤司道雄氏の指摘がある(『太宰治―その心の遍歴と聖書』八木書店、一九八五)

(4) 「おそらくはこれが最後の手紙」というかず子のコメントは、書簡末尾に記された例の「生れた子」に関する「お願ひ」が上原の実行を期待したものではなく、それを書き送った段階ですでに目的が達せられていることを物語っているはずである。

(5) 夏の手紙三通が作品の第四章の全体を占めているが、この第一信の末尾で宛名が「上原二郎」であることが明記されている。にもかかわらず手紙から手記に戻った第五章は「私は、ことしの夏、或る男のひとに、三つの手紙を差し上げたが、ご返事は無かつた」という一文で始まっており、上原の名は秘匿されている。したがって、第四章部分がかず子の手記の外側に位置していることは明らかである。

写真・手記・あとがき——太宰治『人間失格』

言うまでもないことだが、『人間失格』の大庭葉蔵は息絶え絶えの状態で三冊のノートに赤裸々な半生の告白を書き綴っていたわけではない。葉蔵は自身を素材にした〈物語〉を精力的に制作していたのであり、その語り手としての葉蔵によって意図的に創り出されたプロットを本稿では〈葉蔵物語〉と呼んでおきたいのだが、小説『人間失格』は〈葉蔵物語〉のプロットと同値関係にあるのではなく、その物語性自体を作品が照らし出すという構造性を有している。例えば第三の手記に添えられた写真について、「はしがき」の「私」は「ひどく汚い部屋（部屋の壁が三箇所ほど崩れ落ちてゐるのが、その写真にハツキリ写つてゐる）の片隅で、小さい火鉢に両手をかざし、こんどは笑つてゐない。どんな表情も無い。謂はば、坐つて火鉢に両手をかざしながら、自然に死んでゐるやうな、まことにいまはしい、不吉なにほひのする写真であつた」というコメントを記している。これは一見すると、第三の手記の末尾に描かれた葉蔵の「『廃人』の素顔が露呈した」(1)イメージを映像によって鮮やかに裏付けているかのようにみえるが、しかしこの写真が手記に添えるためにわざわざ撮影されたものだった可能性が高いことを見落としてはならないだろう。なぜならこの写真の撮影場所が東北の温泉地の「壁は剝げ落ち」た茅屋の内部であることは間違いないが、葉蔵が隔離生活を送っていたのだとすれば、ここで彼がポートレートを撮られる外在的な事情があったとは考えにくい。したがってこの写真はたまたま葉蔵の手元にあったのではなく、初めからこの手記に添えることだけを目的として葉蔵自身の意志によって撮影されたものと考えるのが自然だからである。つまりこの写真は、人物の表情やポーズはもとより、壁の崩れを「ハツキリ写」し出した構図に至るまですべてが被写体である葉蔵自身によって決定され、演出された〈作品〉なのである。しかもこの茅屋の一室で、現像プリントされた写真群の中から、第三の手記に添えるのにもっともふさわしい一枚を厳選している葉蔵の姿さえ読者は想像することができるのであり、この写真が手記に添えられているという設定は、被写体の「無表情」が強調されることによって逆に、手記執筆者としての葉蔵の自己演出意識の強烈さを浮かびあがらせるものになっているはずである。

1

自己演出された葉蔵の手記の読み手として想定されているのは、もちろん「京橋のスタンド・

バアのマダム」である。第三の手記の末尾に出てくる「きのふ」という時間指示表現に着目して手記擱筆時点と投函時点との近さを論証した三谷憲正氏に、「この手記は京橋のマダムへの『手紙』でもある」という指摘があるが、(2)葉蔵が初めからマダムを読み手としてノートを綴っていたことは、葉蔵と深い関係を持った女性たちの中で、マダムについての記述だけが極端に少ないという差異からだけでも明白だと思われる。葉蔵の手記によれば、葉蔵は銀座のカフェの女給・ツネ子とは二回しか会っておらず、雑誌記者・シゲ子との「同棲」期間は一年強、煙草屋の少女・ヨシ子との結婚（「内縁」関係）期間は、脳病院収容時点までで約一年半という計算になる。一方彼が京橋のマダムの「男めかけの形」になっていた期間もほぼ一年半であるが、シゲ子のもとを去った葉蔵がその足でいきなりマダムのところに転がり込んだとき、「『わかれて来た。』／それだけ言つて、それで充分」だったということは、当然それ以前から二人が相当親しい関係にあったことを示しており、時間的に言ってもマダムとの関係が一番長かったと思われる。にもかかわらず「テツ」という老女中まで含めて、一緒に暮らしたことのある女性の名前と年齢をいちいち明らかにしている葉蔵が、(3)マダムについてだけは名前も年齢も示さないだけでなく、いつどのようにに知り合ったのかについての経緯も、同棲生活の具体的記述も、同棲相手としてのこの女性に対する印象や批評のコメントも記していない。この極端な省筆によってマダムが明らかに他の女性たちとは区別され、葉蔵の女性遍歴の物語の圏外に置かれている感が強いのは、マダムそのひとがこのエクリチュールの読み手として最初から選ばれていたからだと考えれば納得がいく。

その葉蔵の手記の中に、マダムが直接話法的な場面性を伴って登場する場面が一箇所だけある。催眠薬自殺を図って昏睡状態に陥っていた葉蔵が覚醒したシーンである。

「うん、何？　気がついた？」

マダムは笑ひ顔を自分の顔の上にかぶせるやうにして言ひました。

自分は、ぽろぽろ涙を流し、

「ヨシ子とわかれさせて。」

自分でも思ひがけなかつた言葉が出ました。

マダムは身を起し、幽かな溜息をもらしました。

それから自分は、これもまた実に思ひがけない滑稽とも阿呆らしいとも、形容に苦しむほどの失言をしました。

「僕は、女のゐないところに行くんだ。」

うわつはつは、とまづ、ヒラメが大声を挙げて笑ひ、マダムもクスクス笑ひ出し、自分も涙を流しながら赤面の態になり、苦笑しました。

マダムについて唯一この箇所だけを場面化させた葉蔵は、このときのマダムの「笑ひ顔」の優しさを強調しつつ、さらにその際の自分の「失言」がマダムに「溜息」をつかせ「クスクス笑ひ」をさせてしまったことをひどく気にしており、あのとき自分は何故あんな失言をしたのか、その釈明のためにこの手記を執筆しているというメッセージをマダムに送っているのだとも考えることができるが、マダムが手記の読み手として選ばれていることとの関連でもう一つ注目しておきたいのは、サナトリアムだと偽って葉蔵を脳病院に収容するために連携を組んだメンバーが堀木、ヒラメ、ヨシ子の三人であり、マダムは「葉蔵を脳病院に送る手だすけをした共犯者的立場にもたっていない(4)」という点である。葉蔵が覚醒したときヒラメとともに枕元にマダムが坐っていた。それは、夫の自殺未遂という混乱の中でヨシ子がマダムを頼りにしていたことを示しているはずであり（ヨシ子はいち早くマダムに連絡していたのである）、モルヒネ中毒の葉蔵を詐術を用いて脳病院に収容してしまうという計画がマダムにまったく知らされていなかったとは考えがたい。したがって「マダムがこの場面に登場しておれば、果して葉蔵を脳病院にいれることに賛成したかどうか。マダムの意思については不明である(5)」というよりも、マダムはこの計画を知らされた上でそれに加わることを拒んでいた可能性が強いと考えるべきであろう。少なくとも連携チームにマダムが加わっていなかったという事実を通して、自分の脳病院収容計画に反対するマダムの姿を葉蔵が思い描いていたことは確かであり、自分を騙す計画に意志的に加わらなかったただ一人の存在としての聖性――マダムは葉蔵の自殺未遂の枕元には姿を見せ、脳病院収容行動には姿を見せなかった唯一の人物である。反対に自殺未遂の枕元には不在で、入院時に積極的な役割を果したのが堀木であり、覚醒時のマダムの「笑ひ顔」と脳病院収容時の堀木の「優しい微笑」とがコントラストを形成していることは明らかである――が、手記の受信者として葉蔵がマダムを選定するにあたっての大きなファクターになっていたのではないかと思う。

葉蔵の手記がもともとマダムにあてて書かれたものだとすれば、受信者として選ばれたマダムの反応が問題になるが、小説の読者がそれを知ることができるのは「あとがき」の部分だけである。従来「あとがき」におけるマダムの言説は、末尾の「私たちの知つてゐる葉ちやんは、とても素直で、よく気がきいて、あれでお酒さへ飲まなければ、いいえ、飲んでも、……神様みたいないい子でした」という部分だけが前景化され過ぎてきたきらいがあるが、葉蔵の手記に関するマダムの最初のコメントが、手記を読んで「泣きましたか」という「私」の質問に答えて発話された、「いいえ、泣くといふより、……だめね、人間も、ああなつては、もう駄目ね」というものであったことを軽視すべきではないだろう。「ああなつては」の「ああ」が「私たちの知つてゐる葉ちやん」と対比関係になっていることは言うまでもないが、この「ああ」とは何を指しているのか、つまりマダムは何が「駄目」だと言っているのだろうか。常識的には〈葉蔵物語〉のカタストロフィー部分、つまり脳病院収容に至る堕落を指しているように見えるが、それだとマダムは「酒」時代＝「いい子」／「モルヒネ」時代＝「駄目」というあまりにも平凡で単純な二項対立図式を踏まえていたことになる。「私たちの知つてゐる葉ちやん」はマダムの知らない土地で自己の〈物語〉化に腐心している葉蔵に対置されているのであり、「ああなつては、もう駄目ね」というマダムの批判は〈葉蔵物語〉の編み手としての葉蔵に対して向けられていた可能性を考えてみるべきではないかと私は思う(6)。

2

幼少年時代を対象にした「第一の手記」における〈葉蔵物語〉のプロットは、「人間」に対する強い「恐怖」の念を抱いた子供が「人間に対する最後の求愛」として、「おもてでは、絶えず笑顔をつくりながらも、内心は必死の、それこそ千番に一番の兼ね合ひとでもいふべき危機一髪の、油汗流してのサーヴィス」としての「道化」を案出し、「自分ひとりの懊悩は胸の中の小箱に秘め、その憂鬱、ナアヴアスネスを、ひたかくしに隠して、ひたすら無邪気の楽天性を装ひ、自分はお道化たお変人として、次第に完成されて行」き、小学校に入って「尊敬されかけ」るという「恐怖」を味わったものの、懸命にみんなを「笑はせる」ことに努めた結果、「自分は所謂お茶目に見られる事に成功しました」……という自己評価の言説を軸にして組み立てられている。そしておびただしいコメントの合間合間に「道化」のエピソードが挿入されているのだが、これらのエピソードの叙述には、場面としての現前性が欠如しているという特徴がある。そのために読者はそれらに対して、「道化」成功例として位置付ける葉蔵自身の評価を越えて直接向かい合う自由を封じられているわけであるが、第一の手記のエピソード群の中で例外的に場面性を与えられたものとして「シシマヒ」事件がある。(7) 父親から東京土産に何がほしいかと尋ねられて「お道化た返事」ができずに「自分は父を怒らせた」という恐怖から、その夜父の部屋に忍び込んで手帳にこっそり「シシマヒ」と書き込んで父の機嫌を直すのに「大成功」したというこの出来事を、語り手の葉蔵は「道化役者」の失地回復の事例として意味付けているのだが、直接話法で記された父親の台詞は、「これは、葉蔵のいたづらですよ。あいつは、私が聞いた時には、にやにやして黙つてゐたが、あとで、どうしてもお獅子が欲しくてたまらなくなつたんだね。何せ、どうも、あれは、変つた坊主ですからね。知らん振りして、ちやんと書いてゐる。そんなに欲しかつたのなら、さう言へばよいのに。私は、おもちや屋の店先で笑ひましたよ」となっている。葉蔵の「いたづら」が父を「笑」わせ、上機嫌にさせたのは確かだとしても、はたしてこれを「道化」の具体例として認定することができるだろうか。語り手によるコメント群の囲繞から父親の言説を独立させてみると、父の笑いは「道化」に対するそれとは異質のものであるという感が強く、「変つた坊主」という父親の批評を、「お道化けたお変人」という葉蔵の自己規定と簡単に同一視ることはできない。〈葉蔵物語〉のプロットにおいては「道化」の具体例として位置付けられている「シシマヒ」事件が、逆にその叙述の直接性によって父親が本当に葉蔵を「剽軽」な子どもと見ていたかどうかに対する疑問を喚起するものになっているのである。

このように引用として復元された父親の言説は、自分の少年時代を「道化の上手」として括っていく〈葉蔵物語〉のプロットとの間にズレを生み出しているが、しかしそれが『人間失格』の〈作者〉にとってはけっして誤算でなかったことは、第一葉の写真をめぐる葉蔵自身のコメントと「はしがき」の「私」のコメントとの対照性によっても裏付けられる。「はしがき」における

「私」の写真評と手記との対応関係の読み方については諸説があるが、私は第一の手記の中の「その頃の、家族たちと一緒にうつした写真などを見ると、他の者たちは皆まじめな顔をしてゐるのに、自分ひとり、必ず奇妙に顔をゆがめて笑つてゐるのです。これもまた、自分の幼く悲しい道化の一種でした」という葉蔵のコメントに注目したいと思う。おそらく葉蔵はこのコメントの客観性を映像によって補強するために、古い家族写真の中から「幼く悲しい道化」の「笑」いにふさわしい一枚を選び出したものと思われるが、その写真について「はしがき」の「私」は、

> （略）いささかでも、美醜に就いての訓練を経て来たひとなら、ひと目見てすぐ、
> 「なんて、いやな子供だ。」
> と頗る不快さうに呟き、毛虫でも払ひのける時のやうな手つきで、その写真をはふり投げるかも知れない。
> まつたく、その子供の笑顔は、よく見れば見るほど、何とも知れず、イヤな薄気味悪いものが感ぜられて来る。どだい、それは、笑顔ではない。この子は、少しも笑つてはゐないのだ。

というコメントを記しているのである。もちろんこちらのほうも「私」という虚構の語り手の主観に過ぎず、村瀬学氏が言うように「たまたまある一人の人物の手による写真解釈(8)」の域を出ないことも確かであるが、本人が「笑つてゐる」代表的な一枚として選び取られた写真に対して「私」が「少しも笑つてはゐない」という印象を書き記しているという対立が、「道化の上手にな

つてゐました」という〈葉蔵物語〉の物語性を相対化する機能を果たしていることは確かだと思う。写真まで添えて葉蔵が立証しようとしている道化能力の熟達を、〈作者〉は無条件には認めていないのである。

3

第一の手記で、「道化の上手」という〈物語〉を編んだ葉蔵は、第二の手記の初めと終わりに「自分の生涯における演技の大失敗の記録」を一つずつ配置するという手法を用いている。〈葉蔵物語〉のプロットにおいてはこの二つの出来事に対して、「道化の上手」である葉蔵がそれを見破られた希有の事例という位置付けが与えられているが、このプロット形成そのものの中に語り手葉蔵の強い作為を見出すことができる。第二の手記の冒頭に置かれた事件は〈出来事〉としては中学時代の体操の時間、鉄棒の練習中に葉蔵が「計画的な失敗」を演じてみせて「皆の大笑ひ」をかちえた時、竹一という少年が寄ってきて「ワザ。ワザ」と囁いた、というだけの内容である。葉蔵は中学入学後「れいのお道化に依つて、日一日とクラスの人気を得て」おり、「いつもクラスの者たちを笑はせ」ていたということになっている。〝笑われる〟少年と〝笑わせる〟少年とは同じではない。前者が演技性のない滑稽さによって周囲に笑いを巻き起こすのに対して、後者はまさしく「ワザ」と面白いパフォーマンスによって積極的に笑いの種を提供してくれる存在としてみんなに期待されている存在である。そして葉蔵の自己規定が明らかに後者に属する以上、この日の葉蔵の尻餅が「計画的な失敗」であることは周囲のみんなが承知していたと考えなければ辻褄が合わない。したがってこの日に葉蔵が「ワザと失敗したといふ事」を「見破」ったのは竹一だけではなかった、というより「ワザと」であることを当然の前提とした上でクラスみんなが笑っていたはずなのであり、それを〝わざわざ〟口に出した竹一がひとり〝野暮〟だったというだけの話に過ぎない。「ワザと失敗したといふ事」を見破られたことと、「人間恐怖」におののく自分の内面の「正体」を見抜かれたこととは明らかに次元が異なるにもかかわらず、語り手はこの出来事の叙述を、「もはや、自分の正体を完全に隠蔽し得たのではあるまいか、とほっとしかけた矢先に、自分は実に意外にも背後から突き刺されました」というコメントと、「自分は震撼しました。ワザと失敗したといふ事を、人もあらうに、竹一に見破られるとは全く思ひも掛けない事でした。自分は、世界が一瞬にして地獄の業火に包まれて燃え上がるのを眼前に見るやうな心地がして、わあっ！ と叫んで発狂しさうな気配を必死の力で抑へました。／それからの日々の、自分の不安と恐怖」というコメントとで前後をはさんだ上に、竹一少年に「白痴に似た」という形容を与えて〈異人〉としての彩色を施し、神話的記号性を帯びさせることによって、「正体」看破の〈大事件〉として強引な意味付与を行っている。(9)

そしてこの事件の後、葉蔵は竹一に対して、「自分のお道化は、所謂『ワザ』では無くて、ほんものであつたといふやうに思ひ込ませるようにあらゆる努力を払」ったという。体操の時間のパフォーマンスが「ワザとの失敗」であったということと、「道化」自体が「ワザ」であることとを故意に混同することによって竹一少年を恐るべき洞察者に仕立てていく語りの詐術がここにも見られるが、しかも竹一に葉蔵の「道化」が「ほんもの」だと思い込ませるためにおこなった「努力」の内容として語られているのは、自分の「無邪気な楽天性」を証明する努力ではなく、「顔に偽クリスチヤンのやうな『優しい』媚笑を湛へ、首を三十度くらゐ左に曲げて彼の小さい肩を軽く抱き、そうして猫撫声に似た甘つたるい声で」誘い、「女の言葉みたいな言葉を遣つて『優しく』謝」って親切そうに耳掃除をしてやるといった、およそ「道化」とは異質の種類の「偽善の悪計」なのである。「道化」が「ほんもの」だったと信じこませるために「偽善」を行うというのはまことに奇妙な構図であるが、これによって、もともと他人を「笑はせる」必死のサーヴィスとして定義づけられていたはずの「道化」という用語の外延がなしくずし的に、下心を持って外面を装う「演技」一般にまでおし広げられていっている点を見落としてはなるまい。このなしくずしが、第二の手記の末尾に置かれたもうひとつの〈大事件〉である「贋の咳」事件の意味付けの伏線を作り出しているからである。

周知の通り、この「贋の咳」事件は自殺幇助罪で身柄送検された葉蔵が、陳述中に「れいの咳が出て来て、自分は袂からハンケチを出し、ふとその血を見て、この咳もまた何かの役に立つかも知れぬとあさましい駈引きの心を起し、ゴホン、ゴホンと二つばかり、おまけの贋の咳を大袈裟に付け加へて、ハンケチで口を覆つたまま検事の顔をちらと見た」時、「ものしづかな微笑」

を浮かべた美貌の検事から「ほんたうかい？」と尋ねられた、という出来事である。この場面を回想する語り手葉蔵は、「冷汗三斗、いいえ、いま思ひ出しても、きりきり舞ひをしたくなります。中学時代にあの馬鹿の竹一から、ワザ、ワザと言はれて背中を突かれ、地獄に蹴落された、その時の思ひ以上と言つても、決して過言では無い気持です。あれと、これと、二つ、自分の生涯に於ける演技の大失敗の記録です」というコメントによって、「ワザ。ワザ」事件との同質性を強調するプロットを作り出している。たしかに葉蔵は「演技の大失敗の記録」（傍点引用者、以下同じ）と書いているのであって、「道化の大失敗の記録」という表現はしていない。それは検事を前にした「あさましい駈引」としての咳の演技が、他人を笑わせるサーヴィスという、自身による「道化」の定義にあてはまらないことを語り手が承知していた証左であろう。にもかかわらず、「贋の咳」事件は小説読者によって、しばしば「ワザ。ワザ」事件と並ぶ「道化」の失敗の二大記録というふうに読み替えられてきた。葉蔵の「道化」を「他者サーヴィスとしての『道化』」と「『駆引き』や『計略』を含んだ打算的演技としての『道化』」の二種類に分別する関口安義氏[10]の見解も、「贋の咳」演技を「道化」の一種と見なす枠組みにとらわれていると思われるが、読者は〈葉蔵物語〉と『人間失格』とを峻別しておく必要があると私は思う。〈葉蔵物語〉は、まさしく読み手をそういう方向に誘導するための仕掛けが駆使されており、「ワザ。ワザ」事件に対して、道化の「正体」を見破られた大事件という誇大な意味付与をおこなうとともに、その叙述の展開の中で「油汗流してのサーヴィス」という本来の定義とは異質な「偽善の悪計」

をもなしくずし的に「道化」の範疇に忍び込ませてきた文脈の線上に、「ワザ。ワザ」事件と「贋の咳」事件とを並べて「演技の大失敗の記録」として括っていく〈葉蔵物語〉の語りが、「ワザ」と「贋」とが同じのものとして読まれるコノテーション効果を狙っていることは明らかであるが、しかし小説『人間失格』は、そうした語り手の作為そのものを作品の構造の中に組み込んでいるのである。

4

「ワザ。ワザ」事件と「贋の咳」事件という二枚のパンに挟まれた第二の手記のサンドウィッチの中身の中心は、「年上の有夫の婦人」ツネ子との「情死事件」である。前述のとおりこの手記の執筆動機が催眠薬自殺未遂から覚醒したときにマダムに向かって「女のゐないところへ行くんだ」と口走ったその理由の弁明にあったとすれば、このツネ子との事件が大きな出来事として詳述されなければならなかったことは当然であるが、この事件の叙述に入る前に葉蔵は、「お前は女に惚れられるよ」という竹一の「お世辞」に「悪魔の予言」としての意味付与をおこなうことによって、「女に惚れられる」宿命を背負った男の物語というプロットを用意している。娼婦たちとの「修行」を通して「自分には、あの『女達者』といふ匂ひがつきまとひ、女性は、(淫売婦に限らず)本能に依つてそれを嗅ぎ当て寄り添つて来る、そのやうな、卑猥で不名誉な雰囲気」が身についたという自己規定は、第一の手記の末尾に記された「自分の孤独の匂ひが、多くの女性に本能的に依つて嗅ぎ当てられ」たというコメントと呼応しあうことによって、〃女性たちの「本能」によって「惚れられる」葉蔵〃という徹底的に受動的な関係の宿命として構図が強調されているのであるが、この操作は、「情死事件」の核心とのかかわりにおいて〈葉蔵物語〉にはどうしても必要だったのである。

男女が「情死」をはかって女だけが死に、男が生き残った……。このケースではどちらの側が「情死」の話を持ちかけたのかが大きな問題になるはずである。この点について〈葉蔵物語〉では「女の口から『死』という言葉がはじめて出」て、葉蔵がその「提案」に「同意」するというかたちで「情死」の話がまとまり、「その時にはまだ、実感として『死なう』という覚悟は、出来てゐなかつた」が、がま口の中に銅銭三枚しかないのを見つけたツネ子から「あら、たつたそれだけ」と言われた時に「とても生きてをられない屈辱」を感じて「みづからすすんで死なうと、実感として決意」したという、一貫してツネ子主導のプロットになっている。このプロットが成立するためには、まず葉蔵がツネ子から「惚れられる」関係にあったということが前提になっていなければならない。そのために語り手葉蔵はツネ子との出来事を「その頃、自分に特別の好意を寄せてゐる女が、三人ゐました」という叙述から書き始め、この「三人」の「女」の中にツネ子を組み入れるという文脈を設定している。あとの二人は葉蔵の下宿先の娘と、左翼非合法運動の「同志」の女子学生であり、この二人のエピソードが紹介されたあとにツネ子が登場してくるという手記の構成になっているが、「三人」の「女」という枠組みをはずしてツネ子に関する叙述だけに注目してみると、ツネ子が葉蔵に「特別の好意を寄せて」いたというリアリティは意外なほど希薄である。「銀座の或る大カフヱの女給」であるツネ子と葉蔵が会ったのは二度だけであるが、いずれも葉蔵が客としてカフェを訪ねている。一度目は「十円しか無いんだからね、そのつもりで」、「心配要りません」という会話によって葉蔵が「そのひとの傍にいる事に心配が要らないような気がし」て、その晩ツネ子の下宿に泊まった時にも「そのひとに寄り添ふと、こちらのからだもその気流に包まれ、自分の持つてゐる多少トゲトゲした陰鬱の気流と程よく溶け合ひ、『水底の岩に落ち附く枯葉』のやうに、わが身は、恐怖からも不安からも、離れる事が出来て「幸福な」、「解放された」一夜を過ごす。それから一か月後、堀木と一緒にカフェを訪れて堀木がツネ子を「貧乏くさい女」と呼んだときに「ツネ子がいとしく、生れてこの時はじめて、われから積極的に、微弱ながら恋の心の動くのを自覚し」て前後不覚になるほど酒に酔い、目が覚めたら再びツネ子の下宿にいた……。手記に書かれたこの経緯から葉蔵に「特別な好意」を抱いていた女性としてのツネ子の具体的なイメージを造形できるだろうか。むしろ関係の主導権が葉蔵の側にあった可能性の方が浮かび上がってくるが、さらに注目すべきはこの二度目の宿泊のときにツネ子が情死の「提案」をしたという、肝心の箇所の叙述が場面としての現前性を欠落させている点である。

眼が覚めたら、枕もとにツネ子が坐つてゐました。本所の大工さんの二階の部屋に寝てゐたのでした。

「金の切れめが縁の切れめ、なんておつしやつて、冗談かと思ふてゐたら、本気か。来てくれないのだもの。ややこしい切れめやな。うちが、かせいであげても、だめか。」

「だめ。」

それから、女も休んで、夜明けがた、女の口から「死」という言葉がはじめて出て、女も人間としての営みに疲れ切つてゐたやうでしたし、また自分も、世の中への恐怖、わずらはしさ、金、れいの運動、女、学業、考へると、とてもこらへて生きて行けさうもなく、そのひとの提案に気軽に同意しました。


ここには、ツネ子が葉蔵に情死を「提案」した理由が何一つ語られていない。直接話法で再現された限りでのツネ子の言葉のヴェクトルはむしろ生の方向を示しているし、「人間としての営みに疲れ切つてゐたやうでしたし」という表現も、このときのツネ子の発話内容の要約ではなく葉蔵の推察であり、手記の読み手にも小説の読者にも、死を「提案」したとされる、そのツネ子の声を聞きとることが不可能な叙述になっている。一方葉蔵の側にはすでに左翼非合法運動から「逃げ」た時に、「さすがに、いい気持はせず、死ぬ事にしました」という叙述があったことが想起されねばならないだろうし、また「『死』といふ言葉」がツネ子の口から「出」たとしても、情死が「提案」されたこととは決して同じではないということも確認しておく必要があると思われるが、さらに注目じたいのは、この叙述過程で呼称が「ツネ子」から「女」に変換されているという事実である。それまで「ツネ子」と呼ばれていた女性が、「金の切れめが……」という直接話法の直後から急に「女」という呼び方に変わり、「死にました」の主語として「女のひと」が使われたあと、「死んだツネ子が恋しく、めそめそ泣いてばかりゐました」というかたちでもう一度「ツネ子」が復活してくる……という呼称使用の変遷になっており、情死の相談から決行までという最もなまなましい部分だけ「女」という呼称が採用されているのは、語り手による意識的な選択であったことはまちがいない。この点について「死を決意した段階ですでに死んでいる」からその「物体視」の語感が「女」という呼称に表れているとする国松昭氏の解釈があるが、[11] 私は「ツネ子」という固有名詞を消して「女」という普通名詞に変えることによって、葉蔵の「孤独の匂ひ」を「本能的に嗅当て」くる存在という〈葉蔵物語〉の「女」一般についての規定の中にツネ子の個別性を溶解させてしまおうとする語り手葉蔵の意図を読み取りたいと思う。ツネ子が〈葉蔵物語〉における「女」のプロットを作り出しているのではなくその逆――つまり〈物語〉中にあらかじめ設定された「女」のプロットに依存しない限り、ツネ子が「提案」して葉蔵が「同意」するというラインでの事件の叙述は不可能だったのではないかと私は考えているのである。

このように、ツネ子の側が情死を「提案」して葉蔵がそれに「同意」したとする〈葉蔵物語〉の叙述は、〈出来事《ストーリイ》〉と〈物語《プロット》〉との間の落差を想像させずには置かないという気が私はするのだが、事件後自殺幇助罪容疑で検事局へ護送されるシーンの叙述の中に、「自分には少しの不安も無く、その警察の保護室も、老巡査もなつかしく、嗚呼、自分はどうしてかうなんでせう、罪人として縛られると、かへつてほつとして、さうしてゆつたり落ちついて、その時の追憶を、いま、書くに当たつても、本当にのびのびした楽しい気持になるのです」という手記執筆時点での「いま」の心情が挿入されている。葉蔵の語りの中に手記執筆時点での「いま（今）」が明示されている事例はほかにもあるが、それらは「姓はいま記憶してはゐませんが、名は竹一といつたかと覚えてゐます」、「堀木の場合、それ以外の理由は、自分には今もつて考へられませんのですが」といったように「いま」の認識や記憶として出てくるのであり、手記を「書く」行為自体に直接関わる「いま」の心情が明示されている例はほかにない。「罪人として縛られ」た追憶を「書く」行為によって語り手が「のびのびした楽しい気持になる」という心情の吐露は、それまでの情死事件を「女」のプロットに依拠しながら、〈物語〉として編んでいく作業が、語り手にとって罪の意識をあらためて喚起される苦しい行為だったことを対比的に浮かび上がらせている。女の側が「情死」を「提案」し、自分が「同意」したというのが〈出来事〉のレヴェルでの真実であれば、男だけが生き残ったことは「恥」ではあっても「罪」ではない。第一の手記の冒頭に明記されている「恥の多い生涯を送つてきました」という半生を概括するコメントは、ツネ子の「提案」＝葉蔵の「同意」というプロットと対応しているはずであるが、情死事件の叙述過程における〈出来事〉と〈物語〉との落差の自覚が、かえって「罪」の意識を強化してしまったというパラドックスを私は想定しているのだが、だとすれば〈物語〉の要請によって「ワザ。ワザ」

事件と並行する事件としての意味付与とともに前景化された美貌の検事の「ほんたうかい」という眼差しが、〈物語〉の語り手としての葉蔵自身を圧迫するというもうひとつのパラドックスの存在を見ることもできるはずである。[12] そしてそれまで「恥の多い生涯」という枠組みによって〈葉蔵物語〉を編んできた葉蔵は、第二の手記の末尾において、「罪」の問題を〈物語〉中でいかに処理していくかという問題に直面せざるを得ず、そこで第三の手記の中で採用されたのが、「恥」と「罪」とを故意に混同させるという戦略であった。これまでの『人間失格』論の中で「恥」と「罪」の関係がアポリアになってきた原因もここに由来しているのではないかと私は思う。

5

第三の手記におけるアント遊びの場面で葉蔵が「罪」のアントにこだわっていることは多くの論者によって注目されてきているが、見落としてならないのは「恥のアントは?」という葉蔵の問いに堀木が「恥知らずさ」と答えたあたりからこの遊びが「陰惨な気分」になってきたというにもかかわらず、葉蔵がそれ以上「恥」のアントを追及することなくいきなり「罪」のアントの質問に移っていることと、「罪」のアントにあれだけこだわっている葉蔵がその候補として「恥」を思い浮かべる発想が見られないという設定になっていることである。ここには「恥」と「罪」との関係の考察を回避しようとする姿勢が見られるが、この両者の関係を曖昧にしておかない限り、〈葉蔵物語〉の枠組みがこわれてしまうことを語り手の葉蔵は知っていたはずである。それはヨシ子との新婚家庭を堀木が初めて訪ねてきた場面における「たちまち過去の恥と罪の記憶が、ありありと眼前に展開せられ、わあつと叫びたいほどの恐怖で、坐つてをられなくな」ったというかたちで「恥」との並列の関係で「罪」という言葉が登場させられていることや、脳病院に入院させられる直前に自殺決意をする場面でも「死にたい、もう取り返しがつかないんだ、どんなことをしても、何をしても、駄目になるだけなんだ、恥の上塗りをするだけなんだ（略）、ただけがらはしい罪にあさましい罪が重なり、苦悩が増大して強烈になるだけなんだ、死にたい、死なななければならぬ。生きているのが罪の種なんだ」というように、やはり「恥」と「罪」が並列的に使用されていることからも明らかである。そしてようやく「罪」という言葉が単独で使われ、その内容規定が初めて示されるのは、手記の終わりに近い、脳病院収容後の場面における「神に問ふ。無抵抗は罪なりや」という問いかけの中においてであるが、この反問的な叫びと、例のアント遊びの夜に起こったヨシ子の事件にもとづく「無垢の信頼（心）は罪なりや」という神への問いかけのリフレインとが重ね合わされているところに、第三の手記における語り手の苦心の仕掛けがある。

ヨシ子がレイプされたのかどうかについての叙述の曖昧さはすでに指摘されているところであるが、それは〈葉蔵物語〉の関心が、事件の真相そのものではなくもっぱらその意味付けに置かれているところからも来ていると思われる。語り手葉蔵はこの事件がヨシ子の「無垢の信頼心」

ゆえの悲劇であることを強調する。しかし新妻ヨシ子を徹底的な「無垢の信頼心の持ち主」、「信頼の天才」として規定する〈物語〉のプロットは、ヨシ子自身の声を排除することによって成立していると言っていい。結婚後のヨシ子の像は「じつさい、ヨシ子は、信頼の天才と言ひたいくらゐ、京橋のバアのマダムとの間はもとより、自分が鎌倉で起こした事件を知らせてやつても、ツネ子との間を疑わず、それは自分が嘘がうまいからといふわけでは無く、時には、あからさまな言い方をする事さへあつたのに、ヨシ子には、それがみな冗談としか聞きとれぬ様子でした」といった、場面としての具体性を欠いた語り手の一方的なコメントの言説の中に封じ込められている。葉蔵の叙述の中から読み手が結婚後のヨシ子の声をかろうじて聞き取ることができるのは、例の事件のあとでそら豆をもってきて「なんにもしないからつて言つて……」と釈明しかける場面と、モルヒネ注射をする葉蔵に向かってそれを止めるのではなく「痛くないんですか」と尋ねる場面の二箇所だけであるが、前者の場合は葉蔵の「いい。何も言ふな。お前は、ひとを疑ふ事を知らなかつたんだ」という言葉によって釈明の続行が抑止されているし、後者はモルヒネを強精剤だと信じて疑わない「神の如き無知」という規定の中に組み込まれている。一方結婚前のヨシ子の像については、葉蔵の禁酒をめぐる会話において鮮明な場面性が与えられているが、その中に「馬鹿野郎。キスしてやるぞ」、「してよ」というやりとりが混入されている点を看過してはなるまい。いったん禁酒を約束した以上、葉蔵が飲酒をしているはずがないと信じて疑わないことは「無垢の信頼心」の表れとして理解できるとしても、キスを拒まないことと信頼心とは別個の事柄のはずである。そしてこの「キス」の受容を、葉蔵という個別の男に対する愛情表現ではなく、もっぱら「処女性の美しさ」の表れとしてのみ規定することは、〃「女に惚れられる」男の話〃というそれまでの〈葉蔵物語〉の枠組みから逸脱することになるはずであるにもかかわらず、語り手葉蔵が禁酒についての挿話とキスの一件を「無垢の信頼心」という一色に塗り込めた狙いは、事件後の「こいつは警戒を知らぬ女だつたから、あの商人といちどだけでは無かつたのではなからうか、また、堀木は？　いや、或いは自分の知らない人とも？」という「疑惑」に根拠を与えつつ、「無垢の信頼心」と「無抵抗」、「ひとを疑ふ事を知らな」いことと「他人を拒否しない」こととを同類項で括る論理を、〈物語〉内に作り出すところにあったと思われる。

「自分のやうな、いやらしくおどおどして、ひとの顔色ばかり伺ひ、人を信じる能力が、ひび割れてしまつてゐるものにとつて、ヨシ子の無垢の信頼心は、それこそ青葉の滝のやうにすがすがしく思はれてゐたのです」とあるように、本来、「無垢の信頼心」は葉蔵にはまったく欠落しているヨシ子独特の「美質」であり、だからこそ葉蔵はヨシ子の「ヴアジニテイ」に魅かれたはずであった。一方葉蔵自身についてはその「無抵抗」性が、「人から与へられるものを、どんなに自分の好みに合はなくても、それを拒む事は出来ませんでした」、「口応へ一つ出来ないたちの自分」といったかたちで、負の「性癖」としてくりかえし語られてきており、それが「自分はいつたい俗にいふ『わがままもの』なのか、またはその反対に、気が弱すぎるのか、自分でもわからないけれども、とにかく罪悪のかたまりらしいので、どこまでも自らどんどん不幸になるばかりで、防ぎ止める具体策など無いのです」という表現を経て、「自分の不幸は、拒否の能力の無い者の不幸でした。すすめられて拒否すると、相手の心にも自分の心にも、永遠に修繕し得ない白々しいひび割れが出来るやうな恐怖におびやかされてゐるのでした」という命題を形づくっていた。したがってヨシ子の「無垢の信頼心」の中に「他人を拒否しない」というファクターをしのびこませてしまえば、「ひとを疑ふ事を知らな」いヨシ子と「人を信じる能力が、ひび割れてしまつてゐる」葉蔵という本来対極的なはずの二人が「拒否の能力の無さ」という一点を媒介にして共通項を有することになり、「無垢の信頼心は罪なりや」というヨシ子の命題と「無抵抗は罪なりや」という葉蔵の命題とが重なり合うというプロットが生み出されてくる。つまりヨシ子の「無垢の信頼心」が「罪」でなければ葉蔵の「無抵抗」も「罪」ではない、そして葉蔵の「無抵抗」が「罪」でなければ葉蔵は罪なき不幸を生きてきたことになる……という文脈を作り出すために、ヨシ子の「無垢の信頼心」が利用されているのである。[13]「無垢の信頼心は罪なりや」というリフレインは、一見ヨシ子弁護のための抗議のかたちをとりつつ、実際には「信頼心」を持てない葉蔵自身の「無抵抗」に対する逆説的な「無罪」証明の根拠として〈物語〉の中に組み入れられていると見るべきであり、事件後のヨシ子のいたいたしい変貌についても、「青葉の滝」から「黄色い汚水」への変化という、葉蔵にとっての価値の喪失という点にしか語り手の関心は注がれておらず、ヨシ子がひそかに自殺用の催眠薬を購入して台所に隠していたという叙述も、ヨシ子自身の内面に向かって想像力が作動していくのではなく、ヨシ子の無知が葉蔵の自殺手段を提供したというプロットの線の中に吸収されていく叙述になっている。〈出来事〉の場で小男の商人の犠牲になったヨシ子を、〈物語〉の場でもう一度犠牲に供することによって、〈葉蔵物語〉が完成させられていると言っても過言ではないと私は思う。そしてこの語り手が一方的にプロットを支配していくという手記の叙述形態は、マダムに郵送する際に差出人の住所氏名が表示されていないことと対応しているはずであり、返信の到来によって自分の言説が批評され相対化される可能性をあらかじめ断ち切っておくことによって、葉蔵の〈物語〉は完成させられているのである。

一方この手記を「何か、小説の材料になるかも知れませんわ」というマダムの言葉とともに手渡された「私」は、「朝まで一睡もせず」に「読みふけつた」あとで「下手に私の筆を加えるよりは、このまま、どこかの雑誌社にたのんで発表してもらつたはうが、なほ、有意義な事のやうに思はれた」と「あとがき」で書いている。葉蔵の手記にはない「はしがき」「あとがき」を付すことと「このまま」発表することとは矛盾するはずであるが、しかし手記を「材料」にしてあらたな〈物語〉を創出することの拒否を「私」が言明していることの意味は小さくないと思う。そこに葉蔵の手記の叙述方法に対する「私の」批評の意図を読みとることができるからであり、マダムの言葉を直接話法で再現しながらそれに対する「私」の解釈や意味付けの言説を記さない「あとがき」の話法もこの意図と密接に結び付いていると思われる。(「身内の者の縁談」や「子供たちへの土産」といった市井性の表現は、〈小説家〉=言葉の芸術家としての「私」の凡庸さの証拠にはならないはずであるし、マダムとの会話の中で発話された「僕がこのひとの友人だつたら、やつぱり脳病院に連れて行きたくなつたかも知れない」という言説も、もちろん地の文における「朝まで、一睡もせずに読みふけつた」という一節との関係性の中で読まれる必要がある。）また「はしがき」は「私」のコメントだけで埋められているが、それは雑誌への「発表」の不可能な「写真」に対する感想に限定されており、葉蔵が手記に写真を添えていたことを前景化する一方で、三葉の写真の印象を一本の線につなぎあわせてあらたな〈物語〉が生成されることを避けた叙述にもなっている。「はしがき」「あとがき」は〈物語〉の抑制という点において、葉蔵の手記における〈物語〉の放恣とは対照的なエクリチュールになっているのである。

このように葉蔵に存分に〈物語〉を語らせ、読者の感情移入を導きながら、同時にその〈物語〉性を顕在化させていく『人間失格』の方法は、例えば語り手の言説の真実性を絶対的な前提として作品世界を一元的に支配していこうとする志賀直哉の方法とは原理的に対立するものであり、『人間失格』と併行して激越な志賀批判を基調とするエッセイ『如是我聞』が執筆されたモチーフを、この面からも探ってみることができるのではないかという気もするのだが、その問題の考察については別稿に譲るしかない。

注

（1）野口武彦氏「『道化』と『仮面』の双曲線――『人間失格』と『仮面の告白』をめぐって」『ユ

リイカ』一九七五・三、四。
（2）「『人間失格』論——「手記」と「あとがき」の〈時間のしくみ〉をめぐって——」『日本語と日本文学』一九八七・六。
（3）ツネ子、シゲ子、ヨシ子、テツとすべてカタカナ表記であり、シゲ子の娘の名も「シヅ子」である。この一致は葉蔵の手記におけるネーミングの作為性を暗示しているのかもしれない。
（4）（5）佐々木啓一氏『太宰治論』（和泉書院、一九八九）。
（6）「あとがき」に記されたマダムのもう一つのコメントの「あのひとのお父さんが悪いのですよ」も、いろいろに議論されてきている多義的な言説である。マダムは葉蔵の父親との面識はないはずであるが、父親が死んで間もなく長兄が葉蔵を退院させていることから推して、葉蔵を脳病院に入院させるという措置は父親の意志によるものと考えられる。マダムが、サナトリウムと偽って入院させるというやり方に反対していたとすれば、その主導者である父親に対する批判を抱いたのは当然であり、葉蔵を「駄目」にした契機としての入院（「駄目」になったから入院したのではない）の影響の大きさを葉蔵の手記によって再確認したという一面を想像してみることも可能だろうと思う。
（7）このほか、夏にセーターを着て歩いて家中の者を笑わせたエピソードのところに「それあ、葉ちやん、似合はない」という長兄の言葉が直接話法で括り出されているが、場面としての具体性を備えているとはいいがたい。
（8）『『人間失格』の発見　倫理と論理のはざまから』（大和書房、一九八八）。
（9）葉蔵自身が「どうやら、無事入学出来ました」という表現に入学試験の厳しさが暗示されている旧制中学に、「白痴に似た」少年が入学できたはずがない、という平岡敏夫氏の指摘がある（「その収束するところ——『人間失格』を中心に」『国文学』一九七六・五）。平岡氏はそこに「作者の勝手な設定」を見ているが、それは語り手葉蔵の作為であって、その作為性を〈作者〉は隠蔽していないというのが私の読みである。

(10)「『人間失格』論」『太宰治3　怒れる道化師』(教育出版センター、一九七九)。

(11)「『人間失格』『暗夜行路』と比較して」『太宰治1』一九八五・七。

(12)「ほんたうかい?」という検事の言葉の復元のすぐあとに「いま思ひ出しても、きりきり舞ひをしたくなります」という、「書」いている「いま」にきわめて近い「いま」の心情が叙述されている点も注目されていい。「思ひ出し」ている「いま」の心情表現の用例もここだけである。

(13)『人間失格』の〈作者〉が葉蔵と単純な共謀関係にないことは、例えば『あさましきもの』との比較によっても明らかであろう。『人間失格』論の中でしばしば引き合いに出されてきたこの短編小説は三つのエピソードによって構成されているが、その中に、映画俳優岡田時彦の体験談の聞き書きという設定のもとに、禁酒の誓いを破ったと言ってもそれを信じずに「誓つたんだもの。飲むわけないわ。お芝居はおよしなさいね」と「濁りなき笑顔」で言い張る無垢な煙草屋の少女の話が出てくる。ヨシ子との類似性は歴然としているが、この『あさましきもの』のエピソードの方には「キスしてやるぞ」、「してよ」というやりとりが含まれていない。したがって「太宰治」名で発表された両作品の比較によって、「無垢の信頼心」の中にひそかに「無抵抗」を混入させる葉蔵の語りの作為性が浮かびあがってくる。なお現実の時間において『あさましきもの』が発表されたのは一九三七年三月であるが、虚構の時間における葉蔵の手記執筆時期はこれに近接した時点に設定されている。

初出一覧

バイリンガルの手記――森鷗外『舞姫』（『駒澤國文』三七号　二〇〇〇年二月）
　＊原題　バイリンガルの手記――『舞姫』への一視点――

少女と娼婦――一葉『たけくらべ』（『季刊文学』九巻二号　一九九八年四月）
　＊原題　少女と娼婦――あるいは〝切り裂きジャック事件〟と『たけくらべ』――

「無鉄砲」と「玄関」――夏目漱石『坊っちゃん』（『駒澤國文』二六号　一九八九年二月）
　＊原題　「無鉄砲と「玄関」――『坊つちやん』論のための覚書――

「名刺」の女／「標札」の男――夏目漱石『三四郎』　書き下ろし

他者の言葉――夏目漱石『こゝろ』（『日本の文学』第八集　一九九〇年一二月）
　＊原題　『こゝろ』の話法

「皆」から排除されるものたち――志賀直哉『和解』（『駒澤國文』三九号　二〇〇二年二月）
＊原題　統治力としての呼称――志賀直哉『和解』のジェンダー編成――

除外のストラテジー――太宰治『お伽草紙』（『駒澤國文』三二号　一九九五年二月）
＊原題　除外のストラテジー――太宰治『お伽草紙』論への一視角――

省線電車中央線の物語――太宰治『ヴィヨンの妻』（『駒澤國文』四一号　二〇〇四年二月）
＊原題　省線電車中央線の物語――太宰治『ヴィヨンの妻』の言語空間――

変貌する語り手――太宰治『斜陽』（『國文学　解釈と教材の研究』三巻四号　一九九一年四月）
＊原題　『斜陽』論――ふたつの〈斜陽〉・変貌する語り手

写真・手記・あとがき――太宰治『人間失格』（『駒澤國文』三一号　一九九四年二月）
＊原題　『人間失格』と〈葉蔵物語〉

あとがき

前著『樋口一葉論への射程』を上梓してから、ミレニアムを挟んで七年ぶりに新しい本を出すことになった。今回採録した十本の論文の初出発表時期は、一番早い『坊っちやん』論が一九八九年。あとは一九九〇年代から二十世紀末年までのものが六本、二十一世紀に入ってからのものが書き下ろしを含めて三本という内訳である。今頃になってこれらを一冊に纏めるのは、はかばかしい研究活動を行なってこなかった証しだと言われれば慙愧に堪えないが、逆に研究状況の激しい転変に流されてこなかった徴だと考えればひそかな自負がないわけでもない。一九八〇年代後半からの十数年間、日本近代文学研究のメインカレントは、さまざまな方法論の隆盛と退潮、そして「文学研究」か「文化研究」かの択一を迫るような風潮の到来へと変化してきたが、私は「流行」をいたずらに追うこともせず、しかしまた頑に忌避することもしないというスタンスを保ってきたつもりである。私の立脚点は何よりも「不易」を忘れないということであり、そして私が考える文学研究の「不易」とは、つまるところ、文学作品は「読む」ものである、というごく平凡なところに行き着く。作品そのものと向かい合い、表現と構造を読み解くことを基本に置かない限り文学の研究は成り立たないだろう。もちろん私は作品を読むにあたって、作家情報を一切遮断すべきだなどとは微塵も考えていない。また研究視野を作品の外に積極的にひろげていくことを軽んじる気持ちも毛頭ないが、ただ文学の研究の場における専門性は、なによりもまず作品自体の新しい魅力を発見し、それを説得的に提示するためにこそ発揮されるべきだという思いは動かないし、すべての学問的諸作業がそこを目指して有機的に結晶していくことが私の究極の理想である。

「不易」の重視は、守旧主義とは無縁である。本書に採録した十本の論文は、名作と呼ばれる小説に対して、新しい読みと評価の方向性を模索する系列の仕事の中からのセルフコレクションである。「〈名作〉の壁を超えて」というタイトルを付けたが、この「壁」にはWALLというよりBIASに近いニュアンスを込めてある。先入観とか固定観念といった意味である。名作と呼ばれる作品は知名度が高ければ高いほど、強大なバイアスが堅固な城壁となって作品を幾重にも囲繞している。そのバイアスの壁を超え、内側に入りこんで読みの自由を奪還していく闘いは、決して平坦な道ではないし、またニュートラルな地点への自己逃避でもない。論証的厳密さと〈私〉自身の想像力とを結合させながら、作品という〈他者〉と向かい合う読みの現場では、〈私〉が作品をどう読むかということが、〈私〉が現実の世界をどう観ているかということと強く響き合う。作品のバイアスを克服していくためには、現実世界において〈私〉自身がみずからを呪縛するバイアスと対峙しなければならないし、作品のバイアスと格闘した眼で現実を眺め直すと世界の新たな様相が見えてくるというダイナミズムも含めて、文学至上主義の牙城に閉じこもることなど許されない熾烈さがそこにはある。奇を衒うことによってはバイアスを超えることはできないし、派手なパフォーマンスは私の好むところではない。「不易」を忘れない新しさこそ、私が求め続けてきたものである。

収録した十本の中で『たけくらべ』論だけが明らかに異質である。私は『たけくらべ』については合計四本の論文を発表しているが、わが『たけくらべ』論はまだ道半ばにも達していない。四本のうち最初の一本は『樋口一葉論への射程』に入れ、本書には「少女と娼婦」を採録した。作品の「読み」というより、十年に及ぶ美登利変貌論争（『たけくらべ』初潮論争）ですっかり荒廃してしまった感のある『たけくらべ』研究を、もう一度「読み」の現場に引き戻すための前提として、自省をこめて書いた文章であるが、少女と娼婦をめぐるバイアスとの対峙がテーマとなっているので、不調和を承知で本書に収めた次第である。

また『こゝろ』論は、いわゆる『こころ』論争の最中に書いたものであり、賞味期限に問題があることは私も自覚している。本書収録にあたって大幅に改稿をすることも考えなかったわけではないが、結局、基本的には初出のままで収録することにした。本書『こゝろ』論の付記にも書いておいたが、論文はそれぞれの執筆時間を背負っているのであり、単行本収録時の視点にもとづいて論の骨格にかかわる修正を行なうことは避けるのが原則だろうと私は考えている。この原則は他の収録論文にも及んでいる。

前著『樋口一葉論への射程』は、大学での講義や演習の中から最初の着想が生まれた論文が大半であったが、本書に採録した論文も、大学での講義ノートが出発点になっているものが少なくない。それらは現任校の駒澤大学をはじめ私の授業を受講した学生たちからさまざまな刺激を受けながら生長してきたことを、是非、ここに記しておきたい。バイアスと闘うと勇ましく宣言した授業の中で、学生の発言によって私自身のバイアスに気付かされたのはじつに貴重な体験であった。それは教職に身を置くものとしての至福の時間でもある。

最後に、本書の企画に際して親身になっていただいた関谷一郎氏と、刊行を快く引き受けていただいた翰林書房の今井肇、静江ご夫妻に、心から感謝申し上げる。関谷氏の友情と、編纂や校正の作業を快適な環境の中で続けてさせてくださった今井ご夫妻の優しさがなければ、この本は誕生し得なかったに違いない。また本書は駒澤大学から、二〇〇四年度特別出版助成金の交付を受けている。記して謝意に代えたい。

二〇〇四年九月十八日

高田知波

【著者略歴】
高田知波（たかだ・ちなみ）
1946年生まれ。東京大学大学院博士課程単位取得退学。
日本近代文学専攻。現在、駒澤大学文学部教授。
著書『樋口一葉論への射程』（双文社出版、1997）。

〈名作〉の壁を超えて
『舞姫』から『人間失格』まで

発行日	2004年 10月 18日　初版第一刷
著　者	高田知波
発行人	今井 肇
発行所	翰林書房
	〒101-0051 東京都千代田区神田神保町1-14
	電 話 (03) 3294-0588
	FAX (03) 3294-0278
	http://Kanrin.co.jp/
	Eメール● Kanrin@mb.infoweb.ne.jp
印刷・製本	シ ナ ノ

落丁・乱丁本はお取替えいたします

ISBN4-87737-195-8